**Wilhelm Hauff
Drei Märchen
Three Fairy Tales**

Wilhelm Hauff
Drei Märchen
Three Fairy Tales

mit Illustrationen von
with illustrations by

Reinhard Gieselmann

Edition Axel Menges

© 2009 Edition Axel Menges, Stuttgart /
London
ISBN 978-3-936681-33-8

Alle Rechte vorbehalten, besonders die der
Übersetzung in andere Sprachen.
All rights reserved, especially those of translation into other languages.

Druck und Bindearbeiten / Printing and binding:
Graspo CZ, a.s., Zlín, Tschechische Republik /
Czech Republic

Englische Übersetzung / English translation:
Herbert Pelham Curtis (*The Cold Heart*), Edward L. Stowell

Lektorat / Editorial work: Dorothea Duwe
Design: Axel Menges
Layout: Helga Danz

Inhalt

6	Das kalte Herz
46	Saids Schicksale
82	Die Höhle von Steenfoll – Eine schottländische Sage

Contents

7	The Cold Heart
47	Said's Adventures
83	The Cave of Steenfoll – A Scottish Legend

Das kalte Herz

Wer durch Schwaben reist, der sollte nie vergessen, auch ein wenig in den Schwarzwald hineinzuschauen; nicht der Bäume wegen, obgleich man nicht überall solch unermeßliche Menge herrlich aufgeschossener Tannen findet, sondern wegen der Leute, die sich von den andern Menschen ringsumher merkwürdig unterscheiden. Sie sind größer als gewöhnliche Menschen, breitschultrig, von starken Gliedern, und es ist, als ob der stärkende Duft, der morgens durch die Tannen strömt, ihnen von Jugend auf einen freieren Atem, ein klareres Auge und einen festeren, wenn auch rauheren Mut als den Bewohnern der Stromtäler und Ebenen gegeben hätte. Und nicht nur durch Haltung und Wuchs, auch durch ihre Sitten und Trachten sondern sie sich von den Leuten, die außerhalb des Waldes wohnen, streng ab. Am schönsten kleiden sich die Bewohner des badischen Schwarzwaldes; die Männer lassen den Bart wachsen, wie er von der Natur dem Mann ums Kinn gegeben ist, ihre schwarzen Wämser, ihre ungeheuren, enggefalteten Pluderhosen, ihre roten Strümpfe und die spitzen Hüte, von einer weiten Scheibe umgeben, verleihen ihnen etwas Fremdartiges, aber etwas Ernstes, Ehrwürdiges. Dort beschäftigen sich die Leute gewöhnlich mit Glasmachen; auch verfertigen sie Uhren und tragen sie in der halben Welt umher.

Auf der andern Seite des Waldes wohnt ein Teil desselben Stammes, aber ihre Arbeiten haben ihnen andere Sitten und Gewohnheiten gegeben als den Glasmachern. Sie handeln mit ihrem Wald; sie fällen und behauen ihre Tannen, flößen sie durch die Nagold in den Neckar und von dem oberen Neckar den Rhein hinab, bis weit hinein nach Holland, und am Meer kennt man die Schwarzwälder und ihre langen Flöße; sie halten an jeder Stadt, die am Strom liegt, an und erwarten stolz, ob man ihnen Balken und Bretter abkaufen werde; ihre stärksten und längsten Balken aber verhandeln sie um schweres Geld an die Mijnheers, welche Schiffe daraus bauen. Diese Menschen nun sind an ein rauhes, wanderndes Leben gewöhnt. Ihre Freude ist, auf ihrem Holz die Ströme hinabzufahren, ihr Leid, am Ufer wieder heraufzuwandeln. Darum ist auch ihr Prachtanzug so verschieden von dem der Glasmänner im andern Teil des Schwarzwaldes. Sie tragen Wämser von dunkler Leinwand, einen handbreiten grünen Hosenträger über die breite Brust, Beinkleider von schwarzem Leder, aus deren Tasche ein Zollstab von Messing wie ein Ehrenzeichen hervorschaut; ihr Stolz und ihre Freude aber sind ihre Stiefel, die größten wahrscheinlich, welche auf irgendeinem Teil der Erde Mode sind; denn sie können zwei Spannen weit über das Knie hinaufgezogen werden, und die »Flözer« können damit in drei Schuh tiefem Wasser umherwandeln, ohne sich die Füße naß zu machen.

Noch vor kurzer Zeit glaubten die Bewohner dieses Waldes an Waldgeister, und erst in neuerer Zeit hat man ihnen diesen törichten Aberglauben benehmen können. Sonderbar ist es aber, daß auch die Waldgeister, die der Sage nach im Schwarzwald hausen, in diese verschiedenen Trachten sich geteilt haben. So hat man versichert, daß das Glasmännlein, ein gutes Geistchen von viertehalb Fuß Höhe, sich nie anders zeige als in einem spitzen Hütlein mit großem Rand, mit Wams und Pluderhöschen und roten Strümpfen. Der Holländermichel aber, der auf der andern Seite des Waldes umgeht, soll ein riesengroßer, breitschulteriger Kerl in der Kleidung der Flözer sein, und mehrere, die ihn gesehen haben, wollen versichern, daß sie die Kälber nicht aus ihrem Beutel bezahlen möchten, deren Felle man zu seinen Stiefeln brauchen würde. »So groß, daß ein gewöhnlicher Mann bis an den Hals hineinstehen könne«, sagten sie und wollten nichts übertrieben haben.

Mit diesen Waldgeistern soll einmal ein junger Schwarzwälder eine sonderbare Geschichte gehabt haben, die ich erzählen will. Es lebte nämlich im Schwarzwald eine Witwe, Frau Barbara Munkin; ihr Gatte war Kohlenbrenner gewesen, und nach seinem Tod hielt sie ihren sechzehnjährigen Knaben nach und nach zu dem Geschäft an.

Der junge Peter Munk, ein schlauer Bursche, ließ es sich gefallen, weil er es bei seinem Vater auch nicht anders gesehen hatte, die ganze Woche über am rauchenden Meiler zu sitzen oder, schwarz und berußt und den Leuten ein Abscheu, hinab in die Städte zu fahren und seine Kohlen zu verkaufen. Aber ein Köhler hat viel Zeit zum Nachdenken über sich und andere, und wenn Peter Munk an seinem Meiler saß, stimmten die dunklen Bäume umher und die tiefe Waldesstille sein Herz zu Tränen und unbewußter Sehnsucht. Es betrübte ihn etwas, es ärgerte ihn etwas, er wußte nicht recht, was. Endlich merkte er sich ab, was ihn ärgerte, und das war – sein Stand. »Ein schwarzer, einsamer Kohlenbrenner!« sagte er sich. »Es ist ein elend Leben. Wie angesehen sind die Glasmänner, die Uhrmacher, selbst die Musikanten am Sonntag abends! Und wenn Peter Munk, rein gewaschen und geputzt, in des Vaters Ehrenwams mit silbernen Knöpfen und mit nagelneuen roten Strümpfen erscheint und wenn dann einer hinter mir hergeht und denkt: Wer ist wohl der schlanke Bursche? Und lobt bei sich die Strümpfe und meinen stattlichen Gang – sieh, wenn er vorübergeht und schaut sich um, sagte er gewiß: Ach, es ist nur der Kohlen-Munk-Peter.«

Am schönsten kleiden sich die Bewohner des badischen Schwarzwaldes ... ihre schwarzen Wämser, ihre ungeheuren, enggefalteten Pluderhosen, ihre roten Strümpfe und die spitzen Hüte verleihen ihnen etwas Fremdartiges, aber etwas Ernstes, Ehrwürdiges ... Auf der andern Seite des Waldes tragen die Leute Wämser von dunkler Leinwand, einen handbreiten grünen Hosenträger über die breite Brust, Beinkleider von schwarzem Leder, aus deren Tasche ein Zollstab von Messing wie ein Ehrenzeichen hervorschaut; ihr Stolz und ihre Freude aber sind ihre Stiefel, die größten wahrscheinlich, welche auf irgendeinem Teil der Erde Mode sind.

The residents in the Black Forest dress themselves with much taste ... and their black doublets, huge, loose trousers, red stockings, and pointed hats encircled by a wide flapping brim, give them a peculiar but dignified appearance ... On the opposite side of the forest the doubtlets of the people are of dark-colored linen, with suspenders of green material, the width of the hand, crossing on their breasts, and their trousers are of black leather, from whose pockets project brass foot-rules. But their chief pride is in their boots, which are longer than those worn anywhere else in the world.

The Cold Heart

Whoever journeys through Swabia should, on no account, neglect to pay a visit to the Black Forest; not so much to see the forest itself, although such countless numbers of vast pines are not to be found in all countries, as to study the inhabitants, between whom and the people in the neighborhood there exists a striking difference. They are of larger stature than the generality of men, with broad shoulders and strong limbs, and seem as if the invigorating air, which at morning blows through the pine trees, had imparted to them from their youth up a freer breath, a clearer eye, and a ruder courage, than to the inhabitants of the valleys and the plains. And not only in height and bearing, but in their habits and manners also, they differ strikingly from the people outside. The residents in the Black Forest dress themselves with much taste; the men allow the beard, which nature has planted on the chin, to grow to its full length, and their black doublets, huge, loose trousers, red stockings, and pointed hats encircled by a wide flapping brim, give them a peculiar but dignified appearance. Their occupation is principally glass-making; but they also manufacture watches, and carry them over half the world.

On the opposite side of the forest dwell a branch of the same people, whose mode of life has given them habits and customs differing from those of their glass-making brethren. They deal with their forest; they fell and hew the pine trees, and float them down the Magold to the Neckar, from the Neckar to the Rhine, till the people of the Black Forest and their huge rafts are known as far as Holland. They halt at all the cities on the streams down which they pass, and wait till men come to buy their timbers and boards; and their strongest and longest timbers they sell to the mynheers to build ships with. These men are accustomed to a wild and wandering existence; their chief enjoyment is to descend their rivers on their rafts, their sole regret

Der junge Peter Munk, ein schlauer Bursche, ließ es sich gefallen, weil er es bei seinem Vater auch nicht anders gesehen hatte, die ganze Woche über am rauchenden Meiler zu sitzen oder, schwarz und berußt und den Leuten ein Abscheu, hinab in die Städte zu fahren und seine Kohlen zu verkaufen.

Young Peter Munk, a sharp-witted youth, was for a time satisfied with his lot, for during his father's life he had never looked at the matter otherwise than as sitting the whole week near the roaring kiln, or going down to the city, black and dirty, to sell the coal.

Auch die Flözer auf der andern Seite waren ein Gegenstand seines Neides. Wenn diese Waldriesen herüberkamen, mit stattlichen Kleidern, und an den Knöpfen, Schnallen und Ketten einen halben Zentner Silber auf dem Leib trugen, wenn sie mit ausgespreizten Beinen und vornehmen Gesichtern dem Tanz zuschauten, holländisch fluchten und wie die vornehmsten Mijnheers aus ellenlangen kölnischen Pfeifen rauchten, da stellte er sich als das vollendetste Bild eines glücklichen Menschen solch einen Flözer vor. Und wenn diese Glücklichen dann erst in die Taschen fuhren, ganze Hände voll großer Taler herauslangten und um Sechsbätzner würfelten, fünf Gulden hin, zehn her, so wollten ihm die Sinne vergehen, und er schlich trübselig nach seiner Hütte; denn an manchem Feiertagabend hatte er einen oder den andern dieser »Holzherren« mehr verspielen sehen, als der arme Vater Munk in einem Jahr verdiente. Es waren vorzüglich drei dieser Männer, von welchen er nicht wußte, welchen er am meisten bewundern sollte. Der eine war ein dicker, großer Mann, mit rotem Gesicht, und galt für den reichsten Mann in deren Runde. Man hieß ihn den dicken Ezechiel. Er reiste alle Jahre zweimal mit Bauholz nach Amsterdam und hatte das Glück, es immer um so viel teurer als andere zu verkaufen, daß er, wenn die übrigen zu Fuß heimgingen, stattlich heraufahren konnte. Der andere war der längste und magerste Mensch im ganzen Wald, man nannte ihn den langen Schlurker, und diesen beneidete Munk wegen seiner ausnehmenden Kühnheit; er widersprach den angesehensten Leuten, brauchte, wenn man noch so gedrängt im Wirtshaus saß, mehr Platz als vier der Dicksten, denn er stützte entweder beide Ellbogen auf den Tisch oder zog eines seiner langen Beine zu sich auf die Bank, und doch wagte ihm keiner zu widersprechen, denn er hatte unmenschlich viel Geld. Der dritte aber war ein schöner junger Mann, der am besten tanzte weit und breit und daher den Namen Tanzbodenkönig hatte. Er war ein armer Mensch gewesen und hatte bei einem Holzherren als Knecht gedient; da wurde er auf einmal steinreich; die einen sagten, er habe unter einer alten Tanne einen Topf voll Gold gefunden, die andern behaupteten, er habe unweit Bingen im Rhein mit der Stechstange, womit die Flözer zuweilen nach den Fischen stechen, einen Pack mit Goldstücken heraufgefischt und der Pack gehörte zu dem großen Nibelungenhort, der dort vergraben liegt; kurz, er war auf einmal reich geworden und wurde von jung und alt angesehen wie ein Prinz.

Der eine war ein dicker, großer Mann, mit rotem Gesicht, und galt für den reichsten Mann in deren Runde. Man hieß ihn den dicken Ezechiel. Er reiste alle Jahre zweimal mit Bauholz nach Amsterdam und hatte das Glück, es immer um so viel teurer als andere zu verkaufen, daß er, wenn die übrigen zu Fuß heimgingen, stattlich heraufahren konnte.

One of them was a thick, stout man, with a red face, who passed for the richest person in the neighborhood. They called him Fat Ezekiel. He made two journeys every year to Amsterdam, and had the good fortune to sell his timber invariably so much dearer than his rivals that, while the others came home on foot, he always travelled sumptuously on wheels.

to return again to shore. Their dress differs much from that of the glass-blowers in the other part of the forest. Their doublets are of dark-colored linen, with suspenders of green material, the width of the hand, crossing on their breasts, and their trousers are of black leather, from whose pockets project brass foot-rules. But their chief pride is in their boots, which are longer than those worn anywhere else in the world, for their wide legs reach high above the knee, and the wearers can walk for hours dry-shod through three feet of water.

Till within a recent period the dwellers of the forest firmly believed in wood-demons, and only very lately has this degrading superstition been at all diminished in strength. It is a singular fact, moreover, that these demons, who are reputed to dwell in the Black Forest, wear the same distinctive garments as the human inhabitants. Thus, it is said that the glass manikin, a benevolent spirit about four feet in height, never appears but in a peaked hat with a wide brim, a doublet, trousers, and red stockings. Hollander Michael, on the other hand, who resides on the other side of the forest, is described as a huge, broadshouldered fellow, in the dress of a woodman; and several persons who have seen him have solemnly declared that their purses were not deep enough to buy the calves whose skins would be required to make his boots. »They would take in a common man up to his neck«, they asserted, and never would confess to the least exaggeration in their statement.

A young native of the Black Forest was in the habit of describing, not long ago, a strange adventure with these wood-demons, which I will now tell you. There was a certain widow, Mistress Barbara Munk, who lived in the Black Forest, whose husband had been a charcoal-burner; and, after his death, she had brought up her son, a lad of sixteen years, to the same business.

Young Peter Munk, a sharp-witted youth, was for a time satisfied with his lot, for during his father's life he had never looked at the matter otherwise than as sitting the whole week near the roaring kiln, or going down to the city, black and dirty, to sell the coal. But a charcoal-burner has much leisure for reflection; and when Peter sat at his kiln, the waving trees overhead, the profound silence of the forest, moved his heart to unwonted tears and longings. Something, he knew not what, inspired him with a mixed feeling of despondency and anger. At last, however, he discovered the cause of these emotions: it was his station in life. »A dirty, lonely charcoal-burner!« he said to himself. »It is a miserable life. How respectable are glass-blowers, watch-makers, musicians! But when Peter Munk makes his appearance, washed and dressed, in his father's best doublet with silver buttons, and his brand-new red stockings, and any one comes behind him and says, ›Who can this slim lad be?‹ and secretly admires his stockings and his graceful walk, when he passes me and looks in my face, he is sure to say, ›Bah, it's only Peter Munk, the charcoalburner!‹«

The woodmen on the other side of the forest were also objects of his envy. When these wood-giants came over, in their handsome dresses, and carrying on their person, in chains, buckles and buttons, half a hundred weight of silver, when they stood looking on at the dance with straddled legs and grinning faces, with their Dutch oaths, and their Cologne pipes a yard in length, like distinguished mynheers, Peter would hold them up to his imagination as perfect pictures of happy men. And when these fortunate beings thrust their hands into their pockets, and, pulling out handfuls of great dollars, squandered instead of a paltry sixpence, like Peter, six florins here and ten there, Peter's strength of mind gave way, and he would sneak home miserable to his hut. For many a holiday he had seen one or another of these »wood-masters« play away more money in five minutes than poor Peter could hope to earn in a year. There were three of these men especially of whom he could not determine which to admire the most. One of them was a thick, stout man, with a red face, who passed for the richest person in the neighborhood. They called him Fat Ezekiel. He made two journeys every year to Amsterdam, and had the good fortune to sell his timber invariably so much dearer than his rivals that, while the others came home on foot, he always travelled sumptuously on wheels. The second was the longest and leanest man in the whole forest, and was called »Long Slurker.« His extreme impudence was the object of Peter's especial envy; for, though he contradicted the most respectable people, though he took up more room at the tavern than four of the stoutest men, for he either sat with both elbows on the table, or stretched out his long, thin legs on the bench he was occupying, yet none ventured to oppose his selfishness, as he was reputed to be possessed of untold gold. The third was a young, handsome man and the best dancer in the whole country, and was called by his companions, for that reason, »King Dance.« He had been a poor lad in former times, and had served his apprenticeship with a master-woodman; but all of a sudden he had become immensely rich, and some people said he had found a pot of gold under an old pine-tree; others, that he had fished up with his spear from the Rhine, not far from Bingen, a chest of gold pieces; but, however that may have been, he had suddenly grown very

An diese drei Männer dachte Kohlen-Munk-Peter oft, wenn er einsam im Tannenwald saß.

Zwar hatten alle drei einen Hauptfehler, der sie bei den Leuten verhaßt machte, es war dies ihr unmenschlicher Geiz, ihrer Gefühllosigkeit gegen Schuldner und Arme, denn die Schwarzwälder sind ein gutmütiges Völklein, aber man weiß, wie es mit solchen Dingen geht: Waren sie auch wegen ihres Geizes verhaßt, so standen sie doch wegen ihres Geldes in Ansehen; denn wer konnte Taler wegwerfen wie sie, als ob man das Geld von den Tannen schüttelte?

»So geht es nicht mehr weiter«, sagte Peter eines Tages schmerzlich betrübt zu sich; denn tags zuvor war Feiertag gewesen und alles Volk in der Schenke. »Wenn ich nicht bald auf den grünen Zweig komme, so tu' ich mir etwas zuleid; wär' ich doch nur so angesehen und reich wie der dicke Ezechiel oder so kühn und so gewaltig wie der lange Schlurker – oder so berühmt – und könnte den Musikanten Taler statt Kreuzer zuwerfen wie der Tanzbodenkönig! Wo nur der Bursche das Geld her hat?« Allerlei Mittel ging er durch, wie man sich Geld erwerben könne, aber keines wollte ihm gefallen; endlich fielen ihm auch die Sagen von Leuten ein, die vor alten Zeiten durch den Holländermichel und durch das Glasmännlein reich geworden waren. Solang sein Vater noch lebte, kamen oft andere arme Leute zu Besuch, und da wurde lang und breit von reichen Menschen gesprochen, und wie sie reich geworden; da spielte nun oft das Glasmännchen eine Rolle; ja, wenn er recht nachsann, konnte er sich beinahe noch des Versleins erinnern, das man am Tannenbühl in der Mitte des Waldes sprechen mußte, wenn es erscheinen sollte. Es fing an:

Schatzhauser im grünen Tannenwald,
Bist schon viel hundert Jahre alt,
Dir gehört all Land, wo Tannen stehn –

Aber er mochte sein Gedächtnis anstrengen, wie er wollte, weiter konnte er sich keines Verses mehr entsinnen. Er dachte oft, ob er nicht diesen oder jenen alten Mann fragen sollte, wie das Sprüchlein heiße; aber immer hielt ihn eine gewisse Scheu, seine Gedanken zu verraten, ab, auch schloß er, es müsse die Sage vom Glasmännlein nicht sehr bekannt sein und den Spruch müßten nur wenige wissen, denn es gab nicht viele reicheLeute im Wald, und – warum hatten denn nicht sein Vater und die andern armen Leute ihr Glück versucht? Er brachte endlich einmal seine Mutter auf das Männlein zu sprechen, und diese erzählte ihm, was er schon wußte, kannte auch nur noch die erste Zeile von dem Spruch und sagte ihm endlich, nur Leuten, die an einem Sonntag zwischen elf und zwei Uhr geboren seien, zeigte sich das Geistchen. Er selbst würde wohl dazu passen, wenn er nur das Sprüchlein wüßte, denn er sei schon mittags zwölf geboren.

Als dies der Kohlen-Munk-Peter hörte, war er vor Freude und vor Begierde, dies Abenteuer zu unternehmen, beinahe außer sich. Es schien ihm hinlänglich, einen Teil des Sprüchleins zu wissen und am Sonntag geboren zu sein, und Glasmännlein mußte sich ihm zeigen. Als er daher eines Tages seine Kohlen verkauft hatte, zündete er keinen neuen Meiler an, sondern zog seines Vaters Staatswams und neue Strümpfe an, setzte den Sonntagshut auf, faßte seinen fünf Fuß hohen Schwarzdornstock in die Hand und nahm von der Mutter Abschied: »Ich muß aufs Amt in die Stadt; denn wir werden bald spielen müssen, wer Soldat wird, und da will ich dem Amtmann nur noch einmal einschärfen, daß Ihr Witwe seid und ich Euer einziger Sohn.« Die Mutter lobte seinen Entschluß, er aber machte sich auf nach dem Tannenbühl. Der Tannenbühl liegt auf der höchsten Höhe des Schwarzwaldes, und auf zwei Stunden im Umkreis stand kein Dorf, ja nicht einmal eine Hütte, denn die abergläubischen Leute meinten, es sei dort unsicher. Man schlug auch, so hoch und prachtvoll dort die Tannen standen, ungern Holz in jenem Revier, denn oft waren den Holzhauern, wenn sie dort arbeiteten, die Äxte vom Stiel gesprungen und in den Fuß gefahren, oder die Bäume waren schnell umgestürzt und hatten die Männer mit umgerissen und beschädigt oder gar getötet; auch hätte man die schönsten Bäume von dorther nur zu Brennholz brauchen können, denn die Floßherren nahmen nie einen Stamm aus dem Tannenbühl unter ein Floß auf, weil die Sage ging, daß Mann und Holz verunglückte, wenn ein Tannenbühler mit im Wasser sei. Daher kam es, daß im Tannenbühl die Bäume so dicht und so hoch standen, daß es am hellen Tag beinahe Nacht war, und Peter Munk wurde es ganz schaurig dort zumut; denn er hörte keine Stimme, keinen Tritt als den seinigen, keine Axt; selbst die Vögel schienen diese dichte Tannennacht zu vermeiden.

Kohlen-Munk-Peter hatte jetzt den höchsten Punkt des Tannenbühls erreicht und stand vor einer Tanne von ungeheurem Umfang, um die ein holländischer Schiffsherr an Ort und Stelle viele hundert Gulden gegeben hätte. Hier, dachte er, wird wohl der Schatzhauser wohnen, zog seinen großen Sonntagshut, machte vor dem Baum eine tiefe Verbeugung, räusperte sich und sprach mit zitternder Stimme: »Wünsche glückseligen Abend, Herr Glasmann.« Aber es erfolgte keine Antwort, und alles umher war so still wie zuvor. Vielleicht muß ich doch das Verslein sprechen, dachte er weiter und murmelte:

wealthy, and was treated like a prince by young and old.

Peter Munk's thoughts often reverted to these three men, as he sat alone in the forest. To be sure, all three had one great defect, which made them hated by all the people, and this was their excessive avarice in dealing with debtors and poor men, for generally the people of the Black Forest are kindhearted and generous. But everybody knows how it is in these matters; if they were hated for their avarice, they were honored for their wealth; for who like them could throw away his money as if it fell into his pockets from the trees?

»I cannot stand this much longer«, said Peter, one day, sorrowfully; for the day before had been a holiday, and everybody had met at the tavern; »if luck doesn't come to me soon, I shall do something I shall be sorry for. If I were only now as rich and distinguished as Fat Ezekiel, or as bold and influential as Long Slurker, or could toss dollars to the musicians like King Dance! Where can that fellow have got his money?« He went over in his mind every method of earning a fortune he could think of; but none suited him. At last occurred to his mind the traditions he had heard, of people who had been made rich years ago by »Hollander Michael« and the »glass manikin«. While his father was alive, a good many poor men had been to visit him, and they had talked of little else but men of wealth, and how they had got their money. In many of these stories the glass manikin had played an important part; and, as Peter sat pondering, he could almost remember the verse of poetry which must be spoken at the great pine in the middle of the forest to make the manikin appear. It began thus, he was sure:

Treasurer in the forest green,
Who so many hundred years hast seen,
Thine is the land where the
pine-trees stand, –

But, rub up his memory as he pleased, he could not call to mind another line. He deliberated whether he should inquire of some old man what the rest of the verse was; but a dislike to betray his thoughts repressed his impulse, and, besides, he decided that the tradition of the glass manikin could not be widely known, and very few persons must be acquainted with the poetry, for rich men were not numerous in the forest; and why had not his father and the other poor men tried their fortune? He once led his mother to speak of the demon, but she merely told him what he knew already, and could only remember the first line of the stanza; though at length she recollected, »that the manikin showed himself only to people who had been born between eleven and two on Sunday. Peter himself might pass very well as far as that went, if he could only recollect the verses, for he had been born on that day at twelve o'clock.«

When the charcoal-burner heard this, he was almost beside himself with a desire to attempt the adventure. It appeared to him amply sufficient to know a part of the poetry, and to have been born on Sunday, to induce the glass manikin to show himself at once. So one day, when he had sold his charcoal, and lighted a new kiln, he put on his father's best doublet and red stockings, donned his Sunday hat, and, grasping in his hand his blackthorn stick, took leave of his mother. »I must go to the city on business«, said he. »We draw for the conscription before long, and I must remind the bailiff once more that you are a widow, and I your only son.« His mother praised him for his thoughtfulness; but no sooner was he out of her sight than he betook himself straight to the old pine-tree. It stood on the top of the highest elevation in the Black Forest, and not a single village, not even a cottage, stood within a radius of two leagues around, for the superstitious inhabitants believed the neighborhood unsafe. Lofty and valuable as were the trees, men cut wood in this locality with great reluctance; for often had the woodcutters, when working in the neighborhood, had their axes fly from the handle and sink into their foot, or the trees had fallen unexpectedly, and wounded or killed the men at work about their roots. Besides, the finest trees could only have been used for firewood, for the raftsmen never admitted a tree from this dangerous group among their other timber, from respect for the tradition that both man and timber would surely be unlucky if one of these pine-trees was with them afloat; and hence it came, that in the pine group here the trees stood so lofty and crowded, that even at mid-day it seemed almost night. Peter Munk's heart was in a fearful state of agitation; for he heard no voice, no footstep but his own, and even the birds seemed to avoid this scene of gloom.

The charcoal-burner had now reached the highest point of the pine grove, and took his stand before a tree of prodigious girth, which a Dutch shipwright would have given many hundred florins for as it stood. »Here«, thought he, »must the treasurer surely dwell«, and, removing his large hat and making a humble reverence to the tree, he cleared his throat, and said, in a trembling voice: »I wish you a pleasant evening, Mr. Glass-blower!« No answer came, and everything was silent as before. »Perhaps I must repeat the verses«, thought he; and he muttered, in a low tone:

Schatzhauser im grünen Tannenwald,
Bist schon viel hundert Jahre alt,
Dir gehört all Land, wo Tannen stehn –

Indem er diese Worte sprach, sah er zu seinem großen Schrecken eine ganz kleine sonderbare Gestalt hinter der dicken Tanne hervorschauen; es war ihm, als habe er das Glasmännlein gesehen, wie man es beschrieben, das schwarze Wämschen, die roten Strümpfchen, das Hütchen, alles war so, selbst das blasse, aber feine und kluge Gesichtchen, wovon man erzählte, glaubte er gesehen zu haben. Aber auch, so schnell es hervorgeschaut hatte, das Glasmännlein, so schnell war es auch wieder verschwunden! »Herr Glasmann«, rief nach einigem Zögern Peter Munk, »seid so gütig und haltet mich nicht für'n Narren. – Herr Glasmann, wenn Ihr meint, ich habe Euch nicht gesehen, so täuschet Ihr euch sehr, ich sah Euch wohl hinter dem Baum hervorgucken.« – Immer keine Antwort, nur zuweilen glaubte er ein leises, heiseres Kichern hinter dem Baum zu vernehmen. Endlich überwand seine Ungeduld die Furcht, die ihn bis jetzt noch abgehalten hatte. »Warte, du kleiner Bursche«, rief er, »dich will ich bald haben«, sprang mit einem Satz hinter die Tanne, aber da war kein Schatzhauser im grünen Tannenwald, und nur ein kleines zierliches Eichhörnchen jagte an dem Baum hinauf.

Peter Munk schüttelte den Kopf; er sah ein, daß er die Beschwörung bis auf einen gewissen Grad gebracht habe und daß ihm vielleicht nur noch ein Reim zu dem Sprüchlein fehlte, so könne er das Glasmännlein hervorlocken; aber er sann hin, er sann her – und fand nichts. Das Eichhörnchen zeigte sich an den untersten Ästen der Tanne und schien ihn aufzumuntern oder zu verspotten. Es putzte sich, es rollte den schönen Schweif, es schaute ihn mit klugen Augen an, aber endlich fürchtete er sich doch beinahe, mit diesem kleinen Tier allein zu sein; denn bald schien das Eichhörnchen einen Menschenkopf zu haben und einen dreispitzigen Hut zu tragen, bald war es ganz wie ein anderes Eichhörnchen und hatte nur an den Hinterfüßen rote Strümpfe und schwarze Schuhe. Kurz, es war ein lustiges Tier, aber dennoch graute Kohlen-Peter, denn er meinte, es gehe nicht mit rechten Dingen zu.

Mit schnelleren Schritten, als er gekommen war, zog Peter wieder ab. Das Dunkel des Tannenwaldes schien immer schwärzer zu werden, die Bäume standen immer dichter, und ihm fing an so zu grauen, daß er im Trab davonjagte, und erst als er in der Ferne Hunde bellen hörte und bald darauf zwischen den Bäumen den Rauch einer Hütte erblickte, wurde er wieder ruhiger. Aber als er näher kam und die Tracht der Leute in der Hütte er blickte, fand er, daß er aus Angst gerade die entgegengesetzte Richtung genommen und statt zu den Glasleuten zu den Flözern gekommen sei. Die Leute, die in der Hütte wohnten, waren Holzfäller; ein alter Mann, sein Sohn, der Hauswirt, und einige erwachsene Enkel. Sie nahmen Kohlen-Munk-Peter, der um ein Nachtlager bat, gut auf, ohne nach seinem Namen und Wohnort zu fragen, gaben ihm Apfelwein zu trinken, und abends wurde ein großer Auerhahn, die beste Schwarzwaldspeise, aufgesetzt.

Nach dem Nachtessen setzten sich die Hausfrau und ihre Töchter mit ihren Kunkeln um den großen Lichtspan, den die Jungen mit dem feinsten Tannenharz unterhielten, der Großvater, der Gast und der Hauswirt rauchten und schauten den Weibern zu, die Burschen aber waren beschäftigt, Löffel und Gabeln aus Holz zu schnitzen. Draußen im Wald heulte der Sturm und raste in den Tannen, man hörte da und dort sehr heftige Schläge, und es schien oft, als ob ganze Bäume abgeknickt wurden und zusammenkrachten. Die furchtlosen Jungen wollten hinaus in den Wald laufen und dieses furchtbar schöne Schauspiel mit ansehen, ihr Großvater aber hielt sie mit strengem Wort und Blick zurück. »Ich will keinem raten, daß er jetzt von der Tür geht«, rief er ihnen zu; »bei Gott, der kommt nimmermehr wieder; denn der Holländermichel haut sich heute nacht ein neues G'stair – ein Floßgelenk – im Wald.«

Die Kleinen staunten ihn an; sie mochten von dem Holländermichel schon gehört haben, aber sie baten jetzt den Ähni, einmal recht schön von jenem zu erzählen. Auch Peter Munk, der vom Holländermichel auf der andern Seite des Waldes nur undeutliches hatte sprechen hören, stimmte mit ein und fragte den Alten, wer und wo er sei. »Er ist der Herr dieses Waldes, und nach dem zu schließen, daß Ihr in Eurem Alter dies noch nicht erfahren, müßt Ihr drüben über dem Tannenbühl oder wohl gar noch weiter zu Hause sein. Vom Holländermichel will ich Euch aber erzählen, was ich weiß und wie die Sage von ihm geht. Vor etwa hundert Jahren, so erzählte es wenigstens mein Ähni, war weit und breit kein ehrlicheres Volk auf Erden als die Schwarzwälder. Jetzt, seit so viel Geld im Land ist, sind die Menschen unredlich und schlecht. Die jungen Burschen tanzen und johlen am Sonntag und fluchen, daß es ein Schrecken ist; damals war es aber anders, und wenn er jetzt zum Fenster dort hereinschaute, so sag' ich's und hab' es oft gesagt, der Holländermichel ist schuld an all dieser Verderbnis. Er lebte also vor hundert Jahren und drüber ein reicher Holzherr, der viel Gesinde hatte; er handelte bis weit in den Rhein hinab, und sein Geschäft war gesegnet, denn er war ein frommer Mann. Kommt eines Abends ein Mann an seine Tür, dergleichen er noch nie gesehen.

Treasurer in the forest green,
Who so many hundred years hast seen,
Thine is the land where the
pine-tree stand, –

As he said these words, he saw, to his intense alarm, a little singular apparition, peering out from behind the vast tree. He saw the glass manikin precisely as he had heard him described; the little black doublet, the red stockings, the tiny hat, all, even to the pale, shrewd, handsome face of which he had heard so much, he now believed he had this instant caught a glimpse of. But, unluckily, rapidly as the manikin had peeped out, he had darted back again as rapidly. »Mr. Glass-blower«, cried Peter, after a pause, »be reasonable, if you please, and don't take me for a fool. Mr. Glass-blower, if you think I didn't see you, you are very much mistaken; for I distinctly saw you peep out from behind that tree.« Still no answer, though he thought occasionally he could distinguish a faint giggle behind the trunk. At last his impatience overcame the terror which had hitherto restrained him. »Wait, you little chap!« cried he; »I'll catch you in a twinkling!« and he sprang, with one bound, behind the tree; but no treasurer could he find in the green thicket, and he saw nothing but an active little squirrel darting up the trunk.

Peter Munk shook his head. He saw that he had succeeded perfectly with the exorcism to a certain point, and that perhaps a single rhyme only was wanted to enable him to entice the manikin wholly out. He rubbed his ear; he scratched his pate; but all in vain. The squirrel took its seat on the lowest branch, and seemed to be laughing at him. It dressed its fur, whisked its pretty tail, and looked at Peter with its cunning eyes, so that at last the lad began to be afraid to be alone with the creature; for now it seemed to him the squirrel had a man's head, and wore a threecornered hat; now again it had on its hind legs red stockings and black shoes. In short, the merry little animal alarmed Peter a good deal, for he could not but think there was a great deal of mystery about it.

Peter left the place much more rapidly than he had come to it. The gloomy shades of the pine forest seemed to increase in depth, the trees to stand more compactly together, and he began to be so much terrified that he retreated on the full run; and not till he heard in the distance the barking of a dog, and saw the smoke of a cottage through the trees, did he become more easy and relieved in mind. But as he drew nearer, and could distinguish the costume of the people in the hut, he found that in his excitement he had taken a wrong direction, and, instead of the glass-blowers, had come among the raftsmen.

The occupants of the hut he saw were wood-cutters; they were an aged man, his son, the proprietor of the house, and several well-grown grandchildren. They received Peter, who begged lodging for the night, with great hospitality, making no inquiry into his name or residence, gave him plenty of cider to drink, and, in the evening, sat before him a roasted heathcock, the choicest delicacy of the Black Forest.

After supper the mistress of the house and her daughters seated themselves with their distaffs round a large torch supplied by the children with the finest resin; the grandfather, the guest, and the husband, sat smoking and looking at the women; and the boys busied themselves in making wooden spoons and forks. Outside, the storm howled and roared through the pines; the crash of falling trees was heard at frequent intervals, and the whole forest seemed to be breaking over their heads. The fearless boys wanted to run out into the wood to witness the terrible scene, but their grandfather checked them with a stern look and word. »I recommend no one«, said he, »to leave the house tonight, for by Heaven he will never come back. Hollander Michael is felling a raft tonight.«

The boys looked at him in amazement; they had heard before of Hollander Michael, but they begged their grandfather to tell them, once for all, his whole history. Peter Munk, also, who had heard indistinct rumors of Hollander Michael on the other side of the forest, chimed in with their entreaties, and inquired of the old man who and where he was. »He is the lord of this forest«, answered the graybeard; »and that at your age you have never yet heard about him shows that you do not live nearer than the pine grove on the hill yonder, and probably a good way further. I will tell you what little I know of Hollander Michael and the various traditions concerning him. A century ago, so my grandfather used to say, there were no more respectable, honorable people in the whole world than the dwellers in the Black Forest. Now, since money has grown to be so plenty, men have become dishonest and wicked. The young fellows dance and revel on Sundays, and swear enough to make your blood run cold. It was very different formerly; and, if Hollander Michael were to look into that window this moment, I would say, as I have often said before, that he is solely to blame for all this corruption. There lived a hundred years ago a rich timber-master hereabouts, who had many servants. He traded far down the Rhine; and, being a pious man, his business prospered. One evening a man came to his door whose equal he had never seen before. His dress was that of the lads of the Black Forest, but he was a head taller than any one else, and no man could have be-

Seine Kleidung war wie die der Schwarzwälder Burschen, aber er war einen guten Kopf höher als alle, und man hatte noch nie geglaubt, daß es einen solchen Riesen geben könne. Dieser bittet um Arbeit bei dem Holzherrn, und der Holzherr, der ihm ansah, daß er stark und zu großen Lasten tüchtig sei, rechnet mit ihm seinen Lohn, und sie schlagen ein. Der Michel war ein Arbeiter, wie selbiger Holzherr noch keinen gehabt. Beim Baumschlagen galt er für drei, und wenn sechs an einem End schleppten, trug er allein das andere. Als er aber ein halb Jahr Holz geschlagen, trat er eines Tages vor seinen Herrn und begehrte von ihm: »Hab' jetzt lang genug hier Holz gehackt, und so möcht' ich auch sehen, wohin meine Stämme kommen, und wie wär' es, wenn ihr mich auch 'nmal auf das Floß ließet?«

Der Holzherr antwortet: »Ich will dir nicht im Wege sein, Michel, wenn du ein wenig hinaus willst in die Welt; zwar beim Holzfällen brauche ich starke Leute, wie du bist, auf dem Floß aber kommt es auf Geschicklichkeit an, doch es sei für diesmal.«

Und so war es; das Floß, mit dem er abgehen sollte, hatte acht Glaich (Glieder), und war im letzten von den größten Zimmerbalken. Aber was geschah? Am Abend zuvor bringt der lange Michel noch acht Balken ans Wasser, so dick und lang, als man keinen je sah, und jeden trug er so leicht auf den Schultern wie eine Flözerstange, so daß sich alles entsetzte. Wo er sie gehauen, weiß bis heute noch niemand. Dem Holzherren lachte das Herz, als er dies sah, denn er berechnete, was diese Balken kosten könnten; Michel aber sagte: »So, die sind für mich zum Fahren, auf den kleinen Spänen dort kann ich nicht fortkommen.« Sein Herr wollte ihm um Dank ein Paar Flözerstiefel schenken, aber er warf sie auf die Seite und brachte ein Paar hervor, wie es sonst noch keine gab; mein Großvater hat versichert, sie hätten hundert Pfund gewogen und seien fünf Fuß lang gewesen.

Das Floß fuhr ab, und hatte der Michel früher die Holzhauer in Verwunderung gesetzt, so staunten jetzt die Flözer; denn statt daß das Floß, wie man wegen der ungeheuren Balken geglaubt hatte, langsamer auf dem Fluß ging, flog er, sobald sie in den Neckar kamen, wie ein Pfeil; machte der Neckar eine Wendung und hatten einst die Flözer Mühe gehabt, das Floß in der Mitte zu halten und nicht auf Kies oder Sand zu stoßen, so sprang jetzt Michel allemal ins Wasser, rückte mit einem Zug das Floß links oder rechts, so daß er ohne Gefahr vorüberglitt, und kam dann eine gerade Stelle, so lief er aufs erste G'stair vor, ließ alle ihre Stangen beisetzen, steckte seinen ungeheuren Weberbaum ins Kies und mit einem Druck flog das Floß dahin, daß das Land und Bäume und Dörfer vorbeizujagen schienen. So waren sie in der Hälfte der Zeit, die man sonst brauchte, nach Köln am Rhein gekommen, wo sie sonst ihre Ladung verkauft hatten; aber hier sprach Michel: »Ihr seid mir rechte Kaufleute und versteht euren Nutzen! Meinet ihr denn, die Kölner brauchen all dies Holz, das aus dem Schwarzwald kommt, für sich? Nein, um den halben Wert kaufen sie es euch ab und verhandeln es teuer nach Holland. Lasset uns die kleinen Balken hier verkaufen und mit den großen nach Holland gehen; was wir über den gewöhnlichen Preis lösen, ist unser eigener Profit.«

So sprach der arglistige Michel, und die andern waren es zufrieden; die einen, weil sie gern nach Holland gezogen wären, es zu sehen, die andern des Geldes wegen. Nur ein einziger war redlich und mahnte sie ab, das Gut ihres Herrn der Gefahr auszusetzen oder ihn um den höheren Preis zu betrügen, aber sie hörten nicht auf ihn und vergaßen seine Worte, aber der Holländermichel vergaß sie nicht. Sie fuhren auch mit dem Holz den Rhein hinab, Michel leitete das Floß und brachte sie schnell bis nach Rotterdam. Dort bot man ihnen das Vierfache von dem früheren Preis, und besonders die ungeheuren Balken des Michel wurden mit schwerem Gelde bezahlt. Als die Schwarzwälder so viel Geld sahen, wußten sie sich vor Freude nicht zu fassen. Michel teilte ab, einen Teil dem Holzherrn, die drei andern unter die Männer. Und nun setzten sie sich mit Matrosen und anderm schlechten Gesindel in die Wirtshäuser, verschlemmten und verspielten ihr Geld, den braven Mann aber, der ihnen abgeraten, verkaufte der Holländermichel an einen Seelenverkäufer, und man hat nichts mehr von ihm gehört. Von da an war den Burschen im Schwarzwald Holland das Paradies und Holländermichel ihr König; die Holzherren erfuhren lange nichts von dem Handel, und unvermerkt kamen Geld, Flüche, schlechte Sitten, Trunk und Spiel aus Holland herauf.

Der Holländermichel war, als die Geschichte herauskam, nirgends zu finden, aber tot ist er auch nicht; seit hundert Jahren treibt er seinen Spuk im Wald, und man sagt, daß er schon vielen behilflich gewesen sei, reich zu werden, aber – auf Kosten ihrer armen Seelen, und mehr will ich nicht sagen. Aber so viel ist gewiß, daß er noch jetzt in solchen Sturmnächten im Tannenbühl, wo man nicht hausen soll, überall die schönsten Tannen aussucht, und mein Vater hat ihn eine vier Schuh dicke umbrechen sehen wie ein Rohr. Mit diesen beschenkt er die, welche sich vom Rechten abwenden und zu ihm gehen; um Mitternacht bringen sie dann die G'stair ins Wasser, und er rudert mit ihnen nach Holland. Aber wäre ich Herr und König in Holland, ich ließe ihn mit Kartätschen in den Boden schmettern, denn alle Schiffe, die von dem Holländer-

lieved that such a giant existed. The stranger begged for employment with the woodcutters, and the wood-master, seeing his great strength and how much work he could do, settled the amount of wages he should pay him, and the bargain was struck. Such a workman the master had never before had in his employ. At felling trees he was equal to three men; and when six were dragging at one end of a log, he carried the other without apparent exertion. After felling timber for six months he went to his master. »I have hewed wood long enough«, said he, »and would like to see where my trees go. What do you say to letting me take down your rafts one of these days.«

The wood-master answered: »I will not stand in your way, Michael, if you wish to see a little of the world. To be sure, I need for tree-felling strong, able-bodied men like you; but still, your dexterity won't be wasted with my rafts; so, if you wish to go, I agree for once.«

So the thing was settled. The raft which he was to manage had eight sections, the last one composed of the largest ship-timbers. But what happened? The evening before he was to start Michael brought down to the river eight beams, far longer and bigger than any ever seen before, and yet carried so easily on his shoulder that all who saw him were aghast. Where he had felled them, nobody knows to this day. The wood-master's heart laughed for joy on seeing them, for he saw at a glance what a monstrous price they would fetch; and Michael said : »These are for me to travel on; I should never get along on those wretched little joists there.« His master, in the height of his gratitude, gave him a handsome pair of river-boots; but he threw them aside, and produced a, pair of unheard-of dimensions; my grandfather used to say that they weighed a hundred pounds, and stood at least five feet high.

The raft set off; and if Michael had hitherto astonished the wood-cutters, he now filled the raftsmen with utter amazement, for, instead of the raft's floating slowly down the stream, as people had expected from the vast size of the timber, no sooner had it reached the Neckar than it flew along like an arrow. At every bend in the Neckar, where the raftsmen usually had great trouble in keeping the raft in the middle and preventing it from striking on the gravel or sand, Michael invariably sprang into the water and with one shove pushed the timber right or left, so that it slipped by without danger; and when he came to a straight part of the river, he ran forward on to the front division and, thrusting his huge weaver's beam into the gravel, with one mighty push would send the raft along so that shores and trees and villages seemed to be all racing in the contrary direction. In this way, in half the time they usually required, they reached the city of Cologne, where they were wont to dispose of their timber; but here Michael said: »You are fine merchants, are you not, and understand your business! Do you suppose the people of Cologne use all the timber which comes from the Black Forest? No, they buy it of you for half its value, and sell it in Holland again at double price. Let us sell the small timbers here, and go ourselves with the larger ones to Holland. Whatever we get beyond the usual price is our own profit.«

Thus spoke the crafty Michael, and the others assented at once, some because they were anxious to visit Holland, and others for the sake of the expected profit. One only of the gang was honest, and warned them against exposing their master's property to danger, or cheating him out of the higher price; but the others would not listen, and forgot his words, though Hollander Michael did not. They descended the Rhine with the raft, under Michael's guidance, and soon arrived at Rotterdam. Here they obtained fourfold the usual price for their goods, and Michael's huge timbers especially fetched a monstrous sum of money. Seeing so much gold within their reach, the Black Foresters lost all self-control. Michael divided the purchase-money, one-fourth to his master and three to the raftsmen, and they squandered and gambled it away in all sorts of debauchery, frequenting the low pot-houses and taverns with sailors and other dissipated people; while the brave man who had attempted to dissuade them from their purpose was sold, it is thought, by Michael to the devil, for he was never seen again. From this time Holland was a paradise to the lads of the Black Forest, and Hollander Michael their king. Their masters heard nothing of the proceeding for a long time; and money, swearing, bad manners, drunkenness, and gambling, came insensibly from Holland to these once happy regions.

When the story came out at last, Hollander Michael was nowhere to be found. But dead he certainly is not; for these hundred years past he has been playing his pranks in this forest, and they say he has helped a great many persons to grow rich, but – at the price of their poor souls, and I say no more of that. But this much is certain, that on just such stormy nights as this he tears down the largest pines in the pine grove yonder where no one works; and my father saw him once snap off one, four feet in diameter, like a reed. These he gives to those men who turn aside from virtue and follow him. At midnight they carry them down to the river, and he steers them down to Holland. But if I were King of Holland I would have him blown from the can-

michel auch nur einen Balken haben, müssen untergehen. Daher kommt es, daß man von so vielen Schiffbrüchen hört; wie könnte denn sonst ein schönes starkes Schiff, so groß wie eine Kirche, zu Grunde gehen auf dem Wasser. Aber so oft Holländermichel in einer Sturmnacht im Schwarzwald eine Tanne fällt, springt eine seiner alten aus den Fugen des Schiffes, das Wasser dringt ein, und das Schiff ist mit Mann und Maus verloren.

Das ist die Sage vom Holländermichel, und wahr ist es, alles Böse im Schwarzwald schreibt sich von ihm her; oh! Er kann einen reich machen!« setzte der Greis geheimnisvoll hinzu. »Aber ich möchte nichts von ihm haben, ich möchte um keinen Preis in der Haut des dicken Ezechiel und des langen Schlurker stecken; auch der Tanzbodenkönig soll sich ihm ergeben haben!«

Der Sturm hatte sich während der Erzählung des Alten gelegt; die Mädchen zündeten schüchtern die Lampen an und gingen weg, die Männer aber legten Peter Munk einen Sack voll Laub als Kopfkissen auf die Ofenbank und wünschten ihm gute Nacht.

Kohlen-Munk-Peter hatte noch nie so schwere Träume gehabt wie in dieser Nacht; bald glaubte er, der finstere riesige Holländermichel reiße die Stubenfenster auf und reiche mit seinem ungeheuer langen Arm einen Beutel voll Goldstücke herein, die er untereinander schüttelte, daß es hell und lieblich klang; bald sah er wieder das kleine, freundliche Glasmännlein auf einer ungeheuren grünen Flasche im Zimmer umherreiten, und er meinte das heisere Lachen wieder zu hören wie im Tannenbühl; dann brummte es ihm wieder ins linke Ohr:

In Holland gibt's Gold,
Könntet's haben, wenn ihr wollt
Um geringen Sold,
Gold, Gold!

Dann hörte er wieder in sein rechtes Ohr das Liedchen vom Schatzhauser im grünen Tannenwald, und eine zarte Stimme flüsterte: »Dummer Kohlen-Peter, dummer Peter Munk, kannst kein Sprüchlein reimen auf stehen und bist doch am Sonntag geboren Schlag zwölf Uhr. Reime, dummer Peter, reime!«

Er ächzte, er stöhnte im Schlaf, er mühte sich ab, einen Reim zu finden, aber da er in seinem Leben noch keinen gemacht hatte, war seine Mühe im Traume vergebens. Als er aber mit dem ersten Frührot erwachte, kam ihm doch sein Traum sonderbar vor; er setzte sich mit verschränkten Armen hinter den Tisch und dachte über die Einflüsterungen nach; die ihm noch immer im Ohr lagen: »Reime dummer Kohlen-Munk-Peter, reime«, sprach er zu sich und pochte mit dem Finger an seine Stirne, aber es wollte kein Reim hervorkommen. Als er noch so dasaß, trübe vor sich hinschaute und an dem Reim auf »stehen« dachte, da zogen drei Burschen vor dem Hause vorbei in den Wald, und einer sang im Vorübergehen:

Am Berge tat ich stehen
Und schaute in das Tal,
Da hab ich sie gesehen
Zum allerletztenmal.

Das fuhr wie ein leuchtender Blitz durch Peters Ohr, und hastig raffte er sich auf, stürzte aus dem Haus, weil er meinte, nicht recht gehört zu haben, sprang den drei Burschen nach und packte den Sänger hastig und unsanft am Arm. »Halt Freund«, rief er, »was habt Ihr da auf stehen gereimt? Tut mir die Liebe und sprecht, was Ihr gesungen.«

»Was ficht's dich an, Bursche?« entgegnete der Schwarzwälder, »Ich kann singen, was ich will, und laß gleich meinen Arm los oder –«

»Nein, sagen sollst du, was du gesungen hast!« schrie Peter beinahe außer sich und packte ihn noch fester an, die zwei andern aber, als sie dies sahen, zögerten nicht lange, sondern fielen mit derben Fäusten über den armen Peter her und walkten ihn derb, bis er vor Schmerzen das Gewand des dritten ließ und erschöpft in die Knie sank. »Jetzt hast du dein Teil«, sprachen sie lachend, »und merk dir, toller Bursche, daß du Leute, wie wir sind, nimmer anfällst auf offenem Wege.«

»Ach, ich will mir es gewißlich merken!« erwiderte Kohlen-Peter seufzend. »Aber so ich die Schläge habe, seid so gut und saget deutlich, was jener gesungen.«

Da lachten sie aufs neue und spotteten ihn aus; aber der das Lied gesungen, sagte es ihm vor, und lachend und singend zogen sie weiter.

»Also sehen«, sprach der arme Geschlagene, indem er sich mühsam aufrichtete; »sehen auf stehen. Jetzt Glasmännlein, wollen wir wieder ein Wort zusammen sprechen.« Er ging in die Hütte, holte seinen Hut und den langen Stock, nahm Abschied von den Bewohnern der Hütte und trat seinen Rückweg nach dem Tannenbühl an. Er ging langsam und sinnend seine Straße, denn er mußte ja einen Vers erinnern; endlich, als er schon in den Bereich des Tannenbühls ging und die Tannen höher und dichter wurden, hatte er auch seinen Vers gefunden und machte vor Freuden einen Sprung in die Höhe. Da trat ein riesengroßer Mann in Flözerkleidung, und eine Stange so lang wie ein Mastbaum in der Hand, hinter den Tannen hervor. Peter Munk sank beinahe in die Knie, als er jenen langsamen Schrittes neben sich wandeln sah; denn er dachte, das ist der Holländermichel und kein anderer. Noch

non's mouth, for every ship will surely sink which has in her one of Hollander Michael's timbers. This is why we hear of so many shipwrecks; for what else should make a handsome, strong ship, as big as a church, sink to the bottom of the ocean? I tell you, just so often as Hollander Michael fells a pine in the Black Forest, one of his old timbers springs out from the bottom of some ship; the water of course pours in, and the vessel is lost with crew and cargo. This is the story of Hollander Michael; and true it is that every evil in these woods must be ascribed to him. O, he can make a man rich!« added the old grandfather mysteriously; »but not for worlds would I take anything from him. I wouldn't be in the skin of Fat Ezekiel or Long Slurker for all the Indies! King Dance has sold himself to him, too, or I am much mistaken.«

The storm had gone down while the old man was speaking; the girls, trembling with fear, lighted their lamps and went away to bed, and the men laid a bag of leaves on the stove-bench as a pillow for Peter Munk, and bade him good-night.

Peter had never had such fearful dreams as on this night. Now, he imagined that he saw the gigantic Hollander Michael tear open the cottage window, and hold in with his prodigiously long arm a purse full of gold pieces, which he shook together with a sweet metallic ring; now, on the other hand, he thought he saw the little, good-natured glass manikin riding round the room on a huge green bottle, and he thought he could again distinguish the faint giggle he had heard in the pinegrove. Soon his left ear caught a murmur:

In Holland is gold,
In sums untold,
At a low price sold,
Gold, gold.

Then he heard, in his right ear, the song of the treasurer in the leafy pine forest, and a soft voice whispered: »Stupid coal-burner, stupid Peter Munk, cannot find a word to rhyme with »stand«, and yet was born at noon on Sunday! Rhyme, stupid Peter, rhyme!«

He groaned and grunted in his sleep, trying to find a rhyme, but as he had never made one in his life, all the efforts of his dream were fruitless. Waking with the earliest beams of morning, his memory still retained the marvels of the previous night, and, sitting near the table with folded arms, he pondered over the whispered words which still lingered in his ear. »Rhyme, stupid Peter, rhyme«, said he to himself, knocking at his forehead with his finger; but no rhyme came. As he was sitting staring at the floor and thinking of a rhyme for »stand«, three lads passed the house in the direction of the wood, and one of them sang:

On the mountain I did stand,
And I gazed across the dell,
And I saw her wave her hand
In eternal farewell.

It went into Peter's ear like a flash of lightning, and starting up hastily, in fear lest he had heard incorrectly, he rushed from the house and seized the singer roughly by the arm. »Halt, friend!« he cried, »what was your rhyme to »stand«? Do me the favor to repeat what you sang just now.«

»What business is it of yours, man?« answered the youth, »I will sing just what I please; and let go my arm this moment, or –.«

»You must and shall tell me what you were singing!« shouted Peter, almost crazy with anxiety, and tightening his grasp; whereupon, the two others, without an instant's delay, seized him in their powerful grip, and handled him so roughly that he was forced by mere pain to release the sleeve of the third, and sank exhausted on his knees. »There!« said they, laughing, »you've got your gruel; and remember, you fool, never to attack people of our sort again on the high road.«

»Alas! I shall be sure to remember«, answered Peter, with a deep sigh. »But if you beat me for it, please tell me distinctly what you were singing.«

At this they all laughed again, and poked fun at him to their heart's content; but the singer repeated his song at last, and, laughing and singing, the three merry companions went on their way.

»Aha! hand«, said battered Peter, rising painfully from the ground. »Stand and hand – of course! Now, glass manikin, we will have a word or two together.« He entered the hut, and, taking his hat and staff, bade good-by to the occupants of the cottage, and set off on his return to the pine grove. Slowly and thoughtfully he trudged along, for he had to compose a line for his verse; at last, however, after he had come within the borders of the grove, and the pines grew tall and thick, he succeeded in his essay at poetical composition, and, in his delight, gave a high leap into the air. At this moment a man of gigantic height, dressed like a raftsman, and with a staff like a ship's mast in his hand, stepped forth from behind the pines. Peter Munk almost dropped on his knees when he saw this figure approaching; for he felt it could be no other than Hollander Michael. The spectre preserved a profound silence, and Peter gazed at

... aber in diesem Augenblicke fühlte er das Stück Holz in seiner Hand sich bewegen, und zu seinem Entsetzen sah er, daß es eine ungeheure Schlange sei, was er in der Hand hielt, die sich schon mit geifernder Zunge und mit blitzenden Augen an ihm hinaufbäumte. Er ließ sie los, aber sie hatte sich schon fest um seinen Arm gewickelt und kam mit schwankendem Kopfe seinem Gesichte immer näher; da rauschte auf einmal ein ungeheurer Auerhahn nieder, packte den Kopf der Schlange mit dem Schnabel, erhob sich mit ihr in die Lüfte, und Holländermichel, der dies alles von dem Graben aus gesehen hatte, heulte und schrie und raste, als die Schlange von einem Gewaltigeren entführt ward.

... but the moment he did so he felt the stick move in his hand, and he saw to his horror that he held in his grasp a monstrous serpent, which was already ascending his arm with dripping tongue and gleaming eyes, to assail his throat. He relaxed his hold, but the reptile had wound itself round his arm, and its darting head drew nearer and nearer to his face. Suddenly a gigantic heathcock flew down, and, seizing the serpent's head in his beak, flew with the reptile into the air; while Hollander Michael, who had seen the whole affair from the further side of the trench, howled, yelled and raved, as the snake was carried off by a superior power.

immer schwieg die furchtbare Gestalt, und Peter schielte zuweilen furchtsam nach ihm hin. Er war wohl einen Kopf größer als der längste Mann, den Peter je gesehen, sein Gesicht war nicht mehr jung, doch auch nicht alt, aber voll Furchen und Falten; er trug ein Wams von Leinwand, und die ungeheuren Stiefel, über die Lederbeinkleider heraufgezogen, waren Peter aus der Sage wohl bekannt.

»Peter Munk, was tust du im Tannenbühl?« fragte der Waldkönig endlich mit tiefer, dröhnender Stimme.

»Guten Morgen, Landsmann«, antwortete Peter, indem er sich unerschrocken zeigen wollte, aber heftig zitterte, »Ich will durch den Tannenbühl nach Haus zurück.«

»Peter Munk«, erwiderte jener und warf einen stechenden furchtbaren Blick nach ihm herüber, »dein Weg geht nicht durch diesen Hain.«

»Nun, so gerade just nicht«, sagte jener, »aber es macht heute warm, da dachte ich, es wird hier kühler sein.«

»Lüge nicht, du Kohlen-Peter!« rief der Holländermichel mit donnernder Stimme, »Oder ich schlag' dich mit der Stange zu Boden; meinst, ich hab' dich nicht betteln sehen bei dem Kleinen?« setzte er sanft hinzu. »Geh, geh, das war ein dummer Streich, und gut ist es, daß du das Sprüchlein nicht wußtest; er ist ein Knauser, der kleine Kerl, und gibt nicht viel, und wem er gibt, der wird seines Lebens nicht froh. – Peter, du bist ein armer Tropf und dauerst mich in der Seele; so ein munterer, schöner Bursche, der in der Welt was anfangen könnte, und sollst Kohlen brennen! Wenn andere große Taler oder Dukaten aus dem Ärmel schütteln, kannst du kaum ein paar Sechser aufwenden; 's ist ein ärmlich Leben.«

»Wahr ist's; und recht habt Ihr; ein elendes Leben.«

»Na, mir soll's nicht darauf ankommen«, fuhr der schreckliche Michel fort, »hab' schon manchem braven Kerl in der Not geholfen, und du wärest nicht der erste. Sag einmal, wieviel hundert Taler brauchst du fürs erste?«

Bei diesen Worten schüttelte er das Geld in seiner ungeheuren Tasche untereinander, und es klang wieder wie diese Nacht im Traum. Aber Peters Herz zuckte ängstlich und schmerzhaft bei diesen Worten, es wurde ihm kalt und warm, und der Holländermichel sah nicht aus, wie wenn er aus Mitleid Geld wegschenkte, ohne etwas dafür zu verlangen. Es fielen ihm die geheimnisvollen Worte des alten Mannes über die reichen Menschen ein, und von unerklärlicher Angst und Bangigkeit gejagt, rief er: »Schön Dank, Herr! Aber mit Euch will ich nichts zu schaffen haben, und ich kenn' Euch schon« und lief, was er laufen konnte. – Aber der Waldgeist schritt mit ungeheuren Schritten neben ihm her und murmelte dumpf und drohend: »Wirst's noch bereuen, Peter, auf deiner Stirne steht's geschrieben, in deinem Aug' ist's zu lesen, du entgehst mir nicht. Lauf nicht so schnell, höre nur noch ein vernünftig Wort, dort ist schon meine Grenze.« Aber als Peter dies hörte und unweit von ihm einen kleinen Graben sah, beeilte er sich nur noch mehr, über die Grenze zu kommen, so daß Michel am Ende schneller laufen mußte und unter Flüchen und Drohungen ihn verfolgte. Der junge Mann setzte mit einem verzweifelten Sprung über den Graben, denn er sah, wie der Waldgeist mit seiner Stange ausholte und sie auf ihn niederschmettern lassen wollte; er kam glücklich jenseits an, und die Stange zersplitterte in der Luft wie an einer unsichtbaren Mauer, und ein langes Stück fiel zu Peter herüber.

Triumphierend hob er es auf, um es dem groben Holländermichel zuzuwerfen; aber in diesem

him with eyes of terror. He stood at least a head taller than the tallest man Peter had ever seen; his face was neither old nor young, but full of furrows and wrinkles; he wore a doublet of dark linen cloth, and the huge boots drawn up over his leather breeches Peter recognized at once as those described by tradition.

»Peter Munk, what brings you to the pine grove?« asked the forest king at length in a deep and threatening voice.

»Good-morning, Mr. Countryman«, answered Peter, seeking to conceal his fear, but trembling violently; »I was only going home through this pine grove.«

»Peter Munk«, said the giant, turning on him a penetrating glance, »your road goes not through this grove.«

»No, sir, not exactly«, replied Peter, »but the day is warm, and I thought it would be cooler here.«

»No lies, charcoal-burner!« shouted Hollander Michael, in a voice of thunder, »or I will strike you dead with this staff! Think you I did not see you begging of the manikin?« he added more softly. »Pooh, pooh, Peter! that was a stupid business, and you were lucky in not remembering the poetry. He is a niggard, that little wretch, and never gives much, and those who receive from him are never happy. Peter, you are a poor simpleton, and I pity you from my soul; such a high-spirited, handsome lad, who could do so much in the great world, and yet only a charcoalburner! Only able to bring out sixpence, when other men shake out big dollars from their pockets! It's a wretched life!«

»So it is, sir; you are right; it is a wretched life indeed!«

»Well, well«, continued the frightful Michael; »you will not be the first brave lad I have helped out of his difficulties. Say, Peter, how many hundred dollars do you want for your first instalment?«

Saying this, he rattled the gold in his big pockets, and a sound came to Peter's ears like that he had heard in his dream. But his heart throbbed with terror at these words of the spectre, for Hollander Michael did not look like one who gave money for charity's sake alone. The old man's mysterious remarks about rich men recurred to his memory, and, filled with an inexpressible alarm, he cried: »Much obliged, sir! but I wish to have nothing to do with you; I know you of old«, and ran, as he had never run before. The demon came after him with prodigious strides, muttering in a hollow and menacing voice: »You will regret this, Peter. It is written on your forehead, I can read it in your eyes, that you will not escape me. Do not run so fast; listen to one sensible word, Peter, before you cross my boundary.« Hearing these words, and seeing before him at no great distance a narrow trench, Peter redoubled his efforts to reach the limits, Michael pursuing him with threats and curses. The young man leaped across the trench with a desperate spring, just as he saw the spectre raise his staff to deal a fatal blow upon his head. He crossed the trench without mishap, and the staff splintered in the air as if it had struck an invisible wall, and a long fragment fell at Peter's feet.

He picked the piece up triumphantly to throw it back at Hollander Michael; but the moment he did so he felt the stick move in his hand, and he saw to his horror that he held in his grasp a monstrous serpent, which was already ascending his arm with dripping tongue and gleaming eyes, to assail his throat. He relaxed his hold, but the reptile had wound itself round his arm, and its darting head drew nearer and nearer to his face. Suddenly a gigantic heathcock flew down, and, seizing the serpent's head in his beak, flew with the reptile into the air; while Hollander Michael, who had seen the whole affair from the further side of the trench, howled, yelled and raved, as the snake was carried off by a superior power.

Peter went his way, trembling and exhausted; the path grew steeper, the scene became more savage, and he soon found himself at the huge pine. He made, as he had done the day before, a low reverence to the invisible manikin, and said:

Treasurer in the forest green,
Who so many hundred years hast seen,
Thine is the land where the pine-trees stand,
And Sabbath-born children bless thy hand.

»You haven't exactly hit it, charcoal Peter; but since it is you, let it pass«, said a soft, melodious voice close by. He looked round amazed, and under a handsome pine he saw sitting a little man, in a black doublet and red stockings, with a huge hat on his head. He had a pleasant, kindly face, and a long beard as fine as cobweb. He was smoking a pipe of blue glass, and, as Peter drew nearer, he saw to his astonishment that the clothes, shoes and hat of the pigmy were also made of colored glass; but it was as flexible as if it were still hot, for it adapted itself like cloth to every motion of his body.

»You have met that scoundrel, Hollander Michael«, said the dwarf, coughing oddly between every word. »He has served you a shameful trick; but I have taken away his magic staff, and he will never get it again.«

»Yes, my lord treasurer«, replied Peter, with a low bow, »it was an anxious moment. You are

Augenblicke fühlte er das Stück Holz in seiner Hand sich bewegen, und zu seinem Entsetzen sah er, daß es eine ungeheure Schlange sei, was er in der Hand hielt, die sich schon mit geifernder Zunge und mit blitzenden Augen an ihm hinaufbäumte. Er ließ sie los, aber sie hatte sich schon fest um seinen Arm gewickelt und kam mit schwankendem Kopfe seinem Gesichte immer näher; da rauschte auf einmal ein ungeheurer Auerhahn nieder, packte den Kopf der Schlange mit dem Schnabel, erhob sich mit ihr in die Lüfte, und Holländermichel, der dies alles von dem Graben aus gesehen hatte, heulte und schrie und raste, als die Schlange von einem Gewaltigeren entführt ward.

Erschöpft und zitternd setzte Peter seinen Weg fort; der Pfad wurde steiler, die Gegend wilder, und bald befand er sich an der ungeheuren Tanne. Er machte wieder wie gestern seine Verbeugungen gegen das unsichtbare Glasmännlein. Und hob dann an:

Schatzhauser im grünen Tannenwald,
Bist schon viel hundert Jahre alt.
Dein ist all Land wo Tannen stehn
Läßt dich nur Sonntagskindern sehn.

»Hast's zwar nicht ganz getroffen, aber weil du es bist, Kohlen-Munk-Peter, so soll es so hingehen«, sprach eine zarte, feine Stimme neben ihm. Erstaunt sah er sich um, und unter einer schönen Tanne saß ein kleines, altes Männlein, in schwarzem Wams und roten Strümpfen und den großen Hut auf dem Kopfe. Es hatte ein feines, freundliches Gesichtchen und ein Bärtchen so zart wie aus Spinnweben; es rauchte, was sonderbar anzusehen war, aus einer Pfeife von blauem Glas, und als Peter näher trat, sah er zu seinem Erstaunen, daß auch Kleider, Schuhe und Hut des Kleinen aus gefärbtem Glas bestanden; aber es war geschmeidig, als ob es noch heiß wäre, denn es schmiegte sich wie ein Tuch nach jeder Bewegung des Männleins.

»Du hast dem Flegel begegnet, dem Holländermichel?« sagte der Kleine, indem er zwischen jedem Worte sonderbar hüstelte. »Er hat dich recht beängstigen wollen, aber seinen Kunstprügel habe ich ihm abgejagt, den soll er nimmer wiederkriegen.«

»Ja, Herr Schatzhauser«, erwiderte Peter mit einer tiefen Verbeugung, »es war mir recht bange. Aber Ihr seid wohl der Herr Auerhahn gewesen, der die Schlange totgebissen; da bedanke ich mich schönstens. – Ich komme aber, um mir Rat zu erholen bei Euch; es geht mir gar schlecht und hinderlich; ein Kohlenbrenner bringt es nicht weit, und da ich noch jung bin, dächte ich doch, es könnte noch was Besseres aus mir werden; und wenn ich oft andere sehe, wie weit die es in kurzer Zeit gebracht haben: Wenn ich nur den Ezechiel nehme und den Tanzbodenkönig; die haben Geld wie Heu.«

»Peter«, sagte der Kleine sehr ernst und blies den Rauch aus seiner Pfeife weit hinweg; »Peter, sag mir nichts von diesen. Was haben sie davon, wenn sie hier ein paar Jahre dem Scheine nach glücklich und dann nachher desto unglücklicher sind? Du mußt dein Handwerk nicht verachten; dein Vater und Großvater waren Ehrenleute und haben es auch getrieben, Peter Munk! Ich will nicht hoffen, daß es Liebe zum Müßiggang ist, was dich zu mir führt.«

Peter erschrak vor dem Ernst des Männleins und errötete. »Nein«, sagte er, »Müßiggang, weiß ich wohl, Herr Schatzhauser im Tannenwald, Müßiggang ist aller Laster Anfang, aber das könntet Ihr mir nicht übelnehmen, wenn mir ein anderer Stand besser gefällt als der meinige. Ein Kohlenbrenner ist halt so gar etwas Geringes auf der Welt, und die Glasleute und Flözer und Uhrmacher und alle sind angesehener.«

»Hochmut kommt vor dem Fall«, erwiderte der kleine Herr vom Tannenwald etwas freundlicher. »Ihr seid ein sonderbar Geschlecht, ihr Menschen! Selten ist einer mit dem Stand ganz zufrieden, in dem er geboren und erzogen ist, und was gilt's? Wenn du ein Glasmann wärest, möchtest du gerne ein Holzherr sein, und wärest du Holzherr, so stünde dir des Flözers Dienst oder des Amtmanns Wohnung an? Aber es sei: Wenn du versprichst, brav zu arbeiten, so will ich dir zu etwas Besserem verhelfen, Peter. Ich pflege jedem Sonntagskind, das sich zu mir zu finden weiß, drei Wünsche zu gewähren. Die ersten zwei sind frei. Den dritten kann ich verweigern, wenn er töricht ist. So wünsche dir also jetzt etwas. Aber – Peter, etwas Gutes und Nützliches.«

»Heisa! Ihr seid ein treffliches Glasmännlein, und mit Recht nennt man Euch Schatzhauser, denn bei euch sind die Schätze zu Hause. Nu – und also darf ich wünschen, wonach mein Herz begehrt, so will ich denn fürs erste, daß ich noch besser tanzen könne als der Tanzbodenkönig und immer so viel Geld in der Tasche habe als der alte Ezechiel.«

»Du Tor!« erwiderte der Kleine zürnend. »Welch ein erbärmlicher Wunsch ist dies, gut tanzen zu können und Geld zum Spiel zu haben! Schämst du dich nicht, dummer Peter, dich selbst so um dein Glück zu betrügen? Was nützt es dir und deiner armen Mutter, wenn du tanzen kannst? Was nützt dir dein Geld, das nach deinem Wunsch nur fürs Wirtshaus ist und wie das des elenden Tanzbodenkönigs dort bleibt? Dann hast du wieder die ganze Woche nichts und darbst wie zuvor. Noch einen Wunsch gebe ich dir frei, aber sieh dich vor, daß du vernünftiger wünschest.«

the honorable heathcock, no doubt, who killed the snake. Accept my sincerest thanks. I came to obtain your advice and aid. My affairs are in a very bad condition, indeed, sir. A charcoal-burner can never do much, and I thought that, as I was young, I might make something better of myself: especially when I see other men who have gone ahead so far in a very short time, like Ezekiel, for instance, and King Dance, who have money as plenty as grass in summer.«

»Peter«, said the pigmy, solemnly, blowing the smoke from the bowl of his pipe; »Peter, say nothing to me of those men. What does it profit them to seem happy here for a few years, if they are all the more miserable afterwards? You must not despise your trade; your father and your grandfather were respectable men, and carried on the same business, Peter Munk! I earnestly hope it is no love of idleness which brings you to me.«

Peter was startled by the little man's solemnity, and blushed scarlet. »No«, said he; »I well know, my lord treasurer, that idleness is the root of all evil; but you will not think the worse of me if I confess that a different position from what I occupy would please me better. A charcoal-burner is looked on as contemptible all the world over, and the glass-blowers and raftsmen and watch-makers are much more respectable.«

»Pride often comes before a fall«, answered the little gentleman of the pine grove, more kindly. »You men are strange beings! Few of you are contented with the lot in which you are born and bred. If you were a glass-blower, you would wish to be a woodmaster; if a wood-master, you would long for the place of the forester, or the bailiff. But, so be it; if you promise to work diligently, Peter, I will help you to a better lot. I am accustomed to grant to every Sabbath-born child, who knows how to find me, three wishes. The first two are absolute; but the third, if it is a foolish one, I am at liberty to refuse. So, state what you want. But, Peter, let it be something useful and good.«

»Huzza! O! you are an excellent manikin, and properly called treasurer, for treasures are at home in your house! Let me see. If I may wish whatever I please, sir, let the first be that I may dance better than King Dance himself, and have always as much money in my pocket as Fat Ezekiel.«

»You fool!« said the dwarf, angrily. »What a miserable wish is this, to dance well, and have money to squander! Are you not ashamed, stupid Peter, to cheat yourself of your good fortune in this way? What advantage is it to you and your poor mother, that you can dance? What benefit is all your money, which, according to your wish, is only for the tavern, and remains there like that of the worthless King Dance? I give you one more free wish; but mind your wish more sensibly.«

Peter scratched his ears, and said, after some delay: »Well, I wish for the finest and richest glass-house in the Black Forest, and money to carry it on.«

»Nothing else?« asked the dwarf, anxiously; »Peter, nothing else?«

»Well, sir, you might add a horse, and a little carriage –.«

»O, you stupid charcoal-burner!« cried the pigmy, in a rage, throwing his glass pipe against a pine, where it broke into a thousand pieces. »Horses! carriages! Sense, I tell you, good common sense you ought to have wished for, and not horses and carriages! Come, don't be so downcast; it is not so disgraceful, after all. Your second wish was not so very absurd. A good glass-house keeps master and man; but if you had taken prudence and common sense with it, the horse and carriage would have come of themselves.«

»But, lord treasurer«, said Peter, »I have still one wish left. I can wish for common sense, if you think it so necessary.«

»No, no. You will get into many a difficulty, Peter, where you will be happy to think that you have a wish on hand. Here«, said the manikin, drawing a little purse from his pocket, »here are two thousand florins, and enough for you, too; and never come here again to ask for money. If you do, I shall hang you up on the highest pine in the forest. I have always done so since I lived in this wood. Old Winkfritz, who owned the great glass-house in the lower forest, died three days ago. Go there tomorrow morning early, and make a fair offer for the property as it stands. Live honestly, be industrious, and I will visit you occasionally to assist you with advice, since you failed to ask for common sense. But – I say it earnestly – your first wish was bad. Beware of going to the tavern, Peter. It never benefited anybody yet!« While he spoke, the little man had pulled out a fresh pipe of glass, and, stuffing it with dry rosin, thrust it into his tiny, toothless mouth. Then drawing forth a huge burning-glass, he stepped into the sunshine and lighted his pipe. When everything was ready, he held out his hand graciously to Peter, and, giving him some good counsel as they went along, smoked and blew faster and faster, till he vanished at length in a cloud of smoke, which, slowly curling, floated away among the pines.

When Peter reached home, he found his mother in great anxiety on his account; for, from his staying away so long, the good lady was per-

Peter kratzte sich hinter den Ohren und sprach nach einigem Zögern. »Nun, so wünsche ich mir die schönste und reichste Glashütte im ganzen Schwarzwald mit allem Zubehör und Geld, sie zu leiten.«

»Sonst nichts?« fragte der Kleine mit besorglicher Miene. »Peter, sonst nichts?«

»Nun – Ihr könnten noch ein Pferd dazutun – und ein Wägelchen –«

»Oh, du dummer Kohlen-Munk-Peter!« rief der Kleine und warf seine gläserne Pfeife im Unmut an eine dicke Tanne, daß sie in hundert Stücke sprang. »Pferd? Wägelchen? Verstand, sag' ich dir, Verstand, gesunden Menschenverstand und Einsicht hättest du dir, wünschen sollen, aber nicht Pferdchen und Wägelchen. Nun, werde nur nicht so traurig, wir wollen sehen, daß es auch so nicht zu deinem Schaden ist; denn der zweite Wunsch war im ganzen nicht töricht. Eine gute Glashütte nährt auch ihren Mann und Meister, nur hättest du Einsicht und Verstand dazu mitnehmen können, Wagen und Pferde wären dann wohl von selbst gekommen.«

»Aber, Herr Schatzhauser«, erwiderte Peter. »Ich habe ja noch einen Wunsch übrig. Da könnte ich ja Verstand wünschen, wenn er mir so überaus nötig ist, wie Ihr meinet.«

»Nichts da. Du wirst noch in manche Verlegenheit kommen, wo du froh sein wirst, wenn du noch einen Wunsch frei hast. Und nun mache dich auf den Weg nach Hause. Hier sind«, sprach der kleine Tannengeist, indem er ein kleines Beutelchen aus der Tasche zog, »hier sind zweitausend Gulden und damit genug, und komm mir nicht wieder, um Geld zu fordern, denn dann müßte ich dich an die höchste Tanne aufhängen. So hab' ich's gehalten, seit ich in dem Wald wohne. Vor drei Tagen aber ist der alte Winkfritz gestorben, der die große Glashütte gehabt hat im Unterwald. Dorthin gehe morgen frühe und mach ein Bot auf das Gewerbe, wie es recht ist. Halt dich wohl, sei fleißig, und ich will dich zuweilen besuchen und dir mit Rat und Tat an die Hand gehen, weil du dir doch keinen Verstand erbeten. Aber, und das sag' ich dir ernstlich, dein erster Wunsch war böse. Nimm dich in acht vor dem Wirtshauslaufen. Peter! 's hat noch bei keinem lange gut getan.« Das Männlein hatte, während es dies sprach, eine neue Pfeife vom schönsten Beinglas hervorgezogen, sie mit gedörrten Tannenzapfen gestopft und in den kleinen, zahnlosen Mund gesteckt. Dann zog es ein ungeheures Brennglas hervor, trat in die Sonne und zündete seine Pfeife an. Als es damit fertig war, bot es dem Peter freundlich die Hand, gab ihm noch ein paar gute Lehren auf den Weg, rauchte und blies immer schneller und verschwand endlich in einer Rauchwolke, die nach echtem holländischem Tabak roch und langsam sich kräuselnd in den Tannenwipfeln verschwebte.

Als Peter nach Hause kam, fand er seine Mutter sehr in Sorgen um ihn, denn die gute Frau glaubte nicht anders, als ihr Sohn sei zum Soldaten ausgehoben worden. Er aber war fröhlich und guter Dinge und erzählte ihr, wie er im Walde einen guten Freund getroffen, der ihm Geld vorgeschossen habe, um ein anderes Geschäft als Kohlenbrennen anzufangen. Obgleich seine Mutter schon seit dreißig Jahren in der Köhlerhütte wohnte und an den Anblick berußter Leute so gewöhnt war als jeder Müllerin an das Mehlgesicht ihres Mannes, so war sie doch eitel genug, sobald ihr Peter ein glänzenderes Los zeigte, ihren früheren Stand zu verachten, und sprach: »Ja, als Mutter eines Mannes, der eine Glashütte besitzt, bin ich doch was anderes als Nachbarin Grete und Bete und setze mich in Zukunft vornehin in der Kirche, wo rechte Leute sitzen.« Ihr Sohn aber wurde mit den Erben der Glashütte bald handelseinig. Er behielt die Arbeiter, die er vorfand, bei sich und ließ nun Tag und Nacht Glas machen. Anfangs gefiel ihm das Handwerk wohl. Er pflegte gemächlich in die Glashütte hinabzusteigen, ging dort mit vornehmen Schritten, die Hände in die Taschen gesteckt, hin und her, guckte dahin, guckte dorthin, sprach dies und jenes, worüber seine Arbeiter oft nicht wenig lachten, und seine größte Freude war, das Glas blasen zu sehen, und oft machte er sich an die Arbeit und formte aus der noch weichen Masse die sonderbarsten Figuren. Bald aber war ihm die Arbeit entleidet, und er kam zuerst nur noch eine Stunde des Tages in die Hütte, dann nur alle zwei Tage, endlich die Woche nur einmal, und seine Gesellen machten, was sie wollten. Das alles kam aber nur vom Wirtshauslaufen. Den Sonntag nachdem er vom Tannebühl zurückgekommen war, ging er ins Wirtshaus, und wer schon auf den Tanzboden sprang, war der Tanzbodenkönig, und der dicke Ezechiel saß auch schon hinter der Meßkanne und knöchelte um Kronentaler. Da fuhr Peter schnell in die Tasche, zu sehen, ob ihm das Glasmännlein Wort gehalten, und siehe, seine Tasche strotze vor Silber und Gold. Auch in seinen Beinen, zuckte und drückte es, wie wenn sie tanzen und springen wollten, und als der erste Tanz zu Ende war, stellte er sich mit seiner Tänzerin obenan neben den Tanzbodenkönig, und sprang dieser drei Schuh hoch, so flog Peter vier, und machte dieser wunderliche und zierliche Schritte, so verschlang und drehte Peter seine Beine, daß alle Zuschauer vor Lust und Verwunderung beinahe außer sich kamen. Als man aber auf dem Tanzboden vernahm, daß Peter eine Glashütte gekauft habe, als man sah, daß er, sooft er an den Musikanten vorbeitanzte, ihnen einen Sechsbätzner zuwarf, da war des

suaded that her son had been drawn for a soldier. He made his appearance, however, joyous and cheerful, and told her at great length how he had met a good friend in the forest, who had advanced him some money to aid him in commencing a different business. Although his mother had lived in charcoal thirty years, and had become as much accustomed to smutty-faced people as a miller's wife is to the mealy visage of her husband, she was foolish enough, as soon as her Peter entered on a more brilliant career, to despise her former condition, and used to say: »Ay, ay, as the mother of a glass-house owner, I am of a different sort from neighbors Gretchen and Betty; and in future I mean to sit in church in the front seats, where the rich folks go.« Her son soon struck a bargain with the heirs of the glassmaker. He hired all the workmen he could find, and went to work making glass night and day. At first the business delighted him. He would go leisurely down to the glass-house with a consequential strut, his hands deep in his trousers' pockets, and his eyes staring insolently in all directions, and there make a variety of sent有tious and absurd remarks, to the intense amusement of his workmen, and the total destruction of their respect. His greatest pleasure consisted in watching the operation of glass-blowing; and he often took hold himself and formed odd figures from the plastic mass. But the business rapidly grew tedious, and his visits to the factory soon occupied but one hour in the day; soon after, one in two days; and at last he fell into the easy habit of coming only once a week, leaving his workmen in the interval to do precisely as they pleased. All this was the necessary consequence of his devotion to the tavern. The Sunday after his return from the pine grove he repaired to the pot-house, and who should spring on to the dancing-floor, as he entered, but King Dance himself, while Fat Ezekiel sat behind his tankard, dicing for dollars. Peter felt hastily in his pockets, to see if the glass manikin had kept his promise; and, see! they were crammed to bursting with silver and gold! His legs, too, were jerking and quivering, as if they yearned to be dancing, and, as soon as the first dance was ended, he placed himself with his partner opposite King Dance. When the latter jumped three feet into the air, Peter jumped four; and when his rival made the most rare and delicate figurings, Peter so played and twisted his feet that the spectators went nearly crazy with admiration. But when it was known in the dancing-room that Peter had purchased a glass-house, when people saw that as often as he came near the musicians he threw them a crown, there was no end to their astonishment. Some believed he had found a treasure in the woods; others thought he must have received a legacy; but all honored him immensely, and looked upon him as a perfect gentleman, only because he had plenty of money. Though he gambled away twenty florins during the evening, yet his money still jingled in his pocket, as if there were at least a hundred dollars there.

When Peter perceived how important he had grown, he lost all self-restraint from joy and pride. He threw about his money with open hands, and shared it lavishly among the poor, remembering how heavily poverty had once weighed upon himself. The arts of King Dance were now cast into the shade by the supernatural skill of his new competitor, and Peter received the name of Emperor Dance. The most desperate gamblers never bet so much on Sundays as he; nor, on the other hand, did they lose so much. Still, the more he lost, the more he seemed to have. This resulted from the form of his wish to the glass manikin. He had wished for just as much money in his pocket as Fat Ezekiel had, and he it was to whom he lost his gold. So, when he lost twenty or thirty guilders on one bet, he had them back in his pocket as soon as Ezekiel had bagged his gains. Very soon he had gone further in gluttony and gambling than the vilest debauchees in the Black Forest; and people now oftener called him Gambling Peter than Emperor Dance; for he played now almost every weekday. Hence his glass-house gradually fell into complete disorder, by reason of Peter's utter want of sense. He made all the glass he could possibly manufacture; but he had not bought, with the house, the secret of selling it to the best advantage. He was at a loss at last how to dispose of the vast quantity on hand, and sold it finally piecemeal to travelling merchants for half its value, solely for means to pay his workmen.

One evening he was going home from the tavern, and thinking with dismay, spite of the wine he had drunk, of the ruin of his property. Noticing suddenly that someone was walking near him, he looked round, and saw the glass manikin. He boiled over directly with anger and fury, and, assuming a haughty tone, swore that the pigmy was responsible for all his misfortunes. »What can I do now with a horse and carriage?« he cried. »What good do I get from my glass-house and all my glass? When I was a miserable charcoal-burner, I lived happier and freer from care than I do now. I expect every day the bailiff will come and seize my goods for my debts.«

»So!« answered the manikin, »I am to blame if you are unlucky? Is this your gratitude for my benevolence? Who taught you to make such foolish wishes? You chose to be a glass-blower, and didn't know where to sell your glass! Did I

Er behielt die Arbeiter, die er vorfand, bei sich und ließ nun Tag und Nacht Glas machen. Anfangs gefiel ihm das Handwerk wohl. Er pflegte gemächlich in die Glashütte hinabzusteigen, ging dort mit vornehmen Schritten, die Hände in die Taschen gesteckt, hin und her, guckte dahin, guckte dorthin, sprach dies und jenes, worüber seine Arbeiter oft nicht wenig lachten, und seine größte Freude war, das Glas blasen zu sehen.

He hired all the workmen he could find, and went to work making glass night and day. At first the business delighted him. He would go leisurely down to the glass-house with a consequential strut, his hands deep in his trousers' pockets, and his eyes staring insolently in all directions, and there make a variety of sententious and absurd remarks, to the intense amusement of his workmen, and the total destruction of their respect. His greatest pleasure consisted in watching the operation of glass-blowing.

not tell you you should have wished more prudently? Common sense, Peter; you wanted common sense.«

»What good is there in common sense?« cried Peter. »I have as much of it as anybody else, as I'll show you, you manikin!« and with these words he seized the dwarf by the collar, shouting: »Have I got you now, treasurer? Ha! ha! I'll make my third wish now, and you shall grant it to me, whether or no! I will have, this instant, two hundred thousand hard dollars, and a house, and – O, horror!« he cried, shaking his hand in agony; for the manikin had suddenly changed into liquid glass, and burned his hand like jets of fire. Nothing was to be seen of the pigmy.

His swollen hand reminded him, for many days, of his folly and ingratitude. But he stifled the voice of conscience, and said to himself, »Well, if they sell up my glass-house, and everything else, at any rate they can't take Fat Ezekiel. As long as he has money on Sundays, I shall never want.«

Yes, Peter. But suppose he has none? And one day so it happened in the most striking manner. One Sunday Peter drove up to the tavern at full speed, and the people inside thrust their heads out of the window to see him, one saying: »Here comes Gambling Peter!« and another, »Ay, Emperor Dance, the rich glassmaker!« while a third shook his head, saying softly: »His riches are all very well; but people say all sorts of things of his debts; and I heard somebody say in the city that the bailiff was intending to attach his property before long.« Peter saluted the people at the window with politeness, and, descending from his carriage, called out: »Goodevening, landlord. Has Fat Ezekiel come yet?« He heard a deep voice answer: »Ay, ay, Peter, come in. Your place is kept for you, and we are at it already.« Peter Munk entered the tavern on this invitation; and, feeling in his pockets, knew at once that Ezekiel must be well supplied with funds, for his own pockets were crammed to overflowing.

He sat down with the others at the table, and won and lost alternately, till the more respectable people went home; then they played by lamplight, till at length two of the gamblers left their seats, saying, »Well, we have had enough for tonight, and it is time to go home to our wives and children.« But Gambling Peter insisted on Ezekiel's remaining; and the latter, after many refusals, finally cried: »Well, let me count my money first, and then we'll shake dice for five guilders a throw; less than that is child's play.« He drew out his purse and counted the contents – five hundred guilders in cash, and Peter knew at once of course how much he himself had, without counting. But, if Ezekiel had won before, he lost every stake now, and swore fearfully at his ill luck. If he threw doublets, Peter threw triplets immediately after, and generally something better. At last Ezekiel laid his last five guilders on the table, and said with an oath: »Here's at you again, Peter; but if I lose this we can still go on, for you must lend me some of your winnings; a decent fellow must help his friend.«

»As much as you want, though you borrow a hundred«, said Peter, delighted at his luck; and Fat Ezekiel shook the dice and threw fifteen. »Triplets! Good!« he cried; »beat that if you can.« Peter threw eighteen, and a well-known voice behind him said, »That is the last!«

He looked round, and the gigantic Hollander Michael stood behind his chair. In his terror he let the money which he had just won, fall to the ground. But Fat Ezekiel saw nothing, and requested Gambling Peter to lend him ten guilders. Peter thrust his hand into his pocket, in a half-dreaming state; but no money was there. He felt in his other pocket; still the same. He turned his coat inside out, but not a farthing fell. And now for the first time he remembered his first wish, which was that he might always have as much money as Fat Ezekiel. Every guilder had vanished.

As he continued to feel for his money, Ezekiel and the landlord looked at him in amazement. They could not believe that he had none left; but at last, after feeling in his pockets themselves, they became furious, and swore that Gambling Peter must be a wicked magician, and had wished all his winnings away to his own house. Peter denied it manfully, but appearances were against him. Ezekiel declared he would tell the frightful story to every person in the Black Forest, and the landlord vowed he would go to the city the first thing in the morning and denounce Peter Munk as a wizard, and he would live, he added, to see the rascal burned at the stake. At last they both fell upon him in a fury, and, tearing his coat from his back, threw him out of the door.

Not a star was shining in heaven as Peter slunk sadly homewards; but he could perceive a dark figure striding by his side, which said at length: »It is all up with you, Peter; all your splendor is gone now, and I could have told you it would be so when you refused to listen to my offers, and ran away to that stupid glass dwarf. See what a man gets by despising my advice. But try your chance with me once, for I feel compassion for your bad luck. No one ever repented coming to me; and, if you are not afraid, I can be spoken with all day tomorrow at the pine-grove, whenever you call me.« Peter knew

Staunens kein Ende. Die einen glaubten, er habe einen Schatz im Walde gefunden, die andern meinten, er habe eine Erbschaft getan, aber alle verehrten ihn jetzt und hielten ihn für einen gemachten Mann, nur weil er Geld hatte. Verspielte er doch noch an demselben Abend zwanzig Gulden, und nichtsdestoweniger rasselte und klang es in seiner Tasche, wie wenn noch hundert Taler darin wären.

Als Peter sah, wie angesehen er war, wußte er sich vor Freude und Stolz nicht zu fassen. Er warf das Geld mit vollen Händen weg und teilte es den Armen reichlich mit, wußte er doch, wie ihn selbst einst die Armut gedrückt hatte. Des Tanzbodenkönigs Künste wurden von den übernatürlichen Künsten des neuen Tänzers zuschanden, und Peter führte jetzt den Namen Tanzkaiser. Die unternehmensten Spieler am Sonntag wagten nicht soviel wie er, aber sie verloren auch nicht soviel. Und je mehr er verlor, desto mehr gewann er. Das verhielt sich aber ganz so, wie er es vom kleinen Glasmännlein verlangt hatte. Er hatte sich gewünscht, immer so viel Geld in der Tasche zu haben wie der dicke Ezechiel, und gerade dieser war es, an welchen er sein Geld verspielte. Und wenn er zwanzig, dreißig Gulden auf einmal verlor, so hatte er sie alsobald wieder in der Tasche, wenn sie Ezechiel einstrich. Nach und nach brachte er es aber im Schlemmen und Spielen weiter als die schlechtesten Gesellen im Schwarzwald, und man nannte ihn öfter Spielpeter als Tanzkaiser, denn er spielte jetzt auch beinahe an allen Werktagen. Darüber kam aber seine Glashütte nach und nach in Verfall, und daran war Peters Unverstand schuld. Glas ließ er machen, soviel man immer brauchen konnte, aber er hatte mit der Hütte nicht zugleich das Geheimnis gekauft, wohin man es am besten verschleißen könne. Er wußte am Ende mit der Menge Glas nichts anzufangen und verkaufte es um den halben Preis an herumziehende Händler, nur um seine Arbeiter bezahlen zu können.

Eines Abends ging er auch wieder vom Wirtshaus heim und dachte trotz des vielen Weines, den er getrunken, um sich fröhlich zu machen, mit Schrecken und Gram an den Verfall seines Vermögens. Da bemerkte er auf einmal, daß jemand neben ihm gehe, er sah sich um, und siehe da – es war das Glasmännlein. Da geriet er in Zorn und Eifer, vermaß sich hoch und teuer und schwur, der Kleine sei an all seinem Unglück schuld. »Was tu' ich nun mit Pferd und Wägelchen?« rief er. »Was nützt mich die Hütte und all mein Glas? Selbst als ich noch ein elender Köhlerbursch war, lebte ich froher und hatte keine Sorgen. Jetzt weiß ich nicht, wann der Amtmann kommt und meine Habe schätzt und mich pfändet der Schulden wegen!«

»So?« entgegnete das Glasmännlein. »So? Ich also soll schuld daran sein, wenn du unglücklich bist? Ist dies der Dank für meine Wohltaten? Wer hieß dich auch so töricht wünschen. Ein Glasmann wolltest du sein und wußtest nicht, wohin dein Glas verkaufen? Sagte ich dir nicht, du solltest behutsam wünschen? Verstand, Peter, Klugheit hat dir gefehlt.«

»Was Verstand und Klugheit?« rief jener. »Ich bin ein so kluger Bursche als irgendeiner und will es dir zeigen, Glasmännlein«, und bei diesen Worten faßte er das Männlein unsanft am Kragen und schrie: »hab ich dich jetzt, Schatzhauser im grünen Tannenwald? Und den dritten Wunsch will ich jetzt tun, den sollst du mir gewähren. Und so will ich hier auf der Stelle zweimalhunderttausend harte Taler und ein Haus und – o weh!« schrie er und schüttelte die Hand, denn das Waldmännlein hatte sich in glühendes Glas verwandelt und brannte in seiner Hand wie sprühendes Feuer. Aber von dem Männlein war nichts mehr zu sehen.

Mehrere Tage lang erinnerte ihn seine geschwollene Hand an seine Undankbarkeit und Torheit. Dann aber übertäubte er sein Gewissen und sprach: »Und wenn sie mir die Glashütte und alles verkaufen, so bleibt mir doch immer der dicke Ezcchiel. Solange der Geld hat am Sonntag, kann es mir nicht fehlen.«

Ja, Peter! Aber wenn er keines hat? Und so geschah es eines Tages und war ein wunderliches Rechenexempel. Denn eines Sonntags kam er angefahren ins Wirtshaus, und die Leute streckten die Köpfe durch das Fenster, und der eine sagte: »Da kommt der Spielpeter!« und der andere: »Ja, der Tanzkaiser, der reiche Glasmann!«, und ein dritter schüttete den Kopf und sprach: »Mit dem Reichtum kann man es machen, man sagt allerlei von seinen Schulden, und in der Stadt hat einer gesagt: der Amtmann werde nicht mehr lange säumen zum Auspfänden.« Indessen grüßte der reiche Peter die Gäste am Fenster vornehm und gravitätisch, stieg vom Wagen und schrie: »Sonnenwirt, guten Abend, ist der dicke Ezechiel schon da?« Und eine tiefe Stimme reif: »Nur herein, Peter! Dein Platz ist dir aufbehalten, wir sind schon da und bei den Karten.« So trat Peter Munk in die Wirtsstube, fuhr gleich in die Tasche und merkte, daß Ezechiel gut versehen sein müsse, denn seine Tasche war bis obenan gefüllt.

Er setzte sich hinter den Tisch zu den andern und spielte und gewann und verlor, hin und her, und so spielten sie, bis andere ehrliche Leute, als es Abend wurde, nach Hause gingen, und spielten bei Licht, bis zwei andere Spieler sagten: »Jetzt ist's genug, und wir müssen heim zu Frau und Kind.« Aber Spielpeter forderte den dicken Ezechiel auf, zu bleiben. Dieser wollte lange

Er sah sich um, und übergroß stand der Holländermichel hinter ihm.

He looked round, and the gigantic Hollander Michael stood behind his chair.

very well who the speaker was; but his presence filled him with terror, and he ran home without making any answer.

The following Monday, when Peter went to his glasshouse, he found there not only his workmen, but several unwelcome strangers, namely, the bailiff and three constables. The bailiff bade Peter good-morning, and, having inquired how he slept the night before, drew from his pocket a long document containing a list of his creditors. »Can you pay, or not?« demanded he with a stern look. »And cut it short, too, for I've not much time to throw away, and I've been here three good hours already.« The despondent Peter confessed that his means were exhausted, and surrendered all his property, house, yard, sheds, stalls, wagons, and horses, to be appraised by the bailiff; and while the latter was going about with the constables, examining and appraising, the thought crossed his mind that the pine grove was not far off, and, as the dwarf had done him no good, he had better pay a visit to the giant. He ran to the pine grove as fast as if the constables were at his heels; and, though it seemed to him, as he passed the place where he had first spoken to the glass manikin, that an invisible hand held him back, he tore himself loose, and ran on to the ditch which he had noticed in former times: and scarcely had he shouted breathlessly, »Hollander Michael! Hollander Michael!« when the gigantic raftsman stood before him, staff in hand.

»So you have come already?« said he, laughing. »They have been skinning you, no doubt, and want to sell you to your creditors. Well, well, be easy; your whole trouble comes, as I told you it would, from that contemptible glass manikin, the hypocrite! If a man means to benefit another, he should do it handsomely, and not like that stingy curmudgeon. But come«, continued he, turning into the wood, »follow me to my house, and we'll see then whether we can come to terms.«

»Come to terms!« thought Peter. »What can he want of me that I can come to terms about? What can I do for him? What does he mean, I wonder?« They first ascended a steep foot-path, and came suddenly to the edge of a deep, retired defile. Hollander Michael sprang down the cliff with a leap, as if it were an easy flight of stairs; and Peter nearly fainted from terror when his guide, as soon as he reached the ground, grew in stature to the size of a church-steeple, and, extending an arm towards the charcoal-burner as long as a weaver's beam, with a hand at the end of it as wide as a tavern table, shouted in a voice like a deep funeral bell: »Get into my hand and hold fast by my fingers, and you will not fall.« With fear and trembling Peter did as he was commanded, and, seating himself in the giant's hand, clasped his arms firmly round the thumb.

Their way descended far and deep into the bowels of the earth, but, to Peter's astonishment, seemed to grow no darker; on the contrary, the light of day grew so much brighter in the valley that he was compelled at last to shut his eyes. Hollander Michael, as his walk continued, had gradually diminished in size, and, when he at length halted before a cottage of the kind occupied by the richer inhabitants of the Black Forest, had resumed his former more moderate dimensions. The hut into which Peter was led differed in nothing from the huts of other people except in its utter solitude.

The wooden house-clock, the huge fireplace, the broad benches, and the articles on the shelves, were precisely the same as everywhere else. Michael pointed him to a seat behind a large table, and, leaving the room, soon returned with a pitcher of wine and glasses. Pouring out a full tumbler for each, Michael began the conversation, and told of the pleasures of the world, of foreign countries, of beautiful cities and rivers, till Peter began to feel a strong desire to visit these places, and said as much to his host.

»If your whole body were running over with courage for bold undertakings, Peter, a couple of throbs of your foolish, useless heart would make you tremble. Why should a sensible fellow like you trouble himself about dishonor or misfortune? Did you feel it in your head when they called you lately scoundrel and rogue? Did it make your stomach ache when the bailiff came to pitch you out of your glass-house? Tell me, Peter, my boy, what part of you felt these annoyances?«

»My heart«, said Peter, pressing his hand to his throbbing breast.

»You have thrown away – no offence, Peter – a great many hundred florins on dirty beggars and such vermin, and what good has it done you? They blessed you, to be sure, and wished you health; but did you ever find yourself better for that? For half the money you have wasted on beggars you might have kept a physician in your pay. As if a blessing were of any use when a man is thrust out of doors! Bah! And what was it, Peter, drove you to feel in your pockets whenever a beggar pulled off his greasy hat to you? Your heart, Peter, always your heart! Not your eyes, nor your tongue, nor your arms, nor your legs, but your heart! You took everything too much to heart, as the saying is.«

»But how can a man help it, sir? I give myself all the trouble in the world to keep my heart down, but it beats and pains me all the same.«

nicht, endlich aber rief er: »Gut, jetzt will ich mein Geld zählen, und dann wollen wir knöcheln, den Satz um fünf Gulden, denn niederer ist es doch nur Kinderspiel.« Er zog den Beutel und zählte und fand hundert Gulden bar, und Spielpeter wußte nun, wieviel er selbst habe, und brauchte es nicht erst zu zählen. Aber hatte Ezechiel vorher gewonnen, so verlor er jetzt Satz für Satz und fluchte greulich dabei. Warf er einen Pasch, gleich warf Spielpeter auch einen, und immer zwei Augen höher. Da setzte er endlich die letzten fünf Gulden auf den Tisch und rief: »Noch einmal, und wenn ich auch den noch verliere, so höre ich doch nicht auf, dann leihst du mir von deinem Gewinn, ein ehrlicher Kerl hilft dem andern!«

»Soviel du willst, und wenn es hundert Gulden sein sollten«, sprach der Tanzkaiser, fröhlich über seinen Gewinn, und der dicke Ezechiel schüttelte die Würfel und warf fünfzehn. »Pasch!«, rief er. »Jetzt wollen wir sehen!« Peter aber warf achtzehn, und eine heisere bekannte Stimme hinter ihm sprach: »So, das war der letzte.«

Er sah sich um, und übergroß stand der Holländermichel hinter ihm. Erschrocken ließ er das Geld fallen, das er schon eingezogen hatte. Aber der dicke Ezechiel sah den Waldmann nicht, sondern verlangte, der Spielpeter solle ihm zehn Gulden vorstrecken zum Spiel. Halb im Traum fuhr dieser mit der Hand in die Tasche, aber da war kein Geld, er suchte in der andern Tasche, aber auch da fand sich nichts, er kehrte den Rock um, aber es fiel kein roter Heller heraus, und jetzt erst gedachte er seines eigenen ersten Wunsches, immer so viel Geld zu haben als der dicke Ezechiel. Wie Rauch war alles verschwunden.

Der Wirt und Ezechiel sahen ihn staunend an, als er immer suchte und sein Geld nicht finden konnte; sie wollten ihm nicht glauben, daß er keines mehr habe; aber als sie endlich selbst in seinen Taschen suchten, wurden sie zornig und schwuren, der Spielpeter sei ein böser Zauberer und habe all das gewonnene Geld und sein eigenes nach Hause gewünscht. Peter verteidigte sich standhaft, aber der Schein war gegen ihn. Ezechiel sagte, er wolle die schreckliche Geschichte allen Leuten im Schwarzwald erzählen, und der Wirt versprach ihm, morgen mit dem frühesten in die Stadt zu gehen und Peter Munk als Zauberer anzuklagen, und er wolle es erleben, setzte er hinzu, daß man ihn verbrenne. Dann fielen sie wütend über ihn her, rissen ihm das Wams vom Leib und warfen ihn zur Tür hinaus.

Kein Stern schien am Himmel, als Peter trübsinnig seiner Wohnung zuschlich, aber dennoch konnte er eine dunkle Gestalt erkennen, die neben ihm herschritt und endlich sprach: »Mit dir ist's aus, Peter Munk, all deine Herrlichkeit ist zu Ende, und das hätt' ich dir schon damals sagen können, als du nichts von mir hören wolltest und zu dem dummen Glaszwerg liefst. Da siehst du jetzt, was man davon hat, wenn man meinen Rat verachtet. Aber versuch es einmal mit mir, ich habe Mitleiden mit deinem Schicksal. Noch keinen hat es gereut, der sich an mich wandte, und wenn du den Weg nicht scheust, morgen den ganzen Tag bin ich am Tannenbühl zu sprechen, wenn du mich rufst.« Peter merkte wohl, wer so zu ihm spreche, aber es kam ihn ein Grauen an. Er antwortete nichts, sondern lief seinem Hause zu.

Als Peter am Montagmorgen in seine Glashütte ging, da waren nicht nur seine Arbeiter da, sondern auch andere Leute, die man nicht gerne sieht, nämlich der Amtmann und drei Gerichtsdiener. Der Amtmann wünschte Peter einen guten Morgen, fragte, wie er geschlafen, und zog dann ein langes Register heraus, und darauf waren Peters Gläubiger verzeichnet. »Könnt Ihr zahlen oder nicht?« fragte der Amtmann mit strengem Blick. »Und macht es nur kurz, denn ich habe nicht viel Zeit zu versäumen, und in den Turm ist es drei gute Stunden.« Da verzagte Peter, gestand, daß er nichts mehr habe, und überließ es dem Amtmann, Haus und Hof, Hütte und Stall, Wagen und Pferde zu schätzen; und als die Gerichtsdiener und der Amtmann umhergingen und prüften und schätzten, dachte er, bis zum Tannenbühl ist's nicht weit; hat mir der Kleine nicht geholfen, so will ich es einmal mit dem Großen versuchen. Er lief dem Tannenbühl zu, so schnell, als ob die Gerichtsdiener ihm auf den Fersen wären; es war ihm, als er an dem Platz vorbeirannte, wo er das Glasmännlein zuerst gesprochen, als halte ihn eine unsichtbare Hand auf, aber er riß sich los und lief weiter, bis an die Grenze, die er sich früher wohl gemerkt hatte, und kaum hatte er, beinahe atemlos, »Holländermichel! Herr Holländermichel!« gerufen, als auch schon der riesengroße Flözer mit seiner Stange vor ihm stand.

»Kommst du!« sprach dieser lachend. »Haben sie dir die Haut abziehen und deinen Gläubigern verkaufen wollen? Nu, sei ruhig: Dein ganzer Jammer kommt, wie gesagt, von dem kleinen Glasmännlein, von dem Separatisten und Frömmler her. Wenn man schenkt, muß man gleich recht schenken und nicht wie dieser Knauser. Doch komm«, fuhr er fort und wandte sich gegen den Wald, »folge mir in mein Haus, dort wollen wir sehen, ob wir handelseinig werden.«

Handelseinig? dachte Peter. Was kann er denn von mir verlangen, was kann ich an ihn verhandeln? Soll ich ihm etwa dienen, oder was will er? Sie gingen zuerst über seinen steilen Waldsteig hinan und standen dann mit einem Male an einer dunklen, tiefen, abschüssigen Schlucht; Hollän-

»Setz dich nur auf meine Hand und halte dich an den Fingern, so wirst du nicht fallen.«

»Get into my hand and hold fast by my fingers, and you will not fall.«

»By yourself, of course«, said his host, laughing, »you can do nothing to prevent it. But give me the troublesome thing, and you will see at once how comfortable you will be.«

»Give you my heart!« cried Peter in terror. »I should die on the spot.«

»Of course you would, if one of your rascally surgeons were to take it out of your body; you would die, no doubt. But it's a very different affair with me. Come and see for yourself.« Rising from his seat he opened a door and led Peter into another room. Peter's heart contracted painfully as he crossed the threshold, for the sight which met his eye was strange and startling. Glass vessels filled with a transparent liquid, and each containing a human heart, were ranged on wooden shelves round the room, and on each vessel was pasted a ticket with a name written on it, which Peter read with great surprise. Here was the heart of the bailiff of F., of Fat Ezekiel, of King Dance, of the head forester; there six hearts of usurers, eight of recruiting-officers, three of moneybrokers. In short, it was a museum of the most respectable hearts within a radius of twenty leagues.

»Look«, said Hollander Michael; »all these have thrown aside the cares and anxieties of life. None of these hearts ever beat with sorrow and suffering, and their former owners never cease to congratulate themselves that they have expelled the uneasy guest from their houses.« – »But what do they carry in their breasts in their place?« inquired Peter, giddy at the dreadful sight.

»This«, replied the giant, taking from his pocket a heart of marble.

»Indeed!« answered Peter, unable to repress a shudder. »A marble heart! But, Hollander Michael, it must feel very cold in a man's bosom.«

»Of course«, said the spectre; »very agreeably so, however. Where is the advantage of a warm heart? The warmth is no benefit in winter, for a glass of brandy and a good fire are a great deal better; and in summer, when everything is so sultry and hot, you have no idea how cooling such a heart as this is! Besides, as I said before, you will never feel pain nor fear; and silly compassion and such ridiculous emotions will never annoy you again.«

29

dermichel sprang den Felsen hinab, wie wenn es eine sanfte Marmortreppe wäre; aber bald wäre Peter in Ohnmacht gesunken, denn als jener unten angekommen war, machte er sich so groß wie ein Kirchturm und reichte ihm einen Arm, so lang als ein Weberbaum, und eine Hand daran, so breit als der Tisch im Wirtshaus, und rief mit einer Stimme, die heraufschallte wie eine tiefe Totenglocke: »Setz dich nur auf meine Hand und halte dich an den Fingern, so wirst du nicht fallen.« Peter tat zitternd, wie ihm befohlen, nahm Platz auf der Hand und hielt sich am Daumen des Riesen.

Es ging weit und tief hinab, aber dennoch ward es zu Peters Verwunderung nicht dunkler; im Gegenteil, die Tageshelle schien sogar zuzunehmen in der Schlucht, aber er konnte sie lange in den Augen nicht ertragen. Der Holländermichel hatte sich, je weiter Peter herabkam, wieder kleiner gemacht und stand nun in seiner früheren Gestalt vor einem Haus, so gering oder gut, als es reiche Bauern auf dem Schwarzwald haben. Die Stube, in welche Peter geführt wurde, unterschied sich durch nichts von den Stuben anderer Leute als dadurch, daß sie einsam schien.

Die hölzerne Wanduhr, der ungeheure Kachelofen, die breiten Bänke, die Gerätschaften auf den Gesimsen waren hier wie überall. Michel wies ihm einen Platz hinter dem großen Tisch an, ging dann hinaus und kam bald mit einem Krug Wein und Gläsern wieder. Er goß ein, und nun schwatzten sie, und Holländermichel erzählte von den Freuden der Welt, von fremden Ländern, schönen Städten und Flüssen, daß Peter, am Ende große Sehnsucht danach bekommend, dies auch offen dem Holländermichel sagte.

»Wenn du im ganzen Körper Mut und Kraft, etwas zu unternehmen, hättest, da konnten ein paar Schläge des dummen Herzens dich zittern machen; und dann die Kränkungen der Ehre, das Unglück, wozu soll sich ein vernünftiger Kerl um dergleichen bekümmern? Hast du's im Kopfe empfunden, als dich letzthin einer einen Betrüger und schlechten Kerl nannte? Hat es dir im Magen weh getan, als der Amtmann kam, dich aus dem Hause zu werfen? Was, sag an, was hat dir wehe getan?«

»Mein Herz«, sprach Peter, indem er die Hand auf die pochende Brust preßte; denn es war ihm, als ob sein Herz sich ängstlich hin und her wendete.

»Du hast, nimm es mir nicht übel, du hast viele hundert Gulden an schlechte Bettler und anderes Gesindel weggeworfen; was hat es dir genützt? Sie haben dir dafür Segen und einen gesunden Leib gewünscht; ja, bist du deswegen gesünder geworden? Um die Hälfte des verschleuderten Geldes hättest du einen Arzt gehalten. Segen, ja ein schöner Segen, wenn man ausgepfändet und ausgestoßen wird! Und was war es, das dich getrieben, in die Tasche zu fahren, sooft ein Bettelmann seinen zerlumpten Hut hinstreckte? – Dein Herz, auch wieder dein Herz und weder deine Augen noch deine Zunge, deine Arme, noch deine Beine, sondern dein Herz; du hast dir es, wie man richtig sagt, zu sehr zu Herzen genommen.«

»Aber wie kann man sich denn angewöhnen, daß es nicht mehr so ist? Ich gebe mir jetzt alle Mühe, es zu unterdrücken, und dennoch pocht mein Herz und tut mir wehe.«

»Du freilich«, rief jener mit Lachen, »du armer Schelm kannst nichts dagegen tun; aber gib mir das kaum pochende Ding, und du wirst sehen, wie gut du es dann hast.«

»Euch mein Herz?« schrie Peter mit Entsetzen. »Da müßte ich ja sterben auf der Stelle! Nimmermehr!«

»Ja wenn dir einer eurer Herren Chirurgen das Herz aus dem Leibe operieren wollte, da müßtest du wohl sterben; bei mir ist dies ein anderes Ding; doch komm herein und überzeuge dich selbst.« Er stand bei diesen Worten auf, öffnete eine Kammertüre und führte Peter hinein. Sein Herz zog sich krampfhaft zusammen, als er über die Schwelle trat, aber er achtete es nicht, denn der Anblick, der sich ihm bot, war sonderbar und überraschend. Auf mehreren Gesimsen von Holz standen Gläser mit durchsichtiger Flüssigkeit gefüllt, und in jedem dieser Gläser lag ein Herz; auch waren an den Gläsern Zettel angeklebt und Namen darauf geschrieben, die Peter neugierig las; da war das Herz des Amtmanns in F., das Herz des dicken Ezechiel, das Herz des Tanzbodenkönigs, das Herz des Oberförsters; da waren sechs Herzen von Kornwucherern, acht von Werbeoffizieren, drei von Geldmäklern – und kurz, es war eine Sammlung der angesehensten Herzen in der Umgebung von zwanzig Stunden.

»Schau!« sprach der Holländermichel. »Diese alle haben des Lebens Ängste und Sorgen weggeworfen; keines dieser Herzen schlägt mehr ängstlich und besorgt, und ihre ehemaligen Besitzer befinden sich wohl dabei, daß sie den unruhigen Gast aus dem Hause habe.«

»Aber was tragen sie denn jetzt dafür in der Brust?« fragte Peter, den dies alles, was er gesehen, beinahe schwindlig machte.

»Dies«, antwortete jener und reichte ihm aus einem Schubfach – ein steinernes Herz.

»So?« erwiderte er und konnte sich eines Schauers, der ihm über die Haut ging, nicht erwehren. »Ein Herz von Marmelstein? Aber, horch einmal, Herr Holländermichel, das muß doch gar kalt sein in der Brust.«

»Freilich, aber ganz angenehm kühl. Warum soll denn ein Herz warm sein? Im Winter nützt dir die Wärme nichts, da hilft ein guter Kirschengeist mehr als ein warmes Herz, und im Sommer

»And this is all you can give me?« asked Peter, discontentedly. »I was expecting money, and you offer me only a marble heart!«

»Nay, a hundred thousand florins I thought would be enough for you at first. If you manage it well, you will soon get to be a millionaire.«

»A hundred thousand!« cried the poor charcoal-burner joyfully. »Aha! my heart beats so violently I see we shall soon understand one another. Very well, Michael, give me the stone and the money, and you may have all the uneasiness for yourself.«

»I thought you were a sensible lad«, said the Hollander, laughing kindly. »Come, let's take a drink or two, and I'll count out the money.«

They sat down to their wine again, and continued to drink till Peter sank into a deep sleep. He was awakened at last by the merry sounds of a posthorn, and to his surprise found himself sitting in a handsome coach, and travelling on a broad and level road; and, bending out of the window, he saw the Black Forest lying behind him in the blue horizon. At first he could not believe that it was he sitting in this fine carriage. His clothes were certainly not those which he had worn yesterday; but his memory of what had taken place was so vivid that he abandoned his reflections and exclaimed: »I am Peter the charcoal-burner, and no one else; that's certain.« He was much surprised to find that he felt no emotions of regret at leaving for the first time his birthplace in the quiet forest where he had passed so many years of his life. Even when he thought of his mother, now sitting helpless and miserable in her hut, he was wholly unable to squeeze out a tear, or even heave a sigh. Every-

»Schau!« sprach der Holländermichel. »Diese alle haben des Lebens Ängste und Sorgen weggeworfen; keines dieser Herzen schlägt mehr ängstlich und besorgt, und ihre ehemaligen Besitzer befinden sich wohl dabei, daß sie den unruhigen Gast aus dem Hause habe.«

»Look«, said Hollander Michael; »all these have thrown aside the cares and anxieties of life. None of these hearts ever beat with sorrow and suffering, and their former owners never cease to congratulate themselves that they have expelled the uneasy guest from their houses.«

wenn alles schwül und heiß ist – du glaubst nicht, wie dann ein solches Herz abkühlt. Und wie gesagt, weder Angst noch Schrecken, weder törichtes Mitleiden noch anderer Jammer pocht an solch ein Herz.«

»Und das ist alles, was Ihr mir geben könntet?« fragte Peter unmutig. »Ich hoff' auf Geld, und Ihr wolltet mir einen Stein geben!«

»Nun, ich denke, an hunderttausend Gulden hättest du fürs erste genug. Wenn du es geschickt umtreibst, kannst du bald ein Millionär werden.«

»Hunderttausend?« rief der arme Köhler freudig. »Nun, so poche doch nicht so ungestüm in meiner Brust, wir werden bald fertig sein miteinander. Gut, Michel; gebt mir den Stein und das Geld, und die Unruh könnet Ihr aus dem Gehäuse nehmen.«

»Ich dachte es doch, daß du ein vernünftiger Bursche seist«, antwortete der Holländer freundlich lächelnd; »komm, laß uns noch eins trinken, und dann will ich das Geld auszahlen.«

So setzten sie sich wieder in die Stube zum Wein, tranken und tranken wieder, bis Peter in einen tiefen Schlaf verfiel.

Kohlen-Munk-Peter erwachte beim fröhlichen Schmettern eines Posthorns, und siehe da, er saß in einem schönen Wagen, fuhr auf einer breiten Straße dahin, und als er sich aus dem Wagen bog, sah er in blauer Ferne hinter sich den Schwarzwald liegen. Anfänglich wollte er gar nicht glauben, daß er es selbst war, der in diesem Wagen sitze. Denn auch seine Kleider waren gar nicht mehr dieselben, die er gestern getragen, aber er erinnerte sich doch an alles so deutlich, daß er endlich sein Nachsinnen aufgab und rief: »Der Kohlen-Munk-Peter bin ich, das ist ausgemacht, und kein anderer.«

Er wunderte sich über sich selbst, daß er gar nicht wehmütig werden konnte, als er jetzt so zum erstenmal aus der stillen Heimat, aus den Wäldern, wo er so lange gelebt, auszog. Selbst nicht, als er an seine Mutter dachte, die jetzt wohl hilflos und im Elend saß, konnte er keine Träne aus dem Auge pressen oder nur seufzen; denn es war ihm alles so gleichgültig. »Ach freilich«, sagte er dann, »Tränen und Seufzer, Heimweh und Wehmut kommen ja aus dem Herzen, und dank dem Holländermichel – das meine ist kalt und von Stein.«

Er legte seine Hand auf die Brust, und es war ganz ruhig dort und rührte sich nichts. »Wenn er mit den Hunderttausenden so gut Wort hielt wie mit dem Herz, so soll es mich freuen«, sprach er und fing an, seinen Wagen zu untersuchen. Er fand Kleidungsstücke von aller Art, wie er sie nur wünschen konnte, aber kein Geld. Endlich stieß er

Er fuhr zwei Jahre in der Welt umher und schaute aus seinem Wagen links und rechts an den Häusern hinauf.

He travelled about the world two years, looking at the houses from his carriage-windows.

thing was a matter of indifference to him. »Ah, to be sure«, said he, »tears and sighs, homesickness and sorrow, all come from the heart, and, thanks to Hollander Michael, mine is stony and cold!«

He laid his hand on his bosom, and his heart was silent and motionless. »If he has kept his word with the hundred thousand as well as he has with the heart, I have no complaints to make«, said he, hunting about in the carriage. He found articles of dress of all kinds in abundance, but no money. At last he hit upon a pocket in which he found many thousand dollars in gold, and drafts upon bankers in every large city on the continent. »I've found all I wanted«, he thought; and, throwing himself comfortably in the corner of the coach, resigned himself to meditation on his European tour.

He travelled about the world two years, looking at the houses from his carriage-windows, or the hotel-signs when he came to a halt, and inspecting the wonders of the various cities through which he passed. But nothing gave him pleasure. Pictures, palaces, music, dancing, all fatigued him. His stony heart sympathized with nothing, and his eyes and ears were dead to all that was beautiful. Nothing remained but the pleasures of eating, drinking, and sleep; and thus he lived, while travelling without an object through the world, eating to give himself amusement, and sleeping to cheat himself of life. Now and then he seemed to remember that he had led a happier life, when he was a poor laborer and obliged to toil to earn his daily bread. In those days every lovely landscape, every bit of music or dancing, had given him pleasure, and he would please himself for hours in thinking of the simple meal which his mother was to bring him at the kiln. Recalling to his memory these pleasant times, it struck him as strange that though in those days the smallest matter threw him into fits of laughter, he now found it difficult to summon up a smile. – When others laughed, he feigned to join with them, but his heart felt no merriment. He found himself untroubled by anxiety, but contented felt that he was not. Not home-sickness nor sorrow, but ennui, drove him at last to turn his course towards home.

As he crossed the country from Strasburg, and saw the dark forest of his childhood; as he caught sight for the first time after so long an interval of the manly forms and jovial faces of its inhabitants; as his ear heard the strong, deep, melodious music of his home, – he felt for his heart, wondering why he did not rejoice or weep. But his heart was of marble, and he felt the folly of his hopes. Stones are dead, and do not laugh or cry.

His first visit was to Hollander Michael, who received him with his former friendliness. »Michael«, said Peter to the giant, »I have travelled the world over, and seen all there is to be seen, but everything has been vanity, and I have suffered intolerable weariness. The thing of stone I carry in my breast excluded me from many pleasures. I am never angry, never sad, and never pleased; and I am as though I were but half alive. Can you not infuse a little life into my stony heart? Or rather, Michael, give me back my own. I had been used to it for five-and-twenty years, and, if it did sometimes play me a treacherous trick, after all it was joyous and alive.«

The spectre laughed a bitter, cruel laugh. »When you are dead, Peter«, he answered, »you shall have it without fail. You shall then receive again your soft, throbbing heart, and be capable of feeling the ensuing joy – or misery. It can never again be yours on earth! But, Peter, you say you have travelled, and yet, live as you pleased, have never tasted pleasure. Establish yourself here in this forest, build you a house, marry, and invest your wealth in trade. You only need occupation. You felt ennui merely from idleness, and now ascribe all your unhappiness to this harmless heart.« Peter saw that Michael was right, as far as concerned idleness, and resolved to devote himself day and night to the accumulation of money. Michael gave him another hundred thousand florins, and once more dismissed him, persuaded that the giant was his devoted friend.

The rumor soon spread through the forest that Charcoal Peter, or Gambling Peter, had come home richer than before; and the result was the same as it has ever been since the beginning of the world. As long as he was in poverty they pitched him out of the house into the sun; now, when he made his first appearance at the tavern on a Sunday afternoon, people shook his hand, admired his horse, inquired about his travels, and when he sat down, as he did at once, to play for hard dollars with Fat Ezekiel, the respect he inspired was as high as ever. His business now was no longer glass-making, but dealing in timber, though this was merely a cloak for other avocations. His principal business was lending money. Half the forest came gradually in his debt, for he lent money only at ten per cent interest, or sold corn at thrice its value to the poor. He stood now hand-in-glove with the bailiff, and if a debtor failed to pay Mr. Peter Munk on the exact day, that official would instantly ride over with his myrmidons, distrain house and land, sell it forthwith, and drive father, mother and child into the forest. At first this severity occasioned Peter some trouble, for the ejected tenants besieged his house in crowds, the men beg-

auf eine Tasche und fand viele tausend Taler in Gold und Scheinen auf Handlungshäuser in allen großen Städten. Jetzt hab' ich's, wie ich's wollte, dachte er, setzte sich bequem in die Ecke des Wagens und fuhr in die weite Welt.

Er fuhr zwei Jahre in der Welt umher und schaute aus seinem Wagen links und rechts an den Häusern hinauf, schaute, wenn er anhielt, nichts als den Schild seines Wirtshauses an, lief dann in der Stadt umher und ließ sich die schönsten Merkwürdigkeiten zeigen. Aber es freute ihn nichts, kein Bild, kein Haus, keine Musik, kein Tanz, sein Herz von Stein nahm an nichts Anteil, und seine Augen, seine Ohren waren abgestumpft für alle Schöne. Nichts war ihm mehr geblieben als die Freude an Essen und Trinken und der Schlaf, und so lebte er, indem er ohne Zweck durch die Welt reiste, zu seiner Unterhaltung speiste und aus Langeweile schlief. Hie und da erinnerte er sich zwar, daß er fröhlicher, glücklicher gewesen sei, als er noch arm war und arbeiten mußte, um sein Leben zu fristen. Da hatte ihn jede schöne Aussicht ins Tal, Musik und Gesang hatten ihn ergötzt, da hatte er sich stundenlang auf die einfache Kost, die ihm die Mutter zu dem Meiler bringen sollte, gefreut. Wenn er so über die Vergangenheit nachdachte, so kam es ihm ganz sonderbar vor, daß er jetzt nicht einmal lachen konnte, und sonst hatte er über den kleinsten Scherz gelacht. Wenn andere lachten, so verzog er nur aus Höflichkeit den Mund, aber sein Herz – lächelte nicht mit. Er fühlte dann, daß er zwar überaus ruhig sei, aber zufrieden fühlte er sich doch nicht. Es war nicht Heimweh oder Wehmut, sondern Öde, Überdruß, freudenloses Leben, was ihn endlich wieder zur Heimat trieb.

Als er von Straßburg herüberfuhr und den dunklen Wald seiner Heimat erblickte, als er zum erstenmal wieder jene kräftigen Gestalten, jene freundlichen, treuen Gesichter der Schwarzwälder sah, als sein Ohr die heimatlichen Klänge stark, tief, aber wohltönend vernahm, da fühlte er schnell an sein Herz, denn sein Blut wallte stärker, und er glaubte, er müsse sich freuen und müsse weinen zugleich, aber – wie konnte er nur so töricht sein, er hatte ja ein Herz aus Stein. Und Steine sind tot und lächeln und weinen nicht.

Sein erster Gang war zum Holländermichel, der ihn mit alter Freundlichkeit aufnahm. »Michel«, sagte er zu ihm, »gereist bin ich nun, und habe alles gesehen, ist aber alles dummes Zeug, und ich hatte nur Langeweile. Überhaupt, Euer steinernes Ding, das ich in der Brust trage, schützt mich zwar vor manchem. Ich erzürne mich nie, bin nie traurig, aber ich freue mich auch nie, und es ist mir, als wenn ich nur halb lebte. Könntet Ihr das Steinherz nicht ein wenig beweglicher machen? Oder – gebt mir lieber mein altes Herz. Ich hatte mich in fünfundzwanzig Jahren daran gewöhnt, und wenn es zuweilen auch einen dummen Streich machte, so war es doch munter und ein fröhliches Herz.«

Der Waldgeist lachte grimmig und bitter. »Wenn du einmal tot bist, Peter Munk«, antwortete er, »dann soll es dir nicht fehlen; dann sollst du dein weiches, rührbares Herz wiederhaben, und du kannst dann fühlen, was kommt: Freud oder Leid. Aber hier oben kann es nicht mehr dein werden! Doch Peter, gereist bist du wohl, aber so, wie du lebtest, konnte es dir nichts nützen. Setze dich jetzt hier irgendwo in den Wald, bau ein Haus, heirate, treibe dein Vermögen um, es hat dir nur an Arbeit gefehlt; weil du müßig warst, hattest du Langeweile und schiebst jetzt alles auf dieses unschuldige Herz.« Peter sah ein, daß Michel recht habe, was den Müßiggang beträfe, und nahm sich vor, reich und immer reicher zu werden. Michel schenkte ihm noch einmal hunderttausend Gulden und entließ ihn als seinen guten Freund.

Bald vernahm man im Schwarzwald die Märe, der Kohlen-Munk-Peter oder Spielpeter sei wieder da, und noch viel reicher als zuvor. Es ging auch jetzt wie immer; als er am Bettelstab war, wurde er in der »Sonne« zur Türe hinausgeworfen, und als er nun an einem Sonntagnachmittag seinen ersten Einzug dort hielt, schüttelten sie ihm die Hand, lobten sein Pferd, fragten nach seiner Reise, und als er wieder mit dem dicken Ezechiel um harte Taler spielte, stand er in der Achtung so hoch als je. Er trieb jetzt aber nicht mehr das Glashandwerk, sondern den Holzhandel, aber nur zum Schein. Sein Hauptgeschäft war, mit Korn und Geld zu handeln. Der halbe Schwarzwald wurde ihm nach und nach schuldig, aber er lieh Geld nur auf zehn Prozent aus oder verkaufte Korn an die Armen, die nicht gleich zahlen konnten, um den dreifachen Wert. Mit dem Amtmann stand er jetzt in enger Freundschaft, und wenn einer Herrn Peter Munk nicht auf den Tag bezahlte, so ritt der Amtmann mit seinen Schergen hinaus, schätzte Haus und Hof, verkaufte flugs und trieb Vater, Mutter und Kind in den Wald. Anfangs machte dies dem reichen Peter einige Unlust, denn die armen Ausgepfändeten belagerten dann haufenweise seine Türe, die Männer flehten um Nachsicht, die Weiber suchten das steinerne Herz zu erweichen, und die Kinder winselten um ein Stücklein Brot. Aber als er sich ein paar tüchtige Fleischerhunde angeschafft hatte, hörte diese Katzenmusik, wie er sie nannte, bald auf. Er piff und hetzte, und die Bettelleute flogen schreiend auseinander. Am meisten Beschwerde machte ihm das alte Weib. Das war aber niemand anders als Frau Munkin, Peters Mutter. Sie war in Not und Elend geraten, als man ihr Haus und Hof verkauft hatte, und ihr Sohn, als er reich zurückgekehrt war, hatte

ging for forbearance, the women seeking to soften his stony heart, and the little children crying for a piece of bread. But this cat's-music, as he called it, ceased entirely as soon as he procured a couple of trained bull-dogs; for no sooner did he whistle for his hounds than the beggars fled shrieking into the wood. His chief inconvenience was occasioned by »the old woman.« This person was no other than Mrs. Munk, Peter's mother, who had been reduced by the sale of her house and land to the utmost poverty and wretchedness, and for whom her son, with all his wealth, had not seen fit to make inquiry. The good old lady, weak, feeble and shattered, came sometimes to Peter's house. She no longer ventured to go in, for he had once driven her out with great violence; but it occasioned her much unhappiness to be compelled to depend on the kindness of other men, when her own son had it in his power to make her old age comfortable. But the icy heart was never softened at the sight of the pale, familiar face, the imploring glance, and the trembling, outstretched hand. When she knocked at his door of a Sunday evening, he would draw a kreutzer from his pocket with a growl, wrap it in paper, and send it out to her by a servant. He heard her trembling voice thanking him and wishing him prosperity; he heard her feeble cough as she crept from his door; but he thought no more of the matter, except to regret that he had again thrown away a kreutzer for nothing.

At last Peter began to think of getting married. He knew that every father in the Black Forest would gladly have him for a son-in-law, but he was fastidious in his choice, for he wished in this, as in everything else, to be praised for his sagacity and judgment. He rode, therefore, from one end of the forest to the other, making careful search for a suitable helpmeet; but none of the beauties of the Black Forest seemed to him handsome enough. At last, after hunting in vain through all the dance-taverns for a beauty to his mind, he heard that the handsomest and most virtuous girl in the whole region about was the daughter of a certain poor wood-cutter. She lived quietly and apart, managing industriously her father's house, and never appearing at dancing-rooms or Whitsuntide festivities. When Peter heard of this flower of the forest he determined to win her, and rode over to the cottage. The father of the beautiful Elizabeth received the distinguished stranger with much surprise, which increased when he learned that it was the rich Mr. Munk, and that he wished to become his son-in-law. His hesitation was brief, for he thought to himself that all his poverty and care would now be at an end, and he assented without asking his daughter; and the good child was so obedient that she became Madam Munk without resistance.

But things were far otherwise with the poor creature than she had pictured to herself before her marriage. She had believed she understood the management of a household, but she found too late that she could never do anything to her husband's satisfaction. She felt compassion for the poor, and, as her husband was rich, thought there could be no sin in giving a poor beggar-woman an occasional penny, or an old mendicant a glass of schnapps; but, seeing her doing this one day, Peter said to her in an angry voice: »Why do you waste my property on beggars and thieves? Did you bring so much into my house that you can afford to throw it away like dirt? Your father's beggary never warmed me a supper yet, and you throw my money about like a queen! Do so again, madam, and you shall feel the weight of my hand!« The beautiful Elizabeth wept bitterly in her chamber over her husband's cruelty, and often longed to be at home in her father's miserable hut, rather than live with the rich, stingy, hard-hearted Peter. Alas! had she known that his heart was of marble, and that he could never love any human being, she would have ceased to wonder. Henceforth, whenever she sat at the door, and a passing beggar pulled off his hat and craved a little aid, she would shut her eyes to prevent her seeing the sufferer, and clench her hand for fear of thrusting it into her pocket and taking out a piece of money. The consequence of this naturally was, that Elizabeth grew to be the talk of the whole forest, and people declared that she was even stingier than Peter himself. One day she was sitting before the door spinning, and humming a little song, for she felt in good spirits, as the weather was fine and Peter had ridden out to his fields, when a little, old man came down the road, carrying on his shoulders a heavy sack, and coughing so pitifully that she could hear him a long way off. Elizabeth looked at him compassionately, and thought in her tender heart how wrong it was that so old and small a man should be compelled to carry so heavy a load.

Meanwhile the little man coughed and staggered along, and, when opposite Elizabeth, almost broke down under his burthen. »Alas! madam, have the goodness to give me a draught of cold water«, said he; »I can go no further, and am almost fainting.«

»But you should not carry such heavy loads in your old age, poor man«, said Elizabeth.

»Yes; but I am obliged to do these jobs from poverty«, replied he. »Ah, so rich a lady as you has no idea how heavily poverty presses, and how refreshing is a draught of cool water in such sultry heat as this!«

nicht mehr nach ihr umgesehen. Da kam sie nun zuweilen, alt, schwach und gebrechlich, an einem Stock vor das Haus. Hinein wagte sie sich nicht mehr, denn er hatte sie einmal weggejagt; aber es tat ihr wehe, von den Guttaten anderer Menschen leben zu müssen, da der eigene Sohn ihr ein sorgenloses Alter hätte bereiten können. Aber das kalte Herz wurde nimmer gerührt von dem Anblicke der bleichen wohlbekannten Züge, von den bittenden Blicken, von der welken, ausgestreckten Hand, von der hinfälligen Gestalt. Mürrisch zog er, wenn sie sonnabends an die Türe pochte, einen Sechsbätzner hervor, schlug ihn in ein Papier und ließ ihn hinausreichen durch einen Knecht. Er vernahm ihre zitternde Stimme, wenn sie dankte und wünschte, es möge ihm wohlgehen auf Erden; er hörte sie hüstelnd von der Türe schleichen, aber er dachte weiter nicht mehr daran, als daß er wieder sechs Batzen umsonst ausgegeben.

Endlich kam Peter auf den Gedanken zu heiraten. Er wußte, daß im ganzen Schwarzwald jeder Vater ihm gerne seine Tochter geben würde; aber er war schwierig in seiner Wahl, denn er wollte, daß man auch hierin sein Glück und seinen Verstand preisen sollte; daher ritt er umher im ganzen Wald, schaute hier, schaute dort, und keine der schönen Schwarzwälderinnen deuchte ihm schön genug. Endlich, nachdem er auf allen Tanzböden umsonst nach der Schönsten ausgeschaut hatte, hörte er eines Tages, die Schönste und Tugendsamste im ganzen Wald sei des armen Holzhauers Tochter. Sie lebe still und für sich, besorge geschickt und emsig ihres Vaters Haus und lasse sich nie auf dem Tanzboden sehen, nicht einmal zu Pfingsten und Kirchweih. Als Peter von diesem Wunder des Schwarzwalds hörte, beschloß er, um sie zu werben, und ritt nach der Hütte, die man ihm bezeichnet hatte. Der Vater der schönen Lisbeth empfing den vornehmen Herrn mit Staunen und erstaunte noch mehr, als er hörte, es sei dies der reiche Herr Peter, und er wolle sein Schwiegersohn werden. Er besann sich auch nicht lange, denn er meinte, all seine Sorge und Armut werde nun ein Ende haben, sagte zu, ohne die schöne Lisbeth zu fragen, und das gute Kind war so folgsam, daß sie ohne Widerrede Frau Peter Munkin wurde.

Aber es wurde der Armen nicht so gut, als sie sich geträumt hatte. Sie glaubte ihr Hauswesen wohl zu verstehen, aber sie konnte Herrn Peter nichts zu Dank machen, sie hatte Mitleiden mit armen Leuten, und da ihr Eheherr reich war, dachte sie, es sei keine Sünde, einem armen Bettelweib einen Pfennig oder einem alten Mann einen Schnaps zu reichen; aber als Herr Peter dies eines Tages merkte, sprach er mit zürnenden Blicken und rauher Stimme: »Warum verschleuderst du mein Vermögen an Lumpen und Straßenläufer? Hast du was mitgebracht ins Haus, das du wegschenken könntest? Mit deines Vaters Bettelstab kann man keine Suppe wärmen, und wirfst das Geld aus wie eine Fürstin. Noch einmal laß dich betreten, so sollst du meine Hand fühlen!« Die schöne Lisbeth weinte in ihrer Kammer über den harten Sinn ihres Mannes, und sie wünschte oft, lieber daheim zu sein in ihres Vaters ärmlicher Hütte als bei dem reichen, aber geizigen, hartherzigen Peter zu hausen. Ach, hätte sie gewußt, daß er ein Herz aus Marmor habe und weder sie noch irgendeinen Menschen lieben könne, so hätte sie sich wohl nicht gewundert. Sooft sie aber jetzt unter der Türe saß und es ging ein Bettelmann vorüber und zog den Hut und hob an seinen Spruch, so drückte sie die Augen zu, das Elend nicht zu schauen, sie ballte die Hand fester, damit sie nicht unwillkürlich in die Tasche fahre, ein Kreuzerlein herauszulangen. So kam es, daß die schöne Lisbeth im ganzen Wald verschrien wurde, und es hieß, sie sei noch geiziger als Peter Munk. Aber eines Tages saß Frau Lisbeth wieder vor dem Haus und spann und murmelte ein Liedchen dazu, denn sie war munter, weil es schön Wetter und Herr Peter ausgeritten war über Feld. Da kommt ein altes Männlein des Weges daher, das trägt einen großen, schweren Sack, und sie hört es schon von weitem keuchen. Teilnehmend sieht ihm Frau Lisbeth zu und denkt, einem so alten Mann sollte man nicht mehr so schwer aufladen.

Indes keucht und wankt das Männlein heran, und als es gegenüber von Frau Lisbeth war, brach es unter dem Sacke beinahe zusammen. »Ach, habt die Barmherzigkeit, Frau, und reicht mir nur einen Trunk Wasser«, sprach das Männlein; »ich kann nicht weiter, muß elend verschmachten.«

»Aber Ihr solltet in Eurem Alter nicht mehr so schwer tragen«, sagte Frau Lisbeth.

»Ja wenn ich nicht Botengehen müßte der Armut halber, und um mein Leben zu fristen«, antwortete er; »ach, so eine reiche Frau, wie Ihr, weiß nicht, wie wehe Armut tut und wie wohl ein frischer Trunk bei solcher Hitze.«

Als sie dies hörte, eilte sie ins Haus, nahm einen Krug vom Gesims und füllte ihn mit Wasser; doch als sie zurückkehrte und nur noch wenige Schritte von ihm war und das Männlein sah, wie es so elend und verkümmert auf dem Sack saß, da fühlte sie inniges Mitleid, bedachte, daß ja ihr Mann nicht zu Hause sei, und so stellte sie den Wasserkrug beiseite, nahm einen Becher und füllte ihn mit Wein, legte ein gutes Roggenbrot darauf und brachte es dem Alten. »So, und ein Schluck Wein mag Euch besser frommen als Wasser, da Ihr schon so gar alt seid«, sprach sie; »aber trinket nicht so hastig und esset auch Brot dazu.«

Frau Lisbeth stürzte zu seinen Füßen und bat um Verzeihung, aber das steinerne Herz kannte kein Mitleid, er drehte die Peitsche um, die er in der Hand hielt, und schlug sie mit dem Handgriff von Ebenholz so heftig vor die schöne Stirne, daß sie leblos dem alten Manne in die Arme sank.

She fell at his feet, entreating him for mercy; but his stony heart knew no compassion. He reversed the whip which he held in his hand, and struck her so heavily on her beautiful brow, with its ebony handle, that she sank lifeless into the old man's arms.

Elizabeth ran into the house, and, taking a pitcher from the shelf, filled it with water; but, standing a few paces distant, and seeing how sadly the little man sat on his sack, her heart overflowed with compassion, and, remembering that her husband was out from home, she set down the pitcher of water, and, filling a cup with wine, cut a large slice of rye bread, and brought both to the old mendicant. »A glass of wine will do you more good than water, as you are so old«, said she; »drink it slowly, and eat this bread with it.«

The little fellow looked at her with surprise, and, with big tears standing in his eyes, drank the wine and said: »I have lived many years, but I have seen few people so compassionate, and who know so well how to use their wealth, as you, Madam Elizabeth. You will be happy hereafter, for so good a heart does not go unrewarded.«

»No; and she shall receive her reward on the spot«, cried an angry voice, and Peter stood before her, his face crimson with rage.

»So you give my best wine to beggars, do you? and my own cup you lend to such rascals as this! I'll pay you!« She fell at his feet, entreating him for mercy; but his stony heart knew no compassion. He reversed the whip which he held in his hand, and struck her so heavily on her beautiful brow, with its ebony handle, that she sank lifeless into the old man's arms. Seeing this, a sort of selfish regret seized him for a moment, and he bent down to see if she still retained a spark of life, when the old man said, in a well-known voice: »Give your-self no trouble, Peter. She was the fairest flower in the Black Forest, but you have crushed her under foot, and she will never bloom again.«

Peter's cheeks blanched in a moment. »So it is you, Mr. Treasurer? Well, what is done is done, and it was sure to come at last. I hope, sir, you will not denounce me to the officers as a murderer.«

»Villain!« answered the glass manikin. »What pleasure should I have in bringing your perishable body to the gallows? No human judge have you to fear, but another and more dreadful arbiter, for you have lost your soul to the Prince of Evil.«

»And if I have lost my soul«, yelled Peter, »you and your treacherous gifts are the only

Das Männlein sah sie staunend an, bis große Tränen in seinen alten Augen standen, es trank und sprach dann: »Ich bin alt geworden, aber ich hab' wenige Menschen gesehen, die so mitleidig wären und ihre Gaben so schön und herzig zu spenden wüßten wie Ihr, Frau Lisbeth; aber es wird Euch dafür auch recht gut gehen auf Erden; solch ein Herz bleibt nicht unbelohnt.«

»Nein, und den Lohn soll sie zur Stelle haben«, schrie eine schreckliche Stimme, und als sie sich umsahen, war es Herr Peter mit blutrotem Gesicht.

»Und sogar meinen Ehrenwein gießest du aus an Bettelleute, und meinen Mundbecher gibst du an die Lippen der Straßenläufer? Da nimm deinen Lohn!« Frau Lisbeth stürzte zu seinen Füßen und bat um Verzeihung, aber das steinerne Herz kannte kein Mitleid, er drehte die Peitsche um, die er in der Hand hielt, und schlug sie mit dem Handgriff von Ebenholz so heftig vor die schöne Stirne, daß sie leblos dem alten Manne in die Arme sank. Als er dies sah, war es doch, als reute ihn die Tat auf der Stelle; er bückte sich herab, zu schauen, ob noch Leben in ihr sei, aber das Männlein sprach mit wohlbekannter Stimme: »Gib dir keine Mühe, Kohlen-Peter; es war die schönste und lieblichste Blume im Schwarzwald, aber du hast sie zertreten, und nie mehr wird sie wieder blühen.«

Da wich alles Blut aus Peters Wangen, und er sprach: »Also Ihr seid es, Herr Schatzhauser? Nun, was geschehen ist, ist geschehen, und es hat wohl so kommen müssen. Ich hoffe aber, Ihr werdet mich nicht bei dem Gericht anzeigen als Mörder.«

»Elender!« erwiderte das Glasmännlein. »Was würde es mir frommen, wenn ich deine sterbliche Hülle an den Galgen brächte? Nicht irdische Gerichte sind es, die du zu fürchten hast, sondern andere und strengere, denn du hast deine Seele an den Bösen verkauft.«

»Und hab' ich mein Herz verkauft«, schrie Peter, »so ist niemand daran schuld als du und deine betrügerischen Schätze; du tückischer Geist hast mich ins Verderben geführt, mich getrieben, daß ich bei einem andern Hilfe suchte, und auf dir liegt die ganze Verantwortung.« Aber kaum hatte er dies gesagt, so wuchs und schwoll das Glasmännlein und wurde hoch und breit, und seine Augen sollen so groß gewesen sein wie Suppenteller, und sein Mund war wie ein geheizter Backofen, und Flammen blitzten daraus hervor. Peter warf sich auf die Knie, und sein steinernes Herz schützte ihn nicht, daß nicht seine Glieder zitterten wie eine Espe. Mit Geierskrallen packte ihn der Waldgeist im Nacken, drehte ihn um wie ein Wirbelwind dürres Laub und warf ihn dann zu Boden, daß ihm alle Rippen knackten. »Erdenwurm!« rief er mit einer Stimme, die wie der Donner rollte. »Ich könnte dich zerschmettern, wenn ich wollte, denn du hast gegen den Herrn des Waldes gefrevelt. Aber um dieses toten Weibes willen, die mich gespeist und getränkt hat, gebe ich dir acht Tage Frist. Bekehrst du dich nicht zum Guten, so komme ich und zermalme dein Gebein, und du fährst hin in deinen Sünden.«

Es war schon Abend, als einige Männer, die vorbeigingen, den reichen Peter Munk an der Erde liegen sahen. Sie wandten ihn hin und her und suchten, ob noch Atem in ihm sei, aber lange war ihr Suchen vergebens. Endlich ging einer in das Haus und brachte Wasser herbei und besprengte ihn. Da holte Peter tief Atem, stöhnte und schlug die Augen auf, schaute lange um sich her und fragte dann nach Frau Lisbeth, aber keiner hatte sie gesehen. Er dankte den Männern für ihre Hilfe, schlich sich dann in sein Haus und suchte überall, aber Frau Lisbeth war weder im Keller noch auf dem Boden, und das, was er für einen schrecklichen Traum gehalten, war bittere Wahrheit. Wie er nun so ganz allein war, da kamen ihm sonderbare Gedanken; er fürchtete sich vor nichts, denn sein Herz war ja kalt; aber wenn er an den Tod seiner Frau dachte, kam ihm sein eigenes Hinscheiden in den Sinn, und wie belastet er dahinfahren werde, schwerbelastet mit Tränen der Armen, mit tausend ihrer Flüche, die sein Herz nicht erweichen konnten, mit dem Jammer der Elenden, auf die er seinen Hund gehetzt, belastet mit der stillen Verzweiflung seiner Mutter, mit dem Blute der schönen guten Lisbeth, und konnte er doch nicht einmal dem alten Manne, ihrem Vater Rechenschaft geben, wenn er käme und fragte: »Wo ist meine Tochter, dein Weib?« Wie wollte er einem andern Frage stehen, dem alle Wälder, alle Seen, alle Berge gehörten und die Leben der Menschen?

Es quälte ihn auch nachts im Traume, und alle Augenblicke wachte er auf an einer süßen Stimme, die ihm zurief: »Peter, schaff dir ein wärmeres Herz!« Und wenn er erwacht war, schloß er doch schnell wieder die Augen, denn der Stimme nach mußte es Frau Lisbeth sein, die ihm diese Warnung zurief. Den andern Tag ging er ins Wirtshaus, um seine Gedanken zu zerstreuen, und dort traf er den dicken Ezechiel. Er setzte sich zu ihm, sie sprachen dies und jenes, vom schönen Wetter, vom Krieg, von den Steuern und endlich auch vom Tod, und wie da und dort einer so schnell gestorben sei. Da fragte Peter den Dicken, was er denn vom Tod halte und wie es nachher sein werde. Ezechiel antwortete ihm, daß man den Leib begrabe, die Seele aber fahre entweder auf zum Himmel oder hinab in die Hölle.

»Also begräbt man das Herz auch?« fragte Peter gespannt.

ones to blame. You, malicious demon, have led me into ruin; you have driven me to seek assistance from another, and on your shoulders lies the whole responsibility.« Scarcely had he said this, when the glass manikin began to dilate and expand; his eyes became as large as soup-plates, and his mouth like a lighted furnace, with flames issuing from it. Peter threw himself on his knees, and his marble heart could not prevent his limbs from trembling like aspenleaves. The wood-demon seized him by the neck with vulture claws, and, twisting him as a whirlwind twists a leaf, threw him on the ground with such force that his ribs cracked. »Worm!« cried the spectre in a voice of thunder, »I could crush you if I chose, for you have blasphemed against this forest's lord; but for this murdered woman's sake, who gave me to eat and drink, I grant you a respite of a week. Mend your ways in this time, or I will rend you in pieces, and send your soul to punishment in its sins!«

Late in the evening some strangers passing by found rich Peter Munk lying senseless in the road. They turned him over to discover if he still breathed, and for some time could not find a spark of life. Finally, one of the men went into the house, and, bringing out water, sprinkled it in his face. Peter drew a deep breath, groaned heavily, and, opening his eyes, gazed about bewildered for some time, and then asked for Elizabeth; but no one had seen her. Thanking the strangers for their assistance, he crept into the house, and sought in every direction for his wife; but, finding her nowhere, the idea gradually became conviction in his mind that what he had hoped was but a frightful dream was dread and terrible reality. In his loneliness, strange reflections occupied his thoughts. Fear he could not feel, for his heart was stone; but, thinking on his wife's death, his mind reverted to his own decease, and how heavily laden he must leave this world, – laden with the tears of the poor, with their thousand curses which had never changed his will, with the misery of the sufferers on whom he had set his dogs, with the silent despair of his own mother, with the blood of the saintly Elizabeth; and if he could not justify himself to the old man, her father, were he to come and ask him, »Where is my daughter and your wife?« how could he stand before the face of One, to whom belonged all woods, all seas, all mountains, and all human souls?

His dreams at night were restless, and incessantly a sweet voice awoke him, calling, »Peter, seek a warmer heart!« – a voice he knew to be Elizabeth's. The next day he repaired to the tavern to dissipate his melancholy thoughts, and there found, as usual, Fat Ezekiel. He sat down by his side, and the two friends talked of various subjects, – of the fine weather, the war, the heavy taxes, and what not, and at length of sudden death. Peter asked Ezekiel what he thought of death, and if he had ever reflected on his life hereafter. Ezekiel answered, that the body was buried under ground, and the soul departed at once to heaven or to hell.

»And is the heart buried also?« inquired Peter earnestly.

»Of course, the heart also.«

»But if one has no heart?« continued Peter.

Ezekiel looked at him with terror in his face. »What do you mean? Are you mocking me? Think you I have no heart?«

»O, heart enough, and as hard as a stone!« replied Peter.

Ezekiel looked astounded, and, gazing nervously round to see that no one overheard, whispered: »How do you know that? Or perhaps yours too has ceased to feel?«

»Mine too has ceased to feel, at least in my own bosom«, answered Peter. »But tell me, since you now know all, how will it fare with our hearts hereafter?«

»Why should that trouble you, neighbor?« said Ezekiel, laughing. »You are well enough off during your lifetime, at any rate. It is the greatest comfort of our cold hearts that such notions give us no uneasiness.«

»True enough, but we think of them, nevertheless; and, though I cannot now feel fear, yet I remember distinctly how terribly afraid of hell I felt when I was a little, innocent child.«

»Well – we shan't go there just yet, I hope«, said Ezekiel. »I once asked a schoolmaster about it, and he told me that after death hearts were always weighed, to judge how grievously they had sinned. The light ones rise, the heavy sink; and I'm thinking ours, Peter, will show a decent weight.«

»They will indeed«, answered Peter; »and it often makes me uneasy to find how unmoved and indifferent my heart remains when I think of these matters.«

The next night he heard five or six times the same familiar voice whisper in his ear: »Peter, seek a warmer heart!« He felt no remorse for her death, but when he told his servants that their mistress had gone on a journey, he thought to himself: »What journey can she be travelling now?« Six days he spent in this way, and night after night he heard the voice, and day after day recalled the spectre and his frightful menace. On the seventh morning he sprang from his bed, exclaiming: »Yes, I will try to obtain a warmer heart, for this insensible stone within makes my life only a burthen and fatigue.« He put his Sunday suit hastily on, and, mounting his horse, rode to the pine grove.

»Ei freilich, das wird auch begraben.«

»Wenn aber einer sein Herz nicht mehr hat?« fuhr Peter fort.

Ezechiel sah ihn bei diesen Worten schrecklich an. »Was willst du damit sagen? Willst du mich foppen? Meinst du, ich habe kein Herz?«

»Oh, Herz genug, so fest wie Stein«, erwiderte Peter.

Ezechiel sah ihn verwundert an, schaute sich um, ob es niemand gehört habe, und sprach dann: »Woher weißt du es? Oder pocht vielleicht das deinige auch nicht mehr?«

»Pocht nicht mehr, wenigstens nicht hier in meiner Brust!« antwortete Peter Munk. »Aber sage mir, da du jetzt weißt, was ich meine, wie wird es gehen mit unseren Herzen?«

»Was bekümmert dich dies, Gesell?« fragte Ezechiel lachend. »Hast ja auf Erden vollauf zu leben und damit genug. Das ist ja gerade das Bequeme in unseren kalten Herzen, daß uns keine Furcht befällt vor solchen Gedanken.«

»Wohl wahr, aber man denkt doch daran, und wenn ich auch jetzt keine Furcht mehr kenne, so weiß ich doch wohl noch, wie sehr ich mich vor der Hölle gefürchtet, als ich noch ein kleiner unschuldiger Knabe war.«

»Nun – gut wird es uns gerade nicht gehen«, sagte Ezechiel. »Habe mal einen Schulmeister darüber gefragt, der sagte mir, daß nach dem Tode die Herzen gewogen werden, wie schwer sie sich versündigt hätten. Die leichten steigen auf, die schweren sinken hinab, und ich denke, unsere Steine werden ein gutes Gewicht haben.«

»Ach freilich«, erwiderte Peter, »und es ist mir oft selbst unbequem, daß mein Herz so teilnahmslos und ganz gleichgültig ist, wenn ich an solche Dinge denke.«

So sprachen sie; aber in der nächsten Nacht hörte er fünf- oder sechsmal die bekannte Stimme in sein Ohr lispeln: »Peter, schaff dir ein wärmeres Herz!« Er empfand keine Reue, daß er sie getötet, aber wenn er dem Gesinde sagte, seine Frau sei verreist, so dachte er immer dabei: Wohin mag sie wohl gereist sein? Sechs Tage hatte er es so getrieben, und immer hörte er nachts diese Stimme und immer dachte er an den Waldgeist und seine schreckliche Drohung; aber am siebenten Morgen sprang er auf von seinem Lager und rief: »Nun ja, will sehen, ob ich mir ein wärmeres schaffen kann, denn der gleichgültige Stein in meiner Brust macht mir das Leben nur langweilig und öde.« Er zog schnell seinen Sonntagsstaat an und setzte sich auf sein Pferd und ritt dem Tannenbühl zu.

Im Tannenbühl, wo die Bäume dichter standen, saß er ab, band sein Pferd an und ging schnellen Schrittes dem Gipfel des Hügels zu, und als er vor der dicken Tanne stand, hob er seinen Spruch an:

Schatzhauser im grünen Tannenwald,
Bist viele hundert Jahre alt.
Dein ist all Land, wo Tannen stehn,
Läßt dich nur Sonntagskindern sehn.

Da kam das Glasmännlein hervor, aber nicht freundlich und traulich wie sonst, sondern düster und traurig; es hatte ein Röcklein an von schwarzem Glas, und ein langer Trauerflor flatterte herab vom Hut, und Peter wußte wohl, um wen es traure.

»Was willst du von mir, Peter Munk?« fragte es mit dumpfer Stimme.

»Ich hab' noch einen Wunsch, Herr Schatzhauser«, antwortete Peter mit niedergeschlagenen Augen.

»Können Steinherzen noch wünschen?« sagte jener. »Du hast alles, was du für deinen schlechten Sinn bedarfst, und ich werde schwerlich deinen Wunsch erfüllen.«

»Aber Ihr habt mir doch drei Wünsche zugesagt; einen hab' ich immer noch übrig.«

»Doch kann ich ihn versagen, wenn er töricht ist«, fuhr der Waldgeist fort; »aber wohlan, ich will hören, was du willst?«

»So nehmet mir den toten Stein heraus und gebet mir mein lebendiges Herz«, sprach Peter.

»Hab' ich den Handel mit dir gemacht?« fragte das Glasmännlein. »Bin ich der Holländermichel, der Reichtum und kalte Herzen schenkt? Dort, bei ihm mußt du dein Herz suchen.«

»Ach, er gibt es nimmer zurück«, antwortete Peter.

»Du dauerst mich, so schlecht du auch bist«, sprach das Männlein nach einigem Nachdenken. »Aber weil dein Wunsch nicht töricht ist, so kann ich dir wenigstens meine Hilfe nicht versagen. So höre, dein Herz kannst du mit keiner Gewalt mehr bekommen, wohl aber durch List, und es wird vielleicht nicht schwerhalten, denn Michel bleibt doch nur der dumme Michel, obgleich er sich ungemein klug dünkt. So gehe denn geradenwegs zu ihm hin und tue, wie ich dir heiße.« Und nun unterrichtete es ihn in allem und gab ihm ein Kreuzlein aus reinem Glas: »Am Leben kann er dir nicht schaden, und er wird dich freilassen, wenn du ihm dies vorhalten und dazu beten wirst. Und hast du dann, was du verlangt hast, erhalten, so komm wieder zu mir an diesen Ort.«

Peter Munk nahm das Kreuzlein, prägte sich alle Worte ins Gedächtnis und ging weiter nach Holländermichels Behausung. Er rief dreimal seinen Namen, und alsobald stand der Riese vor ihm. »Du hast dein Weib erschlagen?« fragte er ihn mit schrecklichem Lachen. »Hätte es auch so gemacht, sie hat dein Vermögen an das Bettelvolk gebracht. Aber du wirst auf einige Zeit außer Landes gehen müssen, denn es wird Lärm machen,

He dismounted at a place where the trees grew close and thick, and, fastening his horse to a branch, ran with hasty steps to the big pine, and recited his verse:

Treasurer in the forest green,
Who so many hundred years hast seen,
Thine is the land where the pine-trees stand,
And Sabbath-born children bless thy hand.

The glass manikin instantly appeared, but a stern and angry expression had displaced his former kindly glance. He wore a doublet of black glass, with a long crape fluttering from his hat, and Peter well knew for whom he mourned.

»What would you have of me?« he asked in a gloomy voice.

»I have one wish left, Sir Treasurer«, answered Peter, with downcast eyes.

»Can hearts of marble wish?« said the dwarf. »You have now all your wicked mind can desire, and shall have no more.«

»But you promised me three wishes, and one is still unused«, urged Munk.

»If it is foolish, I can refuse it«, said the spectre; »speak; what is it you would ask?«

»Take from my breast this block of stone, and give me back my living heart«, said Peter.

»Was it I who made the exchange?« said the manikin. »Am I Hollander Michael, to give away riches and marble hearts? You must seek your heart from him.«

»Alas, he never gives back!« sobbed Peter.

»Bad as you are, I feel for your unhappiness«, said the glass manikin after a moment's thought. »As your wish is not foolish, I will not refuse my aid. Listen. You can never recover your heart by force, but you can by guile, and perhaps without much difficulty, for Michael has ever been stupid Michael, although he thinks himself extremely shrewd. Go to him, and do as I direct.« Then, telling him what course to follow to attain his object, he gave him a small cross of finest glass, and said: »As long as you live he can do you no injury; and he will let you pass unopposed, if you hold this out towards him, and pray to God. When you have obtained what you go for, come back at once to this place.«

Peter took the crucifix, and, imprinting every word on his memory, went on to Hollander Michael's abode. He called his name three times, and the giant stood before him. »So you have killed your wife?« he said, with a horrid laugh. »You were perfectly right to do so, for she squandered your property on beggars. But you must leave the country for a while, for it will lead to trouble when people find she does not come back. You want money I suppose, and have come to get it?«

»You have guessed it«, said Peter, »and a good deal this time, for it's a long road to America.« Michael led him to his cottage; and opening a coffer, in which lay heaps of gold, took out many rolls of the precious metal. While he was counting it down on the table, Peter said: »You are a tricky fellow, Michael, with your lies about my carrying a stone in my breast and yourself having my real heart.«

»And is it not so?« said Michael, amazed. »Do you feel your heart still? Is it not cold, like ice? Do you feel fear, or sorrow? Do you ever repent a sin?«

»You have merely deadened my heart a little, but I have it in my bosom yet, and so has Ezekiel, who told me you had cheated us. You have no power to take a man's heart so neatly and safely out of his body. You would have to use magic to do such a thing.«

»But I assure you«, cried Michael, offended, »that Ezekiel, and all the rich people about here who have had dealings with me, have just such marble hearts as yours, and their true hearts are all stowed away here in my chamber.«

»Pooh, Michael, how easily the lies run off your tongue!« laughed Peter. »Tell that story to the marines! Do you suppose I haven't seen tricks of this sort by the dozen during my travels? These hearts in your chamber are all made of wax. You are a rich dog, I admit, but you are no wizard.«

The giant tore open the chamber door, foaming with anger. »Come in and read these tickets, and that one yonder. See! that is 'Peter Munk's heart!' Do you see how it beats? Can wax do that, think you?«

»Pooh, pooh; nothing but wax«, answered Peter. »That doesn't beat like a real heart, and I have my own still here in my breast. You are no wizard, that's certain.«

»I will prove it to you!« cried the giant in a rage. »You shall feel for yourself that it is your own heart.« With that, he tore open Peter's doublet, and, taking the stone from his breast, held it up before his eyes. Then he took down the true heart, and, breathing upon it, set it carefully in Peter's side, – and instantly the young man felt it beating under his ribs, and found himself capable of enjoying the sensation.

»How does it feel now?« inquired Michael with a laugh.

»Upon my honor, Michael, you were right«, answered Peter, privately drawing the crucifix from his pocket. »I never believed it was possible!«

»Very likely. You see now I do know a trifle of magic, I suppose. But come, let me put the stone back in its place.«

wenn man sie nicht findet; und du brauchst wohl Geld und kommst, um es zu holen?«

»Du hast's erraten«, erwiderte Peter, »und nur recht viel diesmal, denn nach Amerika ist's weit.«

Michel ging voran und brachte ihn in seine Hütte, dort schloß er eine Truhe auf, worin viel Geld lag, und langte ganze Rollen Goldes heraus. Während er es so auf den Tisch hinzählte, sprach Peter: »Du bist ein loser Vogel, Michel, daß du mich belogen hast, ich hätte einen Stein in der Brust und du habest mein Herz!«

»Und ist es denn nicht so?« fragte Michel staunend. »Fühlst du denn dein Herz? Ist es nicht kalt wie Eis? Hast du Furcht oder Gram, kann dich etwas reuen?«

»Du hast mein Herz nur stillestehen lassen, aber ich hab' es noch wie sonst in meiner Brust und Ezechiel auch, der hat es mir gesagt, daß du uns angelogen hast; du bist nicht der Mann dazu, der einen das Herz so unbemerkt und ohne Gefahr aus der Brust reißen könnte; da müßtest du zaubern können.«

»Aber ich versichere dich«, rief Michel unmutig, »du und Ezechiel und alle reichen Leute, die es mit mir gehalten, haben solche kalte Herzen wie du, und ihre rechten Herzen habe ich hier in meiner Kammer.«

»Ei, wie dir das Lügen von der Zunge geht!« lachte Peter. »Das mache du einem andern weis. Meinst du, ich habe auf meinen Reisen nicht solche Kunststücke zu Dutzenden gesehen? Aus Wachs nachgeahmt sind deine Herzen hier in der Kammer. Du bist ein reicher Kerl, das gebe ich zu; aber zaubern kannst du nicht.«

Da ergrimmte der Riese und riß die Kammertür auf. »Komm herein und lies die Zettel alle, und jenes dort, schau, das ist Peter Munks Herz; siehst du, wie es zuckt? Kann man das auch aus Wachs machen?«

»Und doch ist es aus Wachs«, antwortete Peter. »So schlägt ein rechtes Herz nicht, ich habe das meinige noch in der Brust. Nein, zaubern kannst du nicht!«

»Aber ich will es dir beweisen!« rief jener ärgerlich. »Du sollst es selbst fühlen, daß dies dein Herz ist.« Er nahm es, riß Peters Wams auf und nahm einen Stein aus seiner Brust und zeigte ihn vor. Dann nahm er das Herz, hauchte es an, und setzte es behutsam an seine Stelle, und alsobald fühlte Peter, wie es pochte, und er konnte sich wieder darüber freuen.

»Wie ist es dir jetzt?« fragte Michel lächelnd.

»Wahrhaftig, du hast doch recht gehabt«, antwortete Peter, in dem er behutsam sein Kreuzlein aus der Tasche zog. »Hätte ich doch nicht geglaubt, daß man dergleichen tun könne!«

»Nicht wahr? Und zaubern kann ich, das siehst du, aber komm, jetzt will ich dir den Stein wieder hineinsetzen.«

»Gemach, Herr Michel!« rief Peter, trat einen Schritt zurück und hielt ihm das Kreuzlein entgegen. »Mit Speck fängt man Mäuse, und diesmal bist du der Betrogene.« Und zugleich fing er an zu beten, was ihm nur beifiel.

Da wurde Michel kleiner und immer kleiner, fiel nieder und wand sich hin und her wie ein Wurm und ächzte und stöhnte, und alle Herzen umher fingen an zu zucken und zu pochen, daß es tönte wie in der Werkstatt eines Uhrmachers. Peter aber fürchtete sich, es wurde ihm ganz unheimlich zumut, er rannte zur Kammer und zum Haus hinaus und klimmte, von Angst getrieben, die Felsenwand hinan, denn er hörte, daß Michel sich aufraffte, stampfte und tobte und ihm schreckliche Flüche nachschickte. Als er oben war, lief er dem Tannenbühl zu; ein schreckliches Gewitter zog auf, Blitze fielen links und rechts an ihm nieder und zerschmetterten die Bäume, aber er kam wohlbehalten in dem Revier des Glasmännleins an.

Sein Herz pochte freudig, und nur darum, weil es pochte. Dann aber sah er mit Entsetzen auf sein Leben zurück wie auf das Gewitter, das hinter ihm rechts und links den schönen Wald zersplitterte. Er dachte an Frau Lisbeth, sein schönes, gutes Weib, das er aus Geiz gemordet, er kam sich selbst wie der Auswurf der Menschen vor, und er weinte heftig, als er an Glasmännleins Hügel kam.

Schatzhauser saß unter dem Tannenbaum und rauchte aus einer kleinen Pfeife, doch er sah munterer aus als je zuvor. »Warum weinst du, Kohlenpeter?« fragte er. »Hast du dein Herz nicht erhalten? Liegt noch das kalte in deiner Brust?«

»Ach Herr!« seufzte Peter. »Als ich noch das kalte Steinherz trug, da weinte ich nie, meine Augen waren so trocken als das Land im Juli; jetzt aber will es mir beinahe das alte Herz zerbrechen, was ich getan! Meine Schuldner habe ich ins Elend gejagt, auf Arme und Kranke die Hunde gehetzt, und Ihr wißt es ja selbst – wie meine Peitsche auf ihre schöne Stirn fiel!«

»Peter! Du warst ein großer Sünder!« sprach das Männlein. »Das Geld und der Müßiggang haben dich verdorbt, bis dein Herz zu Stein wurde, nicht Freud, nicht Leid, keine Reue, kein Mitleid mehr kannte. Aber Reue versöhnt, und wenn ich nur wüßte, daß dir dein Leben recht leid tut, so könnte ich schon noch etwas für dich tun.«

»Will nichts mehr«, antwortete Peter und ließ traurig sein Haupt sinken. »Mit mir ist es aus, kann mich mein Lebtag nicht mehr freuen; was

Aber wie staunten sie, als sie an die Hütte kamen! Sie war zu einem schönen Bauernhaus geworden, und alles darin war einfach, aber gut und reinlich.

But great was their amazement when they reached the hut. It had been changed into a handsome farmer's cottage, and all its interior arrangements, though simple, were tasteful and good.

»Softly, Mr. Michael«, cried Peter, taking a step backwards, and holding out the crucifix. »Men catch mice with bacon, and this time you are the cheated one.« And he began to say a prayer, as the glass manikin had directed him.

Hollander Michael grew smaller and smaller, and fell to the ground writhing like a snake, groaning and moaning, and all the hearts on the shelves began to throb and beat till it sounded like the shop of a clock-maker. Peter feared, however, that his courage would not hold out, and dreaded the power of the demon; and, running out of the room and out of the house, he clambered down the cliff pursued by dreadful terror: for he heard Michael gather himself up, and stamp and rage and hurl frightful curses after his flying victim. Having crossed the boundary, he ran swiftly to the pine grove. A fearful tempest was raging round him, and the lightning shattered the trees on every side, but he reached the glass manikin's abode without injury.

His heart was beating joyously, but only because it beat at all, for he now looked back upon his past life with the same horror with which he had gazed on the tempest splintering the noble trees. He thought of his wife Elizabeth, that beautiful, saintly woman, whom he had murdered through avarice, and he looked upon himself as an outcast from mankind. He reached the dwelling of the glass manikin, weeping convulsively.

The treasurer was sitting under a pine tree, smoking a little pipe, and his expression was softer than before. »Why do you weep, charcoal-burner?« he asked. »Have you failed to

soll ich so allein auf der Welt tun? Meine Mutter verzeiht mir nimmer, was ich ihr getan, und vielleicht hab' ich sie unter den Boden gebracht, ich Ungeheuer! Und Lisbeth, meine Frau! Schlaget mich lieber auch tot, Herr Schatzhauser, dann hat mein elend Leben mit einmal ein Ende.«

»Gut«, erwiderte das Männlein, »wenn du nicht anders willst, so kannst du es haben; meine Axt habe ich bei der Hand.« Es nahm ganz ruhig sein Pfeifchen aus dem Mund, klopfte es aus und steckte es ein. Dann stand es langsam auf und ging hinter die Tannen. Peter aber setzte sich weinend ins Gras, sein Leben war ihm nichts mehr, und erwartete geduldig den Todesstreich. Nach einiger Zeit hörte er leise Tritte hinter sich und dachte: Jetzt wird er kommen.

»Schau dich noch einmal um, Peter Munk!« rief das Männlein. Er wischte sich die Tränen aus den Augen und schaute sich um und sah – seine Mutter und Lisbeth, seine Frau die ihn freundlich anblickten. Da sprang er freudig auf: »So bist du nicht tot, Lisbeth? Und auch Ihr seid da Mutter, und habt mir vergeben?«

»Sie wollen dir verzeihen?« sprach das Glasmännlein. »Weil du wahre Reue fühlst, und alles soll vergessen sein. Zieh jetzt heim in deines Vaters Hütte und sei ein Köhler wie zuvor; bist du brav und bieder, so wirst du dein Handwerk ehren, und deine Nachbarn werden dich mehr lieben und achten, als wenn du zehn Tonnen Goldes hättest.« So sprach das Glasmännlein und nahm Abschied von ihnen.

Die drei lobten und segneten es und gingen heim. Das prachtvolle Haus des reichen Peter stand nicht mehr; der Blitz hatte es angezündet und mit all seinen Schätzen niedergebrannt; aber nach der väterlichen Hütte war es nicht weit; dorthin ging jetzt ihr Weg, und der große Verlust bekümmerte sie nicht.

Aber wie staunten sie, als sie an die Hütte kamen! Sie war zu einem schönen Bauernhaus geworden, und alles darin war einfach, aber gut und reinlich.

»Das hat das gute Glasmännlein getan!« rief Peter.

»Wie schön!« sagte Frau Lisbeth. »Und hier ist mir viel heimlicher als in dem großen Haus mit dem vielen Gesinde.«

Von jetzt an wurde Peter Munk ein fleißiger und wackerer Mann. Er war zufrieden mit dem, was er hatte, trieb sein Handwerk unverdrossen, und so kam es, daß er durch eigene Kraft wohlhabend wurde und angesehen und beliebt im ganzen Wald. Er zankte nie mehr mit Frau Lisbeth, ehrte seine Mutter und gab den Armen, die an seine Tür pochten. Als nach Jahr und Tag Frau Lisbeth von einem schönen Knaben genas, ging Peter nach dem Tannenbühl und sagte sein Sprüchlein. Aber das Glasmännlein zeigte sich nicht. »Herr Schatzhauser!« rief er laut. »Hört mich doch; ich will ja nichts anderes als Euch zu Gevatter bitten bei meinem Söhnlein!« Aber er gab keine Antwort; nur ein kurzer Windstoß sauste durch die Tannen und warf einige Tannenzapfen herab ins Gras. »So will ich dies zum Andenken mitnehmen, weil Ihr Euch doch nicht sehen lassen wolltet«, rief Peter, steckte die Zapfen in die Tasche und ging nach Hause; aber als er zu Hause das Sonntagswams auszog und seine Mutter die Taschen umwandte und das Wams in den Kasten legen wollte, da fielen vier stattliche Goldrollen heraus, und als man sie öffnete, waren es lauter, gute, neue, badische Taler und kein einziger falscher darunter. Und das war das Patengeschenk des Männleins im Tannenwald für den kleinen Peter.

So lebten sie still und unverdrossen fort, und noch oft nachher, als Peter Munk schon graue Haare hatte, sagte er: »Es ist doch besser zufrieden zu sein mit wenigem als Gold und Güter und ein kaltes Herz.«

obtain your heart? Lies the marble still in your bosom?«

»Alas! sir«, sighed Peter, »as long as I carried a marble heart I never wept, and my eyes were as dry as the ground in July. But my old heart is almost breaking at the remembrance of my crimes. I have driven my debtors to despair, I have set my dogs on the poor and sick, and you have not forgotten how my whip fell on that beautiful forehead!«

»Peter, you have been a great sinner!« said the dwarf. »Money and idleness have been your ruin, till your heart changed to stone, and you could feel no longer joy or sorrow, remorse or compassion. But repentance atones for sin; and, were I sure that you felt remorse for your past life, it is still in my power to do you a great good.«

»I wish nothing more«, answered Peter, and his head sank sadly on his breast. »Hope has fled. I can never be happy again. What can I do, alone in the world? My mother will never pardon the wrongs I have done to her; and perhaps, monster that I am, I have already brought her with sorrow to the grave! And Elizabeth! my dear wife! Alas, Treasurer, rather strike me dead on the spot and bring my wretched life to an instant close!«

»Well«, answered the dwarf, »if you are resolved upon it, let it be so. I have my axe ready in my hand.« He took his pipe quietly from his mouth, extinguished it, and thrust it into his pocket. Then, rising slowly from his seat, he disappeared behind the trees. Peter sat weeping on the grass; his life was worthless in his sight, and he waited patiently for his death-blow. In a few moments he heard soft footsteps behind him, and thought to himself, »He is coming now.«

»Look behind you, Peter Munk!« cried the dwarf. He wiped the tears from his eyes and turned his head. There stood his mother and Elizabeth, looking at him tenderly.

He sprang up in a frenzy of delight. »You are not dead, then, Elizabeth! And you here, too, mother! Have you forgiven me?«

»They are willing to forgive you«, answered the glass manikin, »because you feel sincere remorse. Return now to your father's cottage, and become a charcoal-burner as before. If you are honest and manly you will honor your occupation, and your neighbors will respect and love you more than if you possessed ten tons of gold.« With this admonition the glass manikin bade them farewell.

The three blessed and praised him, and slowly returned home. The handsome house of rich Peter Munk was standing no longer; the lightning had struck it and destroyed it with all his treasures. But his father's hut stood at no great distance, and thither they turned their steps, unconcerned at the great losses they had so recently sustained.

But great was their amazement when they reached the hut. It had been changed into a handsome farmer's cottage, and all its interior arrangements, though simple, were tasteful and good.

»The good glass manikin has done this!« cried Peter.

»How charming!« said Elizabeth. »This is much more like home than that great house of ours with its crowd of servants.«

Henceforth Peter Munk was a busy and active man. Contented with what he had, he applied himself industriously to his business; and thus it came about that he grew prosperous through his own exertions and activity, and was respected and admired throughout the forest. He ceased to quarrel with the beautiful Elizabeth, treated his mother with affection and reverence, and gave freely to the needy who knocked at his door. After the lapse of a year and a day Elizabeth gave birth to a handsome boy, and Peter went to the pine grove and recited the verses. But no glass manikin answered to his summons. »My Lord Treasurer«, he shouted, »listen to me a moment. I only wish to ask you to be god-father to my little son.« No answer came back, but a puff of wind sighed through the pine-trees, and cast a few pine-cones down into the grass. »I will take these cones as a keepsake, since you refuse to answer to my call«, cried Peter, and, putting them in his pocket, went back to his cottage. But when he drew off his Sunday doublet, and his mother turned out the pockets to put the coat safely away in the press, four large rolls of money fell out, and, on opening them, their eyes were dazzled by the shine of countless, good, new, handsome ducats, with not a false one among them. And this was the present of the manikin to his little godchild.

Henceforth they lived calmly and at peace; and Peter frequently said in after years, when his head was white and his limbs feeble: »It is far better to be contented with little, than to possess money and goods and a cold heart.«

Saids Schicksale

Zur Zeit Harun al Raschids, des Beherrschers von Bagdad, lebte ein Mann in Balsora, mit Namen Benezar. Er hatte gerade so viel Vermögen, um für sich bequem und ruhig leben zu können, ohne ein Geschäft oder einen Handel zu treiben. Auch als ihm ein Sohn geboren wurde, ging er von dieser Weise nicht ab. »Warum soll ich in meinem Alter noch schachern und handeln«, sprach er zu seinen Nachbarn, »um vielleicht Said, meinem Sohn, tausend Goldstücke mehr hinterlassen zu können, wenn es gut geht, und geht es schlecht, tausend weniger? Wo zwei speisen, wird auch ein dritter satt, sagt das Sprichwort, und wenn er nur sonst ein guter Junge wird, solle es ihm an nichts fehlen.« So sprach Benezar und hielt Wort. Denn er ließ auch seinen Sohn nicht zum Handel oder einem Gewerbe erziehen; doch unterließ er es nicht, die Bücher der Weisheit mit ihm zu lesen, und da nach seiner Ansicht einen jungen Mann außer Gelehrsamkeit und Ehrfurcht vor dem Alter nichts mehr zierte als ein gewandter Arm und Mut, so ließ er ihn frühe in den Waffen unterweisen, und Said galt bald unter seinen Altersgenossen, ja selbst unter älteren Jünglingen, für einen gewaltigen Kämpfer, und im Reiten und Schwimmen tat es ihm keiner zuvor.

Als er achtzehn Jahre alt war, schickte ihn sein Vater nach Mekka zum Grabe des Propheten, um an Ort und Stelle sein Gebet und seine religiösen Übungen zu verrichten, wie es Sitte und Gebot erfordern. Ehe er abreiste, ließ ihn sein Vater noch einmal vor sich kommen, lobte seine Aufführung, gab ihm gute Lehren, versah ihn mit Geld und sprach dann: »Noch etwas, mein Sohn Said. Ich bin ein Mann, der über die Vorurteile des Pöbels erhaben ist. Ich höre zwar gerne Geschichten von Feen und Zauberern erzählen, weil mir die Zeit dabei angenehm vergeht; doch bin ich weit entfernt, daran zu glauben, wie so viele unwissende Menschen tun, daß diese Genien, oder wer sie sonst sein mögen, Einfluß auf das Leben und Treiben der Menschen haben. Deine Mutter aber, sie ist jetzt zwölf Jahre tot, deine Mutter glaubte so fest daran als an den Koran; ja sie hat mir in einer einsamen Stunde, nachdem ich ihr geschworen, es niemand als ihrem Kinde zu entdecken, vertraut, daß sie selbst von ihrer Geburt an mit einer Fee in Berührung gestanden habe. Ich habe sie deswegen ausgelacht, und doch muß ich gestehen, Said, daß bei deiner Geburt einige Dinge vorfielen, die mich selbst in Erstaunen setzten. Es hatte den ganzen Tag geregnet und gedonnert, und der Himmel war so schwarz, daß man nichts lesen konnte ohne Licht. Aber um vier Uhr nachmittags sagte man mir an, es sei mir ein Knäblein geboren. Ich eilte nach den Gemächern deiner Mutter, um meinen Erstgeborenen zu sehen und zu segnen, aber alle ihre Zofen standen vor der Türe, und auf meine Frage antworteten sie, daß jetzt niemand in das Zimmer treten dürfe, Zemira, deine Mutter habe alle hinausgehen heißen, weil sie allein sein wolle. Ich pochte an die Türe, aber umsonst, sie blieb verschlossen.

Während ich so halb unwillig unter den Zofen vor der Türe stand, klärte sich der Himmel so plötzlich auf, wie ich es nie gesehen hatte, und das wunderbarste war, daß nur über unserer lieben Stadt Balsora eine reine, blaue Himmelswölbung erschien, ringsum aber lagen die Wolken schwarz aufgerollt, und Blitze zuckten und schlängelten sich in diesem Umkreis. Während ich noch dieses Schauspiel neugierig betrachtete, flog die Türe meiner Gemahlin auf; ich aber ließ die Mägde noch außen harren und trat allein in das Gemach, deine Mutter zu fragen, warum sie sich eingeschlossen habe. Als ich eintrat, quoll mir ein so betäubender Geruch von Rosen, Nelken und Hyazinthen entgegen, daß ich beinahe verwirrt wurde. Deine Mutter brachte mir dich dar und deutete zugleich auf ein silbernes Pfeifchen, das du um den Hals an einer goldenen Kette, so fein wie Seide, trugst. ›Die gütige Frau, von welcher ich dir einst erzählte, ist dagewesen‹, sprach deine Mutter, ›sie hat deinem Knaben dieses Angebinde gegeben.‹ – ›Das war also die Hexe, die das Wetter schönmachte und diesen Rosen- und Nelkenduft hinterließ?‹ sprach ich lachend und ungläubig. ›Aber sie hätte etwas Besseres bescheren können als dieses Pfeifchen; etwa einen Beutel voll Gold, ein Pferd oder dergleichen.‹ Deine Mutter beschwor mich, nicht zu spotten, weil die Feen, leicht erzürnt, ihren Segen in Unsegen verwandeln.

Ich tat es ihr zu Gefallen und schwieg, weil sie krank war; wir sprachen auch nicht mehr von dem sonderbaren Vorfall bis sechs Jahre danach, als sie fühlte, daß sie, so jung sie noch war, sterben müsse. Da gab sie mir das Pfeifchen, trug mir auf, es einst, wenn du zwanzig Jahre alt seiest, dir zu geben, denn keine Stunde zuvor dürfe ich dich von mir lassen. Sie starb. Hier ist nun das Geschenk«, fuhr Benezar fort, indem er ein silbernes Pfeifchen an einer langen, goldenen Kette aus einem Kästchen hervorsuchte, »und ich gebe es dir in deinem achtzehnten, statt in deinem zwanzigsten Jahre, weil du abreisest und ich vielleicht, ehe du heimkehrst zu meinen Vätern versammelt werde. Ich sehe keinen vernünftigen Grund ein, warum du noch zwei Jahre hierbleiben sollst, wie es deine besorgte Mutter wünschte. Du bist ein guter und gescheiter Junge, führst die Waffen so gut als einer von vierundzwanzig Jahren, daher kann ich dich heute ebensogut für mündig erklären, als wärest du

Said's Adventures

In the time of Haroun al-Raschid, the ruler of Bagdad, there lived in Balsora a man named Benezar. He was possessed of considerable means, and could live quietly and comfortably without resorting to trade. Nor did he change his life of ease when a son was born to him. »Why should I, at my time of life, dicker and trade?« said he to his neighbors, just to leave Said a thousand more gold pieces if things went well, and if they went badly a thousand less? ›Where two have eaten, a third may feast‹, says the proverb; and if he is only a good boy, Said shall want for nothing.« Thus spake Benezar, and well did he keep his word, for his son was brought up neither to a trade nor yet to commerce. Still Benezar did not omit reading with him the books of wisdom, and as it was the father's belief that a young man needed, with scholarship and veneration for age, nothing more than a strong arm and courage, he had his son early educated in the use of weapons, and Said soon passed among boys of his own age, and even among those much older, for a valiant fencer, while in horsemanship and swimming he had no superior.

When he was eighteen years old, his father sent him to Mecca, to the grave of the Prophet, to say his prayers and go through his religious exercises on the spot, as required by custom and the commandment. Before he departed, his father called him to his side and praised his conduct, gave him good advice, provided him with money, and then said: »One word more, my son Said. I am a man above sharing in the superstitions of the rabble. I listen with pleasure to the stories of fairies and sorcerers as an agreeable way of passing the time; still I am far from believing, as so many ignorant people do, that these genii, or whatever they may be, exert an influence on the lives and affairs of mortals. But your mother, who has been dead these twelve years, believed as devoutly in them as in the Koran; yes, she even confided to me once, after I had pledged her not to reveal the fact to any one but her child, that she herself from her birth up had had association with a fairy. I laughed at her for entertaining such a notion; and yet I must confess, Said, that certain things happened at your birth that caused me great astonishment. It had rained and thundered the whole day, and the sky was so black that nothing could be seen without a light. But at four o'clock in the afternoon I was told that I was the father of a little boy. I hastened to your mother's room to see and to bless our first-born; but all her maids stood before the door, and in response to my questions, answered that no one would be allowed in the room at present, as Zemira (your mother) had ordered everybody out of her chamber because she wished to be alone. I knocked on the door, but all in vain; it remained locked.

While I waited somewhat indignantly, before the door, the sky cleared more quickly than I had ever seen it do before, – but the most wonderful thing about it was, that it was only over our loved city of Balsora that the clearblue sky appeared, for the black clouds rolled back, and lightning flashed on the outskirts of this circle. While I was contemplating this spectacle curiously, my wife's door flew open. I ordered the maids to wait outside, and entered the chamber alone to ask your mother why she had locked herself in. As I entered, such a stupefying odor of roses, pinks, and hyacinths greeted me that I almost lost my senses. Your mother held you up to me, at the same time pointing to a little silver whistle that was attached to your neck by a golden chain as fine as silk. ›The good woman of whom I once spoke to you has been here‹, said your mother, ›and has given your boy this present.‹ – ›And was it the old witch also who swept away the clouds and left this fragrance of roses and pinks behind her?‹ said I with an incredulous laugh. ›But she might have left him something better than this whistle: say a purse full of gold, a horse, or something of the kind.‹ Your mother besought me not to jest, because the fairies, if angered, would transform their blessings into maledictions.

To please her, and because she was sick, I said no more; nor did we speak again of this strange occurrence until six years afterwards, when, young as she was, she felt that she was going to die. She gave me then the little whistle, charging me to give it to you only when you had reached your twentieth year, and before that hour not to let it go out of my possession. She died. Here now is the present«, continued Benezar, producing from a little box a small silver whistle, to which was attached a long gold chain; »and I give it to you in your eighteenth, instead of your twentieth year, because you are going away, and I may be gathered to my fathers before you return home. I do not see any sensible reason why you should remain here another two years before setting out, as your anxious mother wishid. You are a good and prudent young man, can wield your weapons as bravely as a man of four-and-twenty, and therefore I can as well pronounce you of age today as if you were already twenty; and now go in peace, and think, in fortune and misfortune – from which last may heaven preserve you – on your father.«

Thus spake Benezar of Balsora, as he dismissed his son. Said took leave of him with much emotion, hung the chain about his neck, stuck the whistle in his sash, swung himself on

schon zwanzig. Und nun ziehe in Frieden und denke im Glück und Unglück, vor welchem der Himmel dich bewahren wolle, an deinen Vater.«

So sprach Benezar von Balsora, als er seinen Sohn entließ. Said nahm bewegt von ihm Abschied, hing die Kette um den Hals, steckte das Pfeifchen in den Gürtel, schwang sich aufs Pferd und ritt nach dem Ort, wo sich die Karawane nach Mekka versammelte. In kurzer Zeit waren an achtzig Kamele und viele hundert Reiter beisammen; die Karawane setzte sich in Marsch, und Said ritt aus dem Tore von Balsora, seiner Vaterstadt, die er in langer Zeit nicht mehr sehen sollte.

Das Neue einer solchen Reise und die mancherlei nie gesehenen Gegenstände, die sich ihm aufdrängten, zerstreuten ihn anfangs; als man sich aber der Wüste näherte und die Gegend immer öder und einsamer wurde, da fing er an, über manches nachzudenken und unter anderem auch über die Worte, womit ihn Benezar, sein Vater, entlassen hatte.

Er zog das Pfeifchen hervor, beschaute es hin und her und setzte es endlich an den Mund, um einen Versuch zu machen, ob es vielleicht einen recht hellen und schönen Ton von sich gebe; aber siehe, es tönte nicht; er blähte die Backen auf und blies aus Leibeskräften, aber er konnte keinen Ton hervorbringen, und unwillig über das nutzlose Geschenk, steckte er das Pfeifchen wieder in den Gürtel. Aber bald richteten sich alle seine Gedanken wieder auf die geheimnisvollen Worte seiner Mutter; er hatte von Feen manches gehört, aber nie hatte er erfahren, daß dieser oder jener Nachbar in Balsora mit einem übernatürlichen Genius in Verbindung gestanden sei, sondern man hatte die Sagen von diesen Geistern immer in weit entfernte Länder und alte Zeiten versetzt, und so glaubte er, es gäbe heutzutage keine solchen Erscheinungen mehr oder die Feen hätten aufgehört, die Menschen zu besuchen und an ihren Schicksalen teilzunehmen. Obgleich er aber also dachte, so war er doch immer wieder von neuem versucht, an irgend etwas Geheimnisvolles und Übernatürliches zu glauben, was mit seiner Mutter vorgegangen sein könnte, und so kam es, daß er beinahe einen ganzen Tag wie ein Träumender zu Pferde saß und weder an den Gesprächen der Reisenden teilnahm noch auf ihren Gesang oder ihr Gelächter achtete.

Said war ein sehr schöner Jüngling; sein Auge war mutig und kühn, sein Mund voll Anmut, und so jung er war, so hatte er doch in seinem ganzen Wesen schon eine gewisse Würde, die man in diesem Alter nicht so oft trifft, und der Anstand, womit er, leicht, aber sicher und in vollem kriegerischem Schmuck, zu Pferde saß, zog die Blicke manches der Reisenden auf sich. Ein alter Mann, der an seiner Seite ritt, fand Wohlgefallen an ihm und versuchte durch manche Fragen auch seinen Geist zu prüfen. Said, welchem Ehrfurcht gegen das Alter eingeprägt worden war, antwortete bescheiden, aber klug und umsichtig, so daß der Alte eine große Freude an ihm hatte. Da aber der Geist des jungen Mannes schon den ganzen Tag nur mit einem Gegenstand beschäftigt war, so geschah es, daß man bald auf das geheimnisvolle Reich der Feen zu sprechen kam, und endlich fragte Said den Alten geradezu, ob er glaube, daß es Feen, gute oder böse Geister geben könne, welche den Menschen beschützen oder verfolgen.

Der alte Mann strich sich den Bart, neigte den Kopf hin und her und sprach dann: »Leugnen läßt es sich nicht, daß es solche Geschichten gegeben hat, obgleich ich bis heute weder einen Geisterzwerg noch einen Genius als Riese, weder einen Zauberer noch eine Fee gesehen habe.« Der Alte hob dann an und erzählte dem jungen Mann so viele und wunderbare Geschichten, daß ihm der Kopf schwindelte und er nicht anders dachte, als alles, was bei seiner Geburt vorgegangen, die Änderung des Wetters, der süße Rosen- und Hyazinthenduft, sei von großer, glücklicher Vorbedeutung, er selbst stehe unter dem besonderen Schutz einer mächtigen, gütigen Fee und das Pfeifchen sei zu nichts Geringerem ihm geschenkt worden, als der Fee im Fall der Not zu pfeifen. Er träumte die ganze Nacht von Schlössern, Zauberpferden, Genien und dergleichen und lebte in einem wahren Feenreich.

Doch leider mußte er schon am folgenden Tag die Erfahrung machen, wie nichtig all seine Träume im Schlafen oder Wachen seien. Die Karawane war schon den größten Teil des Tages im gemächlichen Schritt fortgezogen, Said immer an der Seite seines alten Gefährten, als man dunkle Schatten am fernsten Ende der Wüste bemerkte; die einen hielten sie für Sandhügel, die andern für Wolken, wieder andere für eine neue Karawane; aber der Alte, der schon mehrere Reisen gemacht hatte, rief mit lauter Stimme, sich vorzusehen, denn es sei eine Horde räuberischer Araber im Anzug. Die Männer griffen zu den Waffen, die Weiber und die Waren wurden in die Mitte genommen, und alles war auf einen Angriff gefaßt. Die dunkle Masse bewegte sich langsam über die Ebene her und war anzusehen wie eine große Schar Störche, wenn sie in ferne Länder ausziehen. Nach und nach kamen sie schneller heran, und kaum hatte man Männer und Lanzen unterschieden, als sie auch schon mit Windeseile herbeistürmten und auf die Karawane einhieben.

Die Männer wehrten sich tapfer, aber die Räuber waren über vierhundert Mann stark, umschwärmten sie von allen Seiten, töteten viele aus der Ferne her und machten dann einen Angriff mit der Lanze. In diesem furchtbaren Au-

his horse, and rode to the place where the caravan for Mecca assembled. In a short time eighty camels and many hundred horsemen had gathered there; the caravan started off, and Said rode out of the gate of Balsora, his native city, that he was destined not to see again for a longtime.

The novelty of such a journey, and the many strange objects that obtruded themselves upon his attention, at first diverted his mind; but as the travelers neared the desert and the country became more and more desolate, he began to reflect on many things, and among others, on the words with which his father had taken leave of him.

He drew out his whistle, examined it closely, and put it to his mouth to see whether it would give a clear and fine tone; but, lo! it would not sound at all. He puffed out his cheeks, and blew with all his strength; but he could not produce a single note, and vexed at the useless present, he thrust the whistle back into his sash. But his thoughts shortly returned to the mysterious words of his mother. He had heard much about fairies, but he had never learned that this or that neighbor in Balsora had had any relations with a supernatural power; on the contrary, the legends of these spirits had always been located in distant times and places, and therefore he believed there were today no such apparitions, or that the fairies had ceased to visit mortals or to take any interest in their fate. But although he thought thus, he was constantly making the attempt to believe in mysterious and superrnatural powers, and wondering what might have been their relations with his mother; and so he would sit on his horse like one in a dream nearly the whole day, taking no part in the conversation of the travellers, and deaf to their songs and laughter.

Said was a very handsome youth; his eye was clear and piercing, his mouth wore a pleasing expression, and, young as he was, he bore himself with a certain dignity that one seldom sees in so young a man, and his grace and soldierly appearance in the saddle commanded the attention of many of his fellow-travellers. An old man who rode by his side was much pleased with his manner, and sought by many questions to become more acquainted with him. Said, in whom reverence for old age had been early inculcated, answered modestly, but wisely and with circumspection, so that the old man's first impressions of him were strengthened. But as the young man's thoughts had been occupied the whole day with but one subject, it followed that the conversation between the two soon turned upon the mysterious realm of the fairies; and Said finally asked the old man bluntly whether he believed in the existence of fairies, who took mortals under their protection, or sought to injure them.

The old man shook his head thoughtfully, and stroked his beard, before replying: »It cannot be disputed that there have been instances of the kind, although I have never seen a dwarf of the spirits, a giant of the genii, a sorcerer, or a fairy.« He then began to relate so many wonderful stories that Said's head was fairly in a whirl, and he could believe nothing else than that everything, which had happened at his birth – the change in the weather, the sweet odor of roses and hycinths – were the signs that he was under the spezial protection of a kind and powerful fairy, and that the whistle was given him for no less a purpose than to summon the fairy in case of need. He dreamed all night of castles, winged horses, genii and the like, and dwelt in a genuine fairy realm.

But, sad to relate, he was doomed to experience on the following day how perishable were all his dreams, sleeping or waking. The caravan had made its way along in easy stages for the greater part of the day, Said keeping his place at the side of his elderly companion, when a dark cloud was seen on the horizon. Some held it to be a sand-storm, others thought it was clouds, and still others were of opinion that it was another caravan. But Said's companion, who was an old traveller, cried out in a loud voice that they should be on their guard, for this was a horde of Arab robbers approaching. The men seized their weapons, the women and the goods were placed in the centre, and everything made ready against an attack. The dark mass moved slowly over the plain, resembling an immense flock of storks taking their flight to distant lands. By-and-by, they came on faster, and hardly was the caravan able to distinguish men and lances, when, with the speed of the wind, the robbers swarmed around them.

The men defended themselves bravely, but the robbers, who were over four hundred strong, surrounded them on all sides, killed many from a distance, and then, made a charge with their lances. In this fearful moment, Said, who had fought among the foremost, was reminded of his whistle. He drew it forth hastily, put it to his lips, and blew; but let it drop again in disapointment, for it gave out not the slightest sound. Enraged over this cruel disillusion, he took aim at an Arab conspicuous by his splendid costume, and shot him through the breast. The man swayed in his saddle, and fell from his horse.

»Allah! what have you done, young man?« exclaimed the old man at his side. »Now we are all lost!« And thus it seemed, for no sooner did the robbers see this man fall, than they raised a terrible cry, and closed in on the caravan with such resistless force that the few who remained unwounded were soon scattered. In another

genblick fiel Said, der immer unter den Vordersten wacker gestritten hatte, sein Pfeifchen ein, er zog es schnell hervor, setzte es an den Mund, blies und – ließ es schmerzlich wieder sinken, denn es gab auch nicht den leisesten Ton von sich. Wütend über diese grausame Enttäuschung, zielte er und schoß einen Araber, der sich durch seine prachtvolle Kleidung auszeichnete, durch die Brust; jener wankte und fiel vom Pferd.

»Allah! Was habt Ihr gemacht, junger Mensch!« rief der Alte an seiner Seite. »Jetzt sind wir alle verloren.« Und so schien es auch; denn kaum sahen die Räuber diesen Mann fallen, als sie ein schreckliches Geschrei erhoben und mit solcher Wut eindrangen, daß die wenigen noch unverwundeten Männer bald zersprengt wurden. Said sah sich in einem Augenblick von fünf oder sechs umschwärmt. Er führte seine Lanze so gewandt, daß keiner sich heranzunahen wagte; endlich hielt einer an, legte einen Pfeil auf, zielte und wollte eben die Sehne schnellen lassen, als ihm ein anderer winkte. Der junge Mann machte sich auf einen neuen Angriff gefaßt, aber ehe er es versah, hatte ihm einer der Araber eine Schlinge über den Kopf geworfen, und sosehr er sich bemühte, das Seil zu zerreißen, so war doch alles umsonst, die Schlinge wurde fester und immer fester angezogen, und Said war gefangen.

Die Karawane war endlich entweder ganz aufgerieben oder gefangen worden, und die Araber, welche nicht zu einem Stamm gehörten, teilten jetzt die Gefangenen und die übrige Beute und zogen dann der eine Teil nach Süden, der andere nach Osten. Neben Said ritten vier Bewaffnete, welche ihn oft mit bitterem Grimm anschauten und Verwünschungen über ihn ausstießen; er merkte, daß es ein vornehmer Mann, vielleicht sogar ein Prinz gewesen sei, welchen er getötet hatte. Die Sklaverei, welcher er entgegensah, war noch härter als der Tod, darum wünschte er sich im stillen Glück, den Grimm der ganzen Horde auf sich gezogen zu haben, denn er glaubte nicht anders, als in ihrem Lager getötet zu werden. Die Bewaffneten bewachten alle seine Bewegungen, und sooft er sich umschaute, drohten sie ihm mit ihren Spießen; einmal aber, als das Pferd des einen strauchelte, wandte er den Kopf schnell um und erblickte zu seiner Freude

In diesem furchtbaren Augenblick fiel Said, der immer unter den Vordersten wacker gestritten hatte, sein Pfeifchen ein, er zog es schnell hervor, setzte es an den Mund blies.

In this fearful moment, Said, who had fought among the foremost, was reminded of his whistle. He drew it forth hastily, put it to his lips, and blew.

50

moment, Said found himself surrounded by five or six of the enemy. He handled his lance so dexterously, however, that not one of them dared approach him very closely; at last one of them bent his bow, took aim, and was just about to let the arrow fly, when another of the robbers stopped him. The young man prepared for some new mode of attack; but before he saw their design, one of the Arabs had thrown a lasso over his head, and, try as he might to remove the rope his efforts were unavailing – the noose was drawn tighter and tighter, and Said was a prisoner.

The caravan was finally captured, and the Arabs, who did not all belong to one tribe, divided the prisoners and the remaining booty between them, and left the scene of the encounter, part of them riding off to the South and the remainder to the East. Near Said rode four armed guards, who often glared at him angrily, uttering savage oaths. From all this, Said concluded, that it must have been one of their leaders, very likely a prince, whom he had slain. The prospect of slavery was to him much worse than that of death; so he secretly thanked his stars that he had drawn the vengeance of the whole horde on himself, for he did not doubt that they would kill him when they reached their camp. The guards watched his every motion, and if he but turned his head, they threatened him with their spears; but once, when the horse of one of his guards stumbled, he turned his head quickly, and was rejoiced at the sight of his fellow-traveller whom he had believed was among the dead.

Finally, trees and tents were seen in the distance; and as they drew nearer, they were met by a crowd of women and children, who had exchanged but a few words with the robbers, when they broke out into loud cries, and all looked at Said, shook their fists, and uttered imprecations on his head. »That is he«, shrieked they, »who has killed the great Almansor, the bravest of men! He shall die, and we will throw his flesh to the jackals of the desert for prey.« Then they rushed at Said so ferociously, with sticks and whatever missiles they could lay their hands on, that the robbers had to throw themselves between the women and the object of their wrath. »Be off, you scamps! away you women!« cried they, dispersing the rabble with their lances; »he has killed the great Almansor in battle, and he shall die; not by the hand of a woman, but by the sword of the brave.«

On coming to an open place surrounded by the tents, they halted. The prisoners were bound together in pairs, and the booty carried into the tents, while Said was bound separately and led into a tent larger than the others, where sat an elderly and finely dressed man, whose proud bearing denoted him to be the chief of this tribe. The men who had brought Said in approached the chief with a sad air and with bowed heads. »The howling of the women has informed me of what has happened«, said their majestic leader, looking from one to the other of his men; »your manner confirms it – Almansor has fallen.«

»Almansor has fallen«, repeated the men, »but here, Selim, Ruler of the Desert, is his murderer, and we bring him here that you may decide as to the form of death that shall be inflicted on him. Shall we make a target of him for our arrows? Shall we force him to run the gauntlet of our lances? Or do you decree that he shall be hung or torn asunder by horses?«

»Who are you?« asked Selim, looking darkly at the prisoner, who, although doomed to death, stood before his captors with a courageous air.

Said replied to his question briefly and frankly.

»Did you kill my son by stealth? Did you pierce him from behind with an arrow or a lance?«

»No, Sire!« returned Said. »I killed him in an open fight, face to face, while he was attacking our caravan, because he had killed eight of my companions before my eyes.«

»Does he speak the truth«, asked Selim of the men who had captured Said.

»Yes, Sire, he killed Almansor in a fair fight«, replied one of the men.

»Then he has done no more and no less than we should have done in his place«, returned Selim; »he fought his enemy, who would have robbed him of liberty and life, and killed him; therefore, loose his bonds at once!«

The men looked at him in astonishment, and obeyed his order in a slow and unwilling manner. »And shall the murderer of your son, the brave Almansor«, asked one of them, casting a look of hate at Said. »Would that we had disposed of him on the spot!«

»He shall not die!« exclaimed Selim. »I will take him into my own tent, as my fair share of the booty, and he shall be my servant.«

Said could find no words in which to express his thanks. The men left the tent grumbling; and when they communicated Selim's decision to the women and children, who were waiting outside, they were greeted by terrible shrieks and lamentations, and threats were made that they would avenge Almansor's death on his murderer themselves, because his own father would not take vengeance.

The other captives were divided among the tribe. Some were released, in order that they might obtain ransom for the rich merchants; others were sent out as shepherds with the flocks; and many who had formerly been waited upon

den Alten, seinen Reisegefährten, welchen er unter den Toten geglaubt hatte.

Endlich sah man in der Ferne Bäume und Zelte; als sie näher kamen, strömte ein ganzer Schwall von Kindern und Weibern entgegen, aber kaum hatten diese einige Worte mit den Räubern gewechselt, als sie in ein schreckliches Geheul ausbrachen und alle nach Said hinblickten, die Arme gegen ihn erhoben und Verwünschungen ausstießen. »Jener ist es«, schrien sie, »der den großen Almansor erschlagen hat, den tapfersten aller Männer; er muß sterben, wir wollen sein Fleisch dem Schakal der Wüste zur Beute geben.« Dann drangen sie mit Holzstücken, Erdschollen, und was sie zur Hand hatten, so furchtbar auf Said ein, daß sich die Räuber selbst ins Mittel legen mußten. »Hinweg ihr Unmündigen, fort ihr Weiber!« riefen sie und trieben die Menge mit den Lanzen auseinander; »er hat den großen Almansor erschlagen im Gefecht, und er muß sterben, aber nicht von der Hand eines Weibes, sondern vom Schwert der Tapferen.«

Als sie unter den Zelten auf einem freien Platze angelangt waren, machten sie halt; die Gefangenen wurden je zwei und zwei zusammengebunden, die Beute in die Zelte gebracht, Said aber wurde einzeln gefesselt und in ein großes Zelt geführt. Dort saß ein alter, prachtvoll gekleideter Mann, dessen ernste, stolze Miene verkündete, daß er das Oberhaupt dieser Horde sei. Die Männer, welche Said führten, traten traurig und mit gesenktem Haupt vor ihn hin. »Das Geheul der Weiber sagt mir, was geschehen ist«, sprach der majestätische Mann, indem er die Räuber der Reihe nach anblickte; »eure Mienen bestätigen es – Almansor ist gefallen.«

»Almansor ist gefallen«, antworteten die Männer, »aber hier, Selim, Beherrscher der Wüste, ist sein Mörder, und wir bringen ihn, damit du ihn richtest; welche Todesart soll er sterben? Sollen wir ihn aus der Ferne mit Pfeilen erschießen, sollen wir ihn durch eine Gasse von Lanzen jagen, oder willst du, daß er an einem Strick aufgehängt oder von Pferden zerrissen werde?«

»Wer bist du?« fragte Selim, düster auf den Gefangenen blickend, der zum Tod bereit, aber mutig vor ihm stand.

Said beantwortete seine Frage kurz und offen.

»Hast du meinen Sohn meuchlings umgebracht? Hast du ihn von hinten mit einem Pfeil oder einer Lanze durchbohrt?«

»Nein, Herr!« entgegnete Said. »Ich habe ihn in offenem Kampfe beim Angriff auf unsere Reihe von vorne getötet, weil er schon acht meiner Genossen vor meinen Augen erschlagen hatte.«

»Ist es also, wie er sprach?« fragte Selim die Männer, die ihn gefangen hatten.

»Ja, Herr, er hat Almansor in offenem Kampfe getötet«, sprach einer der Gefragten.

»Dann hat er nicht mehr und nicht minder getan, als wir selbst getan haben würden«, versetzte Selim, »er hat seinen Feind, der ihm Freiheit und Leben rauben wollte, bekämpft und erschlagen; drum löset schnell seine Bande!«

Die Männer sahen ihn staunend an und gingen nur zaudernd und mit Widerwillen ans Werk.

»So soll der Mörder deines Sohnes, des tapferen Almansor, nicht sterben?« fragte einer, indem er wütende Blicke auf Said war. »Hätten wir ihn lieber gleich umgebracht!«

»Er soll nicht sterben!« rief Selim. »Und ich nehme ihn sogar in mein eigenes Zelt auf, ich nehme ihn als meinen gerechten Anteil an der Beute, er sei mein Diener.«

Said fand keine Worte, dem Alten zu danken; die Männer aber verließen murrend das Zelt, und als sie den Weibern und Kindern, die draußen versammelt waren und auf Saids Hinrichtung warteten, den Entschluß des alten Selim mitteilten, erhoben sie ein schreckliches Geheul und Geschrei und riefen, sie würden Almansors Tod an seinem Mörder rächen, weil sein eigener Vater die Blutrache nicht üben wollte.

Die übrigen Gefangenen wurden an die Horden verteilt, einige entließ man, um Lösegeld für die reicheren einzutreiben, andere wurden zu den Herden als Hirten geschickt, und manche, die vorher von zehn Sklaven sich bedienen ließen, mußten die niedrigsten Dienste in diesem Lager versehen. Nicht so Said. War es sein mutiges, heldenmäßiges Aussehen oder der geheimnisvolle Zauber einer gütigen Fee, was den alten Selim für den Jüngling einnahm? Man wußte es nicht zu sagen, aber Said lebte in seinem Zelt mehr als ein Sohn denn als Diener.

Aber die unbegreifliche Zuneigung des alten Mannes zog ihm die Feindschaft der übrigen Diener zu. Er begegnete überall nur feindlichen Blicken, und wenn er allein durchs Lager ging, so hörte er ringsumher Schimpfworte und Verwünschungen ausstoßen, ja einige Male flogen Pfeile an seiner Brust vorüber, die offenbar ihm gegolten hatten, und daß sie ihn nicht trafen, schrieb er nur dem Pfeifchen zu, das er noch immer auf der Brust trug und welchem er diesen Schutz zu danken glaubte. Oft beklagte er sich bei Selim über diese Angriffe auf sein Leben, aber vergebens suchte dieser die Meuchelmörder ausfindig zu machen, denn die ganze Horde schien gegen den begünstigten Fremdling verbunden zu sein. Da sprach eines Tages Selim zu ihm: »Ich hatte gehofft, du werdest mir vielleicht den Sohn ersetzen, der durch deine Hand umgekommen ist; an dir und mir liegt nicht die Schuld, daß es nicht sein konnte; alle sind gegen dich erbittert, und ich selbst kann dich in Zukunft nicht mehr schützen, denn was hilft es dir oder mir, wenn sie dich heimlich getötet haben, die

Said aber wurde einzeln gefesselt und in ein großes Zelt geführt. Dort saß ein alter, prachtvoll gekleideter Mann, dessen ernste, stolze Miene verkündete, daß er das Oberhaupt dieser Horde sei.

Said was bound separately and led into a tent larger than the others, where sat an elderly and finely dressed man, whose proud bearing denoted him to be the chief of this tribe.

by ten slaves, were doomed to perform menial services in this camp. Not so with Said, however. Was it his courageous and heroic manner, or the mysterious influence of a kind fairy, that attached Selim to him so strongly? It would be hard to say; but Said lived in the chief's tent more as a son than as servant.

Soon, however, the strange partiality of the old chief drew down on Said the hatred of the other servants. He met everywhere only savage looks, and if he went alone through the camp he heard on all sides curses and threats directed against him, and more than once arrows had flown by close to his breast – and that they did not hit him he ascribed to the silver whistle that he wore constantly in his bosom. He often complained to Selim of these attempts on his life; but the chiefs efforts to discover the would-be assassin were in vain, for the whole tribe seemed to be in league against the favored stranger. So Selim said to him one day: »I had hoped that you might possibly replace the son who fell by your hand. It is not your fault or mine that this could not be. All feel bitter hatred toward you, and it is not in my power to protect you for the future, for how would it benefit either you or myself to bring the guilty ones to punishment after they had stealthily killed you? Therefore, when the men return from their present expedition, I will say to them that your father has sent me a ransom, and I will send you by some trusty men across the desert.«

»But could I trust myself with any of these men?« asked Said in amazement. »Would they not kill me on the way?«

»The oath that they will take before me will protect you; it has never yet been broken«, replied Selim calmly. Some days after this the men returned to camp, and Selim kept his promise. He presented the young man with weapons, clothes and a horse, summoned all the available men, and chose five of their number to conduct Said across the desert, and bound them by a formidable oath not to kill him, and then took leave of Said with tears.

The five men rode moodily and silently through the desert with Said, who noticed how unwillingly they were fulfilling their commission; and it caused him not a little anxiety to find that two of them were present at the time he killed Almansor. When they were about an eight hours' journey from the camp, Said heard the men whispering among themselves, and remarked that their manner was more and more sullen. He tried to catch what they were saying, and made out that they were conversing in a language understood only by this tribe, and only employed by them in their secret or dangerous undertakings. Selim, whose intention it had been to keep the young man permanently with him in his tent, had devoted many hours to teaching the young man these secret words; but what he now overheard was not of the most comforting nature. »This is the spot«, said one; »here we attacked the caravan, and here fell the bravest of men by the hand of a boy.«

»The wind has covered the tracks of his horse«, continued another, »but I have not forgotten them.«

»And shall he who laid hands on him still live and be at liberty, and thus cast reproach on us. When was it ever heard before that a father failed to revenge the death of his only son? But Selim grows old and childish.«

»And if the father neglects it«, said a fourth, »then it becomes the duty of the fallen man's friends to avenge him. We should cut the murderer down on this spot. Such has been our law and custom for ages.«

»But we have bound ourselves by an oath to the chief not to kill this youth«, said the fifth man, »and we cannot break our oath.«

»It is true«, responded the others; »we have sworn, and the murderer is free to pass from the hands of his enemies.«

»Stop a moment!« cried one, the most sullen of them all. »Old Selim has a wise head, but is not so shrewd as he is generally credited with being. Did we swear to him that we would take this boy to this or that place? No; our oath simply bound us not to take his life, and we will leave him that; but the blistering sun and the sharp teeth of the jackals will soon accomplish our revenge for us. Here, on this spot, we can bind and leave him.« Thus spake the robber; but Said had now prepared himself for a last desperate chance, and before the final words were fairly spoken he suddenly wheeled his horse to one side, gave him a sharp blow, and flew like a bird across the plain. The five men paused for a moment in surprise; but they were skilled in pursuit, and spread themselves out, chasing him from the right and left, and as they were more experienced in riding on the desert, two of them had soon overtaken the youth, and when he swerved to one side he found two other men there, while the fifth was at his back. The oath they had taken prevented them from using their weapons against him, so they lassoed him once more, pulled him from his horse, beat him unmercifully, bound his hands and feet, and laid him down on the burning sands of the desert.

Said begged piteously for mercy; he promised them a large ransom, but with a laugh they mounted their horses and galloped off. He listened for some moments to the receding steps of their horses, and then gave himself up for lost.

Schuldigen zur Strafe zu ziehen? Darum, wenn die Männer von ihrem Streifzug heimkehren, werde ich sagen, dein Vater habe mir Lösegeld geschickt, und ich werde dich durch einige treue Männer durch die Wüste geleiten lassen.«

»Aber kann ich irgendeinem außer dir trauen?« fragte Said bestürzt. »Werden sie mich nicht unterwegs töten?«

»Davor schützt dich der Eid, den sie mir schwören müssen und den noch keiner gebrochen hat«, erwiderte Selim mit großer Ruhe. Einige Tage nachher kehrten die Männer ins Lager zurück, und Selim hielt sein Versprechen. Er schenkte dem Jüngling Waffen, Kleider und ein Pferd, versammelte die streitbaren Männer, wählte fünf zur Begleitung Saids aus, ließ sie einen furchtbaren Eid ablegen, daß sie ihn nicht töten wollten, und entließ ihn dann mit Tränen.

Die fünf Männer ritten finster und schweigend mit Said durch die Wüste; der Jüngling sah, wie ungern sie den Auftrag erfüllten, und es machte ihm nicht wenig Besorgnis, daß zwei von ihnen bei jenem Kampfe zugegen waren, wo er Almansor tötete. Als sie etwa acht Stunden zurückgelegt hatten, hörte Said, daß sie untereinander flüsterten, und bemerkte, daß ihre Mienen noch düsterer wurden als vorher. Er strengte sich an, aufzuhorchen, und vernahm, daß sie sich in einer Sprache unterhielten, die nur von dieser Horde, und immer nur bei geheimnisvollen oder gefährlichen Unternehmungen, gesprochen wurde; Selim, der den Plan gehabt hatte, den jungen Mann auf immer in seinem Zelte zu behalten, hatte sich manche Stunde damit abgegeben, ihn diese geheimnisvollen Worte zu lehren; aber es war nichts Erfreuliches, was er jetzt vernahm. »Hier ist die Stelle«, sprach einer, »hier griffen wir die Karawane an, und hier fiel der tapferste Mann von der Hand eines Knaben.«

»Der Wind hat die Spuren seines Pferdes verweht«, fuhr ein anderer fort, »aber ich habe sie nicht vergessen.«

»Und zu unserer Schande soll der noch leben und frei sein, der Hand an ihn legte? Wann hat man je gehört, daß ein Vater den Tod seines einzigen Sohnes nicht rächte? Aber Selim wird alt und kindisch.«

»Und wenn es der Vater unterläßt«, sagte ein vierter, »so ist es Freundes Pflicht, den gefallenen Freund zu rächen. Hier an dieser Stelle sollten wir ihn niederhauen. So ist es Recht und Brauch seit den ältesten Zeiten.«

»Aber wir haben dem Alten geschworen«, rief ein fünfter, »wir dürfen ihn nicht töten, unser Eid darf nicht gebrochen werden.«

»Es ist wahr«, sprachen die andern, »wir haben geschworen, und der Mörder darf frei ausgehen aus den Händen seiner Feinde.«

»Halt!« rief einer, der Finsterste unter allen. »Der alte Selim ist ein kluger Kopf, aber doch nicht so klug, als man glaubt; haben wir ihm geschworen, diesen Burschen da- oder dorthin zu bringen? Nein, er nahm uns nur den Schwur auf sein Leben ab, und dieses wollen wir ihm schenken. Aber die brennende Sonne und die scharfen Zähne des Schakals werden unsere Rache übernehmen. Hier an dieser Stelle wollen wir ihn gebunden liegenlassen.« So sprach der Räuber, aber schon seit einigen Minuten hatte sich Said auf das Äußerste gefaßt gemacht, und indem jener noch die letzten Worte sprach, riß er sein Pferd auf die Seite, trieb es mit einem tüchtigen Hieb an und flog wie ein Vogel über die Ebene hin. Die fünf Männer staunten einen Augenblick, aber wohlbewandert in solchen Verfolgungen teilten sie sich, jagten rechts und links nach, und weil sie die Art und Weise, wie man in der Wüste reiten muß, besser kannten, hatten zwei von ihnen den Flüchtling bald überholt, wandten sich gegen ihn um, und als er auf die Seite floh, fand er auch dort zwei Gegner und den fünften in seinem Rücken. Der Eid, ihn nicht zu töten, hielt sie ab, ihrer Waffen zu gebrauchen; sie warfen ihm auch jetzt wieder von hinten eine Schlinge über den Kopf, zogen ihn vom Pferd, schlugen unbarmherzig auf ihn los, banden ihn dann an Händen und Füßen und legten ihn in den glühenden Sand der Wüste.

Said flehte sie um Barmherzigkeit an, er versprach ihnen schreiend ein großes Lösegeld, aber lachend schwangen sie sich auf und jagten davon. Noch einige Augenblicke lauschte er auf die leichten Tritte ihrer Rosse, dann aber gab er sich verloren. Er dachte an seinen Vater, an den Gram des alten Mannes, wenn sein Sohn nicht mehr heimkehre; er dachte an sein eigenes Elend, daß er so frühe sterben müsse; denn nichts war ihm gewisser, als daß er in dem heißen Sand den martervollen Tod des Verschmachtens erleiden müsse oder daß er von einem Schakal zerrissen werde. Die Sonne stieg immer höher und brannte glühend auf seiner Stirne; mit unendlicher Mühe gelang es ihm, sich aufzuwälzen; aber es gab ihm wenig Erleichterung. Das Pfeifchen an der Kette war durch diese Anstrengung aus seinem Kleid gefallen. Er mühte sich so lange, bis er es mit dem Munde erfassen konnte; endlich berührten es seine Lippen, er versuchte zu blasen, aber auch in dieser schrecklichen Not versagte es den Dienst. Verzweiflungsvoll ließ er den Kopf zurücksinken, und endlich beraubte ihn die stechende Sonne der Sinne; er fiel in eine tiefe Betäubung.

Nach vielen Stunden erwachte Said an einem Geräusch in seiner Nähe; er fühlte zugleich, daß seine Schulter gepackt wurde, und er stieß einen Schrei des Entsetzens aus, denn er glaubte nicht

He thought of his father and of the old man's sorrow if his son should never more return; he thought on his own misery, doomed to die so young; for nothing was more certain than that he must suffer the torments of suffocation in the hot sands, or that he should be torn to pieces by jackals. The sun rose ever higher, and its hot rays burnt into his forehead; with considerable difficulty he rolled over, but the change of position gave him but little relief. In making this exertion, the whistle fell from his bosom. He moved about until he could seize it in his mouth, then he attempted to blow it; but even in this terrible hour of need it refused to respond to his will. In utter despair, he let his head fall back, and before long the sun had robbed him of his senses.

After many hours, Said was awakened by sounds close by him, and immediately after was conscious that his shoulder had been seized. He uttered a cry of terror, for he could believe nothing else than that a jackal had attacked him. Now he was grasped by the legs also, and became sensible that it was not the claws of a beast of prey but the hands of a man who was trying to restore his senses, and who was speaking with two or three other men. »He lives«, whispered they, »but he believes that we are his foes.«

At last Said opened his eyes, and perceived above his own the face of a short, stout man, with small eyes and a long beard, who spoke kindly to him, helped him to get up, handed him food and drink, and while he was partaking of the refreshments told him that he was a merchant from Bagdad, named Kalum-Bek, and dealt in shawls and fine veils for ladies. He had made a business journey, and was now on his way home, and had seen Said lying half-dead in the sand. The splendor of the youth's costume, and the sparkling stone in his dagger had attracted his attention; he had done all in his power to revive him, and his efforts had finally succeeded. The youth thanked him for his life, for he saw clearly that without the interposition of this man he would have perished miserably; and as he had neither the means of getting away, nor the desire to wander over the desert on foot and alone, he gratefully accepted the offer of a seat on one of the merchant's heavily-laden camels, and decided to go to Bagdad with the merchant, with the chance of finding there a company bound for Balsora, which he could join.

On the journey, the merchant related to his travelling companion a great many stories about the excellent Ruler of the Faithful, Haroun al-Raschid. He told anecdotes showing the caliph's love of justice and his shrewdness, and how he was able to smooth out the knottiest questions of law in a simple and admirable way; and among others he related the story of the ropemaker, and the story of the jar of olives, – tales that every child now knows, but which astonished Said. »Our master, the Ruler of the Faithful«, continued the merchant, »is a wonderful man. If you have an idea that he sleeps like the common people, you are very much mistaken. Two or three hours at day-break is all the sleep he takes. I am positive of that, for Messour, his head chamberlain, is my cousin; and although he is as silent as the grave concerning the secrets of his

Nach vielen Stunden erwachte Said an einem Geräusch in seiner Nähe; er fühlte zugleich, daß seine Schulter gepackt wurde,

After many hours, Said was awakened by sounds close by him, and immediately after was conscious that his shoulder had been seized.

anders, als ein Schakal sei herangekommen, ihn zu zerreißen. Jetzt wurde er auch an den Beinen angefaßt, aber er fühlte, daß es nicht die Krallen eines Raubtieres seien, die ihn umfaßten, sondern die Hände eines Mannes, der sich sorgsam mit ihm beschäftigte und mit zwei oder drei andern sprach: »Er lebt«, flüsterten sie, »aber er hält uns für Feinde.«

Endlich schlug Said die Augen auf und erblickte über sich das Gesicht eines kleinen, dicken Mannes mit kleinen Augen und langem Bart. Dieser sprach ihm freundlich zu, half ihm sich aufrichten, reichte ihm Speise und Trank und erzählte ihm, während er sich stärkte, er sei ein Kaufmann aus Bagdad, heiße Kalum-Bek und handle mit Schals und feinen Schleiern für die Frauen. Er habe eine Handelsreise gemacht, sei jetzt auf der Rückkehr nach Hause begriffen und habe ihn elend und halbtot im Sand liegen sehen. Sein prachtvoller Anzug und die blitzenden Steine seines Dolches hätten ihn aufmerksam gemacht; er habe alles angewandt, ihn zu beleben, und es sei ihm also gelungen. Der Jüngling dankte ihm für sein Leben, denn er sah wohl ein, daß er ohne die Dazwischenkunft dieses Mannes elend hätte sterben müssen; und da er weder Mittel hatte, sich selbst fortzuhelfen, noch willens war, zu Fuß und allein durch die Wüste zu wandern, so nahm er dankbar einen Sitz auf einem der schwerbeladenen Kamele des Kaufmanns an und beschloß, fürs erste mit nach Bagdad zu ziehen, vielleicht könnte er dort sich an eine Gesellschaft, die nach Balsora reise, anschließen.

Unterwegs erzählte der Kaufmann seinem Reisegefährten manches von dem trefflichen Beherrscher der Gläubigen, Harun al Raschid. Er erzählte ihm von seiner Gerechtigkeitsliebe und seinem Scharfsinn, wie er die verwickeltsten Prozesse auf einfache und bewundernswürdige Weise zu schlichten wisse; und unter anderem führte er die Geschichte von dem Seiler, die Geschichte von dem Topf mit Oliven an, Geschichten, die jedes Kind weiß, die aber Said sehr bewunderte. »Unser Herr, der Beherrscher der Gläubigen«, fuhr der Kaufmann fort, »unser Herr ist ein wunderbarer Mann. Wenn Ihr meinet, er schlafe wie andere gemeine Leute, so täuschet Ihr Euch sehr. Zwei, drei Stunden in der Morgendämmerung ist alles. Ich muß das wissen, denn Messour, sein erster Kämmerer, ist mein Vetter, und obgleich er so verschwiegen ist wie das Grab, was die Geheimnisse seines Herrn anbelangt, so läßt er doch der guten Verwandtschaft zulieb hin und wieder einen Wink fallen, wenn er sieht, daß einer aus Neugierde beinahe vom Verstand kommen könnte. Statt nun wie andere Menschen zu schlafen, schleicht der Kalif nachts durch die Straßen von Bagdad, und selten verstreicht eine Woche, worin er nicht auf ein Abenteuer stößt; denn Ihr müßt wissen, wie ja auch aus der Geschichte mit dem Olivenkopf erhellt, die so wahr ist als das Wort des Propheten, daß er nicht mit der Wache und zu Pferd in vollem Putz und mit hundert Fackelträgern seine Runde macht, wie er wohl tun könnte, wenn er wollte, sondern angezogen bald als Kaufmann, bald als Schiffer, bald als Soldat, bald als Mufti umhergeht und schaut, ob alles recht und in Ordnung sei.

Daher kommt es aber auch, daß man in keiner Stadt nachts so höflich gegen jeden Narren ist, auf den man stößt, wie in Bagdad, denn es könnte ebensogut der Kalif wie ein schmutziger Arbeiter aus der Wüste sein, und es wächst Holz genug, um allen Menschen in und um Bagdad die Bastonade zu geben.«

So sprach der Kaufmann, und Said, sosehr ihn hin und wieder die Sehnsucht nach seinem Vater quälte, freute sich doch, Bagdad und den berühmten Harun al Raschid zu sehen.

Nach zehn Tagen kamen sie in Bagdad an, und Said staunte und bewunderte die Herrlichkeit dieser Stadt, die damals gerade in ihrem höchsten Glanz war. Der Kaufmann lud ihn ein, mit in sein Haus zu kommen, und Said nahm es gerne an; denn jetzt erst unter dem Gewühl der Menschen fiel es ihm ein, daß hier wahrscheinlich außer der Luft und dem Wasser des Tigris und einem Nachtlager auf den Stufen einer Moschee nichts umsonst zu haben sein werde.

Den Tag nach seiner Ankunft, als er sich eben angekleidet hatte und sich gestand, daß er in diesem prachtvollen kriegerischen Aufzug sich in Bagdad wohl sehen lassen könne und vielleicht manchen Blick auf sich ziehe, trat der Kaufmann in sein Zimmer; er betrachtete den schönen Jüngling mit schelmischem Lächeln, strich sich den Bart und sprach dann: »Das ist alles recht schön, junger Herr! Aber was soll denn nun aus Euch werden? Ihr seid, kommt es mir vor, ein großer Träumer und denket nicht an den folgenden Tag; oder habt Ihr so viel Geld bei Euch, um dem Kleid gemäß zu leben, das Ihr traget?«

»Lieber Herr Kalum-Bek«, sprach der Jüngling verlegen und errötend, »Geld habe ich freilich nicht, aber vielleicht streckt Ihr mir etwas vor, womit ich heimreisen kann; mein Vater wird es gewiß richtig erstatten.«

»Dein Vater, Bursche?« rief der Kaufmann laut lachend. »Ich glaube, die Sonne hat dir das Hirn verbrannt. Meinst du, ich glaube dir so aufs Wort das ganze Märchen, das du mir in der Wüste erzähltest, daß dein Vater ein reicher Mann in Balsora sei, du sein einziger Sohn und den Anfall der Araber und dein Leben in ihrer Horde und dies und jenes. Schon damals ärgerte ich mich über deine frechen Lügen und deine

master, he will now and then let a hint drop, for kinship's sake, if he sees that one is nearly oat of his senses with curiosity. Instead, then, of sleeping like other people the caliph steals through the streets of Bagdad at night; and seldom does a week pass that he does not chance upon an adventure; for you must know – as is made clear by the story of the jar of olives, which is as true as the word of the Prophet, – that he does not make his rounds with the watch, or on horseback in full costume, his way lighted by a hundred torch-bearers, as he might very well do if he chose, but he goes about disguised sometimes as a merchant, sometimes as a mariner, at other times as a soldier, and again as a mufti, and looks around to see if every thing is right and in order.

And therefore it happens that in no other town is one so polite towards every fool upon whom he stumbles on the street at night, as in Bagdad; for it would be as likely to turn out the caliph as a dirty Arab from the desert, and there is wood enough growing round to give every person in and around Bagdad the bastinado.«

Thus spake the merchant; and Said, strong as was his desire to see his father once more, rejoiced at the prospect of seeing Bagdad and its famous ruler, Haroun al-Raschid.

After a ten-days' journey, they arrived at their destination; and Said was astonished at the magnificence of this city, then at the height of its splendor. The merchant invited him to go with him to his house, and Said gladly accepted the invitation; as it now occurred to him for the first time, among the crowd of people, that with the exception of the air, the water of the Tigris, and a lodging on the steps of the mosque, nothing could be had without money.

The day after his arrival in Bagdad, as soon as he had dressed himself – thinking that he need not be ashamed to show himself on the streets of Bagdad in his splendid soldierly costume – the merchant entered his room, looked at the handsome youth with a knavish smile, stroked his beard and said: »That's all very fine, young man! but what shall be done with you? You are, it appears to me, a great dreamer, taking no thought for the morrow; or have you money enough with you to support such style as that?«

»Dear Kalum-Bek«, replied the young man, greatly disconcerted, »I certainly have no money, but perhaps you will furnish me with the means to reach home; my father would surely repay you.«

»Your father, fellow?« cried the merchant, with a loud laugh. »I think the sun must have scorched your brain. Do you think I would take your simple word for that yarn you spun me in the desert – that your father was a rich citizen of Balsora, you his only son? – and about the attack of the robbers, and your life with the tribe, and this, that, and the other? Even then I felt very angry at your frivolous lies and utter impudence. I know that all the rich people in Balsora are traders; I have had dealings with all of them, and should have heard of a Benezar, even if he had not been worth more than six thousand Tomans. It is, therefore, either a lie that you hail from Balsora, or else your father is a poor wretch, to whose runaway son I would not lend a copper. Then, too, the attack in the desert! Who ever heard, since the wise Caliph Haroun has made the trade routes across the desert safe, that robbers dared to plunder a caravan and lead the men off into captivity? And then, too, it would have been known; but on my entire journey, as well as here in Bagdad, where people gather from all parts of the world, there has not been a word said about it. That is the second lie, you shameless young fellow!«

Pale with anger, Said tried to interrupt the wicked little man, but the merchant talked still louder, and gesticulated wildly with his arms. »And the third lie, you audacious liar, is the story of your life in Selim's camp. Selim's name is well known by every body who has ever seen an Arab, but Selim has the reputation of being the most cruel and relentless robber on the desert, and you pretend to say that you killed his son and was not at once hacked to pieces; yes, you even pushed your impudence so far as to state the impossible, – that Selim had protected you against his own tribe, had taken you into his own tent, and let you go without a ransom, instead of hanging you up to the first good tree; he who has often hanged travellers just to see what kind of faces they would make when they were hung up. O you detestable liar!«

»And I can only repeat«, cried the youth, »that by my soul and the beard of the Prophet, it was all true!«

»What! you swear by your soul?« shouted the merchant, »by your black, lying soul? Who would believe that? And by the beard of the Prophet, – you that have no beard? Who would put any trust in that?«

»I certainly have no witnesses«, continued Said; »but did you not find me bound and perishing?«

»That proves nothing to me«, replied the merchant. »You were yourself dressed like a robber, and it might easily have happened that you attacked some one stronger than yourself, who conquered and bound you.«

»I should like to see any one, or even two«, returned Said, »who could floor and bind me, unless they came up behind me and flung a

Unverschämtheit. Ich weiß, daß in Balsora alle reichen Leute Kaufleute sind, habe schon mit allen gehandelt und müßte von einem Benezar gehört haben, und wenn er nur sechstausend Toman im Vermögen hätte. Es ist also entweder erlogen, daß du aus Balsora bist, oder dein Vater ist ein armer Schlucker, dessen hergelaufenem Jungen ich keine Kupfermünze leihen mag. Sodann der Überfall in der Wüste! Wann hat man gehört, seit der weise Kalif Harun die Handelswege durch die Wüste gesichert hat, daß es Räuber gewagt haben, eine Karawane zu plündern und sogar Menschen hinwegzuführen? Auch müßte es bekanntgeworden sein, aber auf meinem ganzen Weg und auch hier in Bagdad, wo Menschen aus allen Gegenden der Welt zusammenkommen, hat man nichts davon gesprochen. Das ist die zweite Lüge, junger, unverschämter Mensch!«

Bleich vor Zorn und Unmut, wollte Said dem kleinen, bösen Mann in die Rede fallen, jener aber schrie stärker als er und focht dazu mit den Armen. »Und die dritte Lüge, du frecher Lügner, ist die Geschichte im Lager Selims. Selims Name ist wohl bekannt unter allen, die jemals einen Araber gesehen haben, aber Selim ist bekannt als der schrecklichste und grausamste Räuber, und du wagst zu erzählen, du habest seinen Sohn getötet und seiest nicht sogleich in Stücke gehauen worden; ja du treibst die Frechheit so weit, daß du das Unglaubliche sagst, Selim habe dich gegen seine Horde beschützt, in sein eigenes Zelt aufgenommen und ohne Lösegeld entlassen, statt daß er dich aufgehängt hätte an den nächsten besten Baum, er, der oft Reisende gehängt hat, nur um zu sehen, welche Gesichter sie machen, wenn sie aufgehängt sind. O du abscheulicher Lügner.«

»Und ich kann nichts weiter sagen«, rief der Jüngling, »als daß alles wahr ist bei meiner Seele und beim Bart des Propheten!«

»Was! Bei deiner Seele willst du schwören?« schrie der Kaufmann. »Bei deiner schwarzen, lügenhaften Seele? Wer soll da glauben? Und beim Bart des Propheten, du, der du selbst keinen Bart hast? Wer soll da trauen?«

»Ich habe freilich keinen Zeugen«, fuhr Said fort, »aber habt Ihr mich nicht gefesselt und elend gefunden?«

»Das beweist mir gar nichts«, sprach jener, »du bist gekleidet wie ein stattlicher Räuber, und vielleicht hast du einen angefallen, der stärker war als du und dich besiegte und band.«

»Den einzelnen oder sogar zwei möchte ich sehen«, entgegnete Said, »die mich niederstrecken und binden, wenn sie mir nicht von hinten eine Schlinge über den Kopf werfen. Ihr mögt in Eurem Basar freilich nicht wissen, was ein einzelner vermag, wenn er in den Waffen geübt ist. Aber Ihr habt mir das Leben gerettet, und ich danke Euch. Was wollt Ihr denn aber jetzt mit mir beginnen? Wenn Ihr mich nicht unterstützt, so muß ich betteln, und ich mag keinen meinesgleichen um eine Gnade anflehen; an den Kalifen will ich mich wenden.«

»So?« sprach der Kaufmann höhnisch lächelnd. »An niemand anders wollt Ihr Euch wenden als an unseren allergnädigsten Herrn? Das heiße ich vornehm betteln? Ei, ei! Bedenkt aber, junger vornehmer Herr, daß der Weg zum Kalifen an meinem Vetter Messour vorbeigeht und daß es mich ein Wort kostet, den Oberkämmerer darauf aufmerksam zu machen, wie trefflich Ihr lügen könnt. – Aber mich dauert deine Jugend, Said. Du kannst dich bessern, es kann noch etwas aus dir werden. Ich will dich in mein Gewölbe im Basar nehmen, dort sollst du mir ein Jahr lang dienen, und ist dies vorbei und willst du nicht bei mir bleiben, so zahle ich dir deinen Lohn aus und lasse dich gehen, wohin du willst, nach Aleppo oder Medina, nach Stambul oder nach Balsora, meinetwegen zu den Ungläubigen. Bis Mittag gebe ich dir Bedenkzeit; willst du, so ist es gut, willst du nicht, so berechne ich dir nach billigem Anschlag die Reisekosten, die du mir verursacht, und den Platz auf dem Kamel, mache mich mit deinen Kleidern und allem, was du hast, bezahlt, und werfe dich auf die Straße; dann kannst du beim Kalifen oder beim Mufti, an der Moschee oder im Basar betteln.«

Mit diesen Worten verließ der böse Mann den unglücklichen Jüngling. Said blickte ihm voll Verachtung nach. Er war so empört über die Schlechtigkeit dieses Menschen, der ihn absichtlich mit genommen und in sein Haus gelockt hatte, damit er ihn in seine Gewalt bekäme. Er versuchte, ob er nicht entfliehen könnte, aber sein Zimmer war vergittert und die Türe verschlossen. Endlich, nachdem sein Sinn sich lange dagegen gesträubt hatte, beschloß er, fürs erste den Vorschlag des Kaufmanns anzunehmen und ihm in seinem Gewölbe zu dienen. Er sah ein, daß ihm nichts Besseres zu tun übrigbleibe; denn wenn er auch entfloh, so konnte er ohne Geld doch nicht bis Balsora kommen. Aber er nahm sich vor, sobald als möglich den Kalifen selbst um Schutz anzuflehen.

Den folgenden Tag führte Kalum-Bek seinen neuen Diener in sein Gewölbe im Basar. Er zeigte Said alle Schals und Schleier und andere Waren, womit er handelte, und wies ihm seinen besonderen Dienst an. Dieser bestand darin, daß Said, angekleidet wie ein Kaufmannsdiener und nicht mehr im kriegerischen Schmuck, in der einen Hand einen Schal, in der andern einen prachtvollen Schleier, unter der Türe des Gewölbes stand, die vorübergehenden Männer oder Frauen anrief, seine Waren vorzeigte, ihren Preis

noose over my head. Staying in your bazar as you do, you cannot have any notion of what a single man is able to do when he has been brought up to arms. But you saved my life, and my thanks are due you. What would you have me do? If you do not support me I must beg; and I should not care to ask a favor of any one of my station. I will go to see the caliph.«

»Indeed!« sneered the merchant, »you will ask assistance of no one but our most gracious master? I should call that genteel begging! But look you, my fine young gentleman! Access to the caliph can be had only through my cousin Messour, and a word from me would acquaint him with your capacity for lying. But I will take pity on your youth, Said. You shall have a chance to better yourself, and something may be made out of you yet. I will take you into my shop at the bazar; you can serve me there for a year; and when that time is past, if you don't choose to remain with me any longer, I will pay you your wages and let you go where you will, to Aleppo or Medina, to Stamboul or Balsora, or, for aught I care, to the Infidels. I will give you till noon to decide; if you agree to my proposal, well and good; if you do not, I will make out an estimate of the expense you put me to on the journey, and for your seat on the camel, pay myself by taking your clothes and all you possess, and then throw you into the street; then you can beg where you like, of the caliph or the mufti, at the mosque or in the bazar.«

With these words the wicked man left the unfortunate youth. Said looked after him with loathing. He rebelled against the wickedness of this man, who had designedly taken him to his house so that he might have him in his power. He looked about to see if he could escape, but found the windows grated and the door locked. Finally, after his spirit had long revolted at the idea, he decided to accept the merchant's proposal for the present. He saw clearly that nothing better remained for him to do; for even if he were to run away, he could not reach Balsora without money. But he made up his mind to seek the caliph's protection as soon as possible.

On the following day, Kalum-Bek led his new servant to his shop in the bazar. He showed Said the shawls, veils, and other wares in which he dealt, and instructed the youth in his strange duties. These required that Said, stripped of his soldierly costume and clad like a merchant's servant, should stand in the doorway of the shop, with a shawl in one hand and a splendid veil in the other, and cry out his wares to the passersby, name the price, and invite the people to buy. And now, too it became evident to Said why Kalum-Bek had selected him for this business. The merchant was a short, ugly-looking man, and when he himself stood at the door and cried his wares, many of the neighbors, as well as the passersby, would make fun of his appearance, or the boys would tease him, while the women called him a scarecrow; but everybody was pleased with the appearance of young Said, who attracted customers by his graceful deportment and by his clever and tasteful way of exhibiting his shawls and veils.

When Kalum-Bek saw that customers thronged to his shop since Said had taken his stand at the door, he became more friendly with the young man, gave him better things to eat than before, and was careful to keep him finely dressed. But Said was little touched by this display of mildness in his master; and the whole day long, and even in his dreams, tried to hit upon some means of returning to his native city.

One day when the sales had been very large, and all the errand boys who delivered parcels at the houses were out on their rounds, a woman entered and made several purchases. She then wanted some one to carry her packages home. »I can send them all up to you in half an hour«, said Kalum-Bek; »you will either have to wait that long or else take some outside porter.«

»Do you pretend to be a merchant and advise your customers to employ strange porters?« exclaimed the woman. »Might not such a fellow run off with my parcels in the crowd? And then whom should I look to? No, you are bound by the practice of the bazar to send my bundles home for me, and I insist on your doing it!«

»But wait for just half an hour, worthy lady!« exclaimed the merchant excitedly. »All my errand boys have been sent out.«

»It's a poor shop that don't have errand boys constantly at hand«, interrupted the angry woman. »But there stands one of your good-for-nothings now! Come, young fellow, take my parcel and follow after me.«

»Stop! Stop!« cried Kalum-Bek. »He is my signboard, my crier, my magnet! He cannot stir from the threshold!«

»What's that!« exclaimed the old lady, thrusting her bundle under Said's arm without further parley. »It is a poor merchant that depends on such a useless clown for a sign, and those are miserable wares that cannot speak for themselves. Go, go, fellow; you shall earn a fee to-day.«

»Go then, in the name of Ariman and all evil spirits!« muttered Kalum-Bek to his magnet, »and see that you come right back; the old hag might give me a bad name all over the bazar if I refuse to comply with her demands.«

Said followed the woman, who hastened through the square and down the streets at a much quicker pace than one would have be-

Den folgenden Tag führte Kalum-Bek seinen neuen Diener in sein Gewölbe im Basar. Er zeigte Said alle Schals und Schleier und andere Waren, womit er handelte, und wies ihm seinen besonderen Dienst an. Dieser bestand darin, daß Said, angekleidet wie ein Kaufmannsdiener und nicht mehr im kriegerischen Schmuck, in der einen Hand einen Schal, in der andern einen prachtvollen Schleier, unter der Türe des Gewölbes stand, die vorübergehenden Männer oder Frauen anrief, seine Waren vorzeigte, ihren Preis nannte und die Leute zum Kaufen einlud.

On the following day, Kalum-Bek led his new servant to his shop in the bazar. He showed Said the shawls, veils, and other wares in which he dealt, and instructed the youth in his strange duties. These required that Said, stripped of his soldierly costume and clad like a merchant's servant, should stand in the doorway of the shop, with a shawl in one hand and a splendid veil in the other, and cry out his wares to the passersby, name the price, and invite the people to buy.

nannte und die Leute zum Kaufen einlud; und jetzt konnte sich Said auch erklären, warum ihn Kalum-Bek zu diesem Geschäft bestimmt hatte. Er war ein kleiner, häßlicher Alter, und wenn er selbst unter dem Laden stand und anrief, so sagte mancher Nachbar oder auch einer der Vorübergehenden ein witziges Wort über ihn, oder die Knaben spotteten seiner, und die Frauen nannten ihn eine Vogelscheuche; aber jedermann sah gerne den jungen, schlanken Said, der mit Anstand die Kunden anrief und Schal und Schleier geschickt und zierlich zu halten wußte.

Als Kalum-Bek sah, daß sein Laden im Basar an Kunden zunahm, seitdem Said unter der Türe stand, wurde er freundlicher gegen den jungen Mann, speiste ihn besser als zuvor und war darauf bedacht, ihn in seiner Kleidung immer schön und stattlich zu halten. Aber Said wurde durch solche Beweise der milderen Gesinnungen seines Herrn wenig gerührt und sann den ganzen Tag und selbst in seinen Träumen auf gute Art und Weise, um in seine Vaterstadt zurückzukehren.

Eines Tages war im Gewölbe vieles verkauft worden, und alle Packknechte, welche die Waren nach Hause trugen, waren schon versandt, als eine Frau eintrat und noch einiges kaufte. Sie hatte bald gewählt und verlangte dann jemand, der ihr gegen ein Trinkgeld die Waren nach Hause trage. »In einer halben Stunde kann ich Euch alles schicken«, antwortete Kalum-Bek, »nur so lange müßt Ihr Euch gedulden oder irgendeinen anderen Packer nehmen.

»Seid Ihr ein Kaufmann und wollet Euren Kunden fremde Packer mitgeben?« rief die Frau. »Kann nicht ein solcher Bursche im Gedränge mit meinem Pack davonlaufen? Und an wen soll ich mich dann wenden? Nein, Eure Pflicht ist es nach Marktrecht, mir meinen Pack nach Hause tragen zu lassen, und an Euch kann und will ich mich halten.«

»Aber nur eine halbe Stunde wartet, werte Frau!« sprach der Kaufmann, sich immer ängstlicher drehend. »Alle meine Packknechte sind verschickt.«

»Das ist ein schlechtes Gewölbe, das nicht immer einige Knechte übrig hat!« entgegnete das böse Weib. »Aber dort steht ja noch solch ein junger Müßiggänger; komm, junger Bursche, nimm meinen Pack und trage ihn mir nach.«

»Halt! Halt!« schrie Kalum-Bek. »Das ist mein Aushängeschild, mein Ausrufer, mein Magnet! Der darf die Schwelle nicht verlassen!«

»Was da!« erwiderte die alte Dame und steckte Said ohne weiteres ihren Pack unter den Arm. »Das ist ein schlechter Kaufmann und elende Waren, die sich nicht selbst loben und erst noch solch einen müßigen Bengel zum Schild brauchen. Geh, geh, Bursche, du sollst heute ein Trinkgeld verdienen.«

lieved a woman of her age capable of. At last she stopped before a splendid house, and knocked; the folding doors flew open, and she ascended a marble stair-case, beckoning Said to follow. They came shortly to a high and wide salon, more magnificent than any Said had ever seen before. The old woman sank down exhausted on a cushion, motioned the young man to lay down his bundle, handed him a small silver coin, and bade him go.

He had just reached the door, when a clear, musical voice called: »Said!« Surprised that any one there should know him, he looked around and saw, in place of the old woman, an elegant lady sitting on the cushion, surrounded by numerous slaves and maids. Said, mute with astonishment, crossed his arms and made a low obeisance.

»Said, my dear boy«, said the lady, »much as I deplore the misfortune that is the cause of your presence in Bagdad, yet this was the only place decided on by destiny where you might be released from the fate that would surely follow you if you left the homestead before your twentieth year. Said, have you still your whistle?«

»Indeed I have«, cried he joyfully, drawing out the golden chain, »and you perhaps are the kind fairy who gave me this token at my birth?«

»I was the friend of your mother, and will be your friend also as long as you remain good. Alas! would that your father – unthinking man – had followed my counsel! You would then have been spared many sorrows.«

»Well, it had to come to pass!« replied Said. »But, most gracious fairy, harness a strong northeast wind to your carriage of clouds, and take me up with you, and drive me in a few minutes to my father in Balsora; I will wait there patiently until the six months are passed that close my nineteenth year.«

The fairy smiled. »You have a very proper mode of addressing us«, answered she; but, poor Said! it is not possible. I cannot do anything wonderful for you at present, because you left your homestead. Nor can I even free you from the power of the wretch, Kalum-Bek. He is under the protection of your worst enemy.«

»Then I have not only a kind female friend but a female enemy as well?« said Said. »I believe I have often experienced her influence. But at least you might assist me with your counsel. Had I not better go to the caliph and seek his protection? He is a wise man, and would protect me from Kalum-Bek.«

»Yes, Haroun is a wise man«, replied the fairy; »but, sad to say, he is also only a mortal. He trusts his head chamberlain, Messour, as much as he does himself; and he is right in that, for he has tried Messour and found him true. But Messour trusts his friend Kalum-Bek as he does himself; and in that he is wrong, for Kalum is a bad man, even if he is a relative of Messour's. Kalum has a cunning head, and as soon as he had returned from his trip he made up a very pretty fable about you, which he confided to his cousin the chamberlain, who in turn told it to the caliph, so that you would not be very well received were you to go to the palace. But there are other ways and means of approaching him, and it is written on the stars that you shall experience his mercy.«

»That is really too bad«, said Said, mournfully. »I must then serve for a long time yet as the servant of that scoundrel Kalum-Bek. But there is one favor, honored fairy, that is in your power to grant me. I have been educated to the use of arms, and my greatest delight is a tournament where there are some sharp contests with the lance, bow and blunt swords. Well, every week just such a tournament takes place in this city between the young men. But only people of the finest costume, and besides that only free men will be allowed to enter the lists, and clerks in the bazar are particularly excluded. Now if you could arrange that I could have a horse, clothes and weapons every week, and that my face would not be easily recognizable –.«

»That is a wish befitting a noble young man«, interrupted the fairy. »Your mother's father was the bravest man in Syria, and you seem to have inherited his spirit. Take notice of this house; you shall find here every week a horse, and two mounted attendants, weapons and clothes, and a lotion for your face that will completely disguise you. And now, Said, farewell! Be patient, wise and virtuous. In six months your whistle will sound, and Zulima's ear will be listening for its tone.«

The youth separated from his strange protectress with expressions of gratitude and esteem. He fixed the house and street clearly in his mind, and then went back to the bazar, which he reached just in the nick of time to save his master from a terrible beating. A great crowd was gathered before the shop, boys danced about the merchant and jeered at him, while their elders laughed. He stood just before the shop, trembling with suppressed rage, and sadly harassed – in one hand a shawl, in the other a veil. This singular scene was caused by a circumstance that had occurred during Said's absence. Kalum had taken the place of his handsome clerk at the door, but no one cared to buy of the ugly old man. Just then two men came to the bazar wishing to buy presents for their wives. They had gone up and down the bazar several times, looking in here and there, and Kalum-Bek, who had observed their actions for some time, thought he

»So lauf im Namen Arimans und aller bösen Geister«, murmelte Kalum-Bek seinem Magnet zu; »und siehe zu, daß du bald wiederkommst; die alte Hexe könnte mich ins Geschrei bringen auf dem ganzen Basar, wollte ich mich länger weigern.«

Said folgte der Frau, die leichteren Schrittes, als man ihrem Alter zutrauen sollte, durch den Markt und die Straßen eilte. Sie stand endlich vor einem prachtvollen Hause still, pochte an, die Flügeltüren sprangen auf, und sie stieg eine Marmortreppe hinan und winkte Said zu folgen. Sie gelangten endlich in einen hohen, weiten Saal, der mehr Pracht und Herrlichkeit enthielt, als Said jemals geschaut hatte. Dort setzte sich die alte Frau erschöpft auf ein Polster, winkte dem jungen Mann, sein Pack niederzulegen, reichte ihm ein kleines Silberstück und hieß ihn gehen.

Er war schon an der Türe, als eine helle, feine Stimme »Said« rief; verwundert, daß man ihn hier kenne, schaute er sich um, und eine wunderschöne Dame, umgeben von vielen Sklaven und Dienerinnen, saß statt der Alten auf dem Polster. Said, ganz stumm vor Verwunderung, kreuzte seine Arme und machte eine tiefe Verbeugung.

»Said, mein lieber Junge«, sprach die Dame, »sosehr ich die Unfälle bedaure, die dich nach Bagdad führten, so war doch dies der einzige vom Schicksal bestimmte Ort, wo sich, wenn du vor dem zwanzigsten Jahr dein Vaterhaus verließest, dein Schicksal lösen würde. Said, hast du noch dein Pfeifchen?«

»Wohl habe ich es noch«, rief er freudig, indem er die goldene Kette hervorzog; »und ihr seid vielleicht die gütige Fee, die mir dieses Angebinde gab, als ich geboren wurde?«

»Ich war die Freundin deiner Mutter«, antwortete die Fee, »und bin auch deine Freundin, solange du gut bleibst. Ach, daß dein Vater, der leichtsinnige Mann, meinen Rat befolgt hätte! Du würdest vielen Leiden entgangen sein.«

»Nun, es hat wohl so kommen müssen!« erwiderte Said. »Aber gnädigste Fee, lasset einen tüchtigen Nordostwind an Euren Wolkenwagen spannen, nehmt mich auf und führt mich in ein paar Minuten nach Balsora zu meinem Vater; ich will dann die sechs Monate bis zu meinem zwanzigsten Jahre geduldig dort ausharren.«

Die Fee lächelte. »Du hast eine gute Weise, mit uns zu sprechen«, antwortete sie, »aber armer Said! Es ist nicht möglich; ich vermag jetzt, wo du außer deinem Vaterhause bist, nichts Wunderbares für dich zu tun. Nicht einmal aus der Gewalt des elenden Kalum-Bek vermag ich dich zu befreien! Er steht unter dem Schutze deiner mächtigen Feindin.«

»Also nicht nur eine gütige Freundin habe ich?« fragte Said. »Auch eine Feindin? Nun, ich glaube, ihren Einfluß schon öfter erfahren zu haben. Aber mit Rat dürftet Ihr mich doch unterstützen? Soll ich nicht zum Kalifen gehen und ihn um Schutz bitten? Er ist ein weiser Mann, er wird mich gegen Kalum-Bek beschützen.«

»Ja, Harun ist ein weiser Mann!« erwiderte die Fee. »Aber leider ist er auch nur ein Mensch. Er traut seinem Großkämmerer Messour soviel als sich selbst, und er hat recht, denn er hat Messour erprobt und treu gefunden. Messour aber traut seinem Freund Kalum-Bek auch wie sich selbst, und darin hat er unrecht, denn Kalum ist ein schlechter Mann, wenn er schon Messours Verwandter ist. Kalum ist zugleich ein verschlagener Kopf und hat, sobald er hierherkam, seinem Vetter Großkämmerer eine Fabel über dich erdichtet und angeheftet, und dieser hat sie wieder dem Kalifen erzählt, so daß du, kämst du auch jetzt gleich in den Palast Haruns, schlecht empfangen werden würdest, denn er traute dir nicht. Aber es gibt andere Mittel und Wege, sich ihm zu nahen, und es steht in den Sternen geschrieben, daß du seine Gnade erwerben sollst.«

»Das ist freilich schlimm«, sagte Said wehmütig. »Da werde ich schon noch einige Zeit der Ladenhüter des elenden Kalum-Bek sein müssen. Aber eine Gnade, verehrte Fee, könntet Ihr mir doch gewähren. Ich bin zum Waffenwerk erzogen, und meine höchste Freude ist das Kampfspiel, wo recht tüchtig gefochten wird, mit Lanze, Bogen und stumpfem Schwert. Nun halten die edelsten Jünglinge dieser Stadt alle Wochen ein solches Kampfspiel. Aber nur Leute im höchsten Schmuck und überdies nur freie Männer dürfen in die Schranken reiten, namentlich aber kein Diener aus dem Basar. Wenn Ihr nun bewirken könntet, daß ich alle Wochen ein Pferd, Kleider, Waffen haben könnte und daß man mein Gesicht nicht so leicht erkenne.«

»Das ist ein Wunsch, wie ihn ein edler junger Mann wohl wagen darf«, sprach die Fee; »der Vater deiner Mutter war der tapferste Mann in Syrien, und sein Geist scheint sich auf dich vererbt zu haben. Merke dir dies Haus; du sollst jede Woche hier ein Pferd und zwei berittene Knappen, ferner Waffen und Kleider finden und ein Waschwasser für dein Gesicht, das dich für alle Augen unkenntlich machen soll. Und nun, Said, lebe wohl! Harre aus und sei klug und tugendhaft! In sechs Monaten wird dein Pfeifchen tönen, und Zulimas Ohr wird für seine Töne offen sein.«

Der Jüngling schied von seiner wunderbaren Beschützerin mit Dank und Verehrung; er merkte sich das Haus und die Straße genau und ging dann wieder nach dem Basar.

Als Said in den Basar zurückkehrte, kam er gerade noch zu rechter Zeit, um seinen Herren und Meister Kalum-Bek zu unterstützen und zu retten. Ein großes Gedränge war um den Laden,

saw his chance, so he called out: »Here, gentlemen, here! What are you looking for? Beautiful veils, beautiful wares?«

»Good sir«, replied one of them, »your wares may do very well, but our wives are peculiar, and it has become the fashion in this city to buy veils only of the handsome clerk, Said. We have been looking for him this half hour, but cannot find him; now if you can tell us where we will meet him, we will buy from you some other time.«

»Allah il Allah!« cried Kalum-Bek with a smirk. »The Prophet has led you to the right door. You wish to buy veils of the handsome Said? Good, just step inside; this is his place.«

One of the men laughed at Kalum's short and ugly figure, and his assertion that he was the handsome clerk; but the other, believing that Kalum was trying to make sport of him, did not remain long in his debt, but paid the merchant back in his own coin. Kalum-Bek was beside himself; he called his neighbors to witness that his was the only shop in the bazar that went by the name of »the shop of the handsome clerk«; but the neighbors, who envied him the run of custom he had enjoyed for some time, pretended not to know anything about the matter, and the two men then made an attack upon the old liar, as they called him. Kalum defended himself more with shrieks and curses than by the use of his fists, and thus attracted a large crowd before his shop. Half the city knew him to be a mean, avaricious old miser, nor did the bystanders grudge him the cuffs he received; and one of his assailants had just plucked the old man by the beard, when his arm was seized, and with a sudden jerk he was thrown to the ground with such violence that his turban fell off and his slippers flew to some distance.

The crowd, which very likely would have been rejoiced to see Kalum-Bek well punished, grumbled loudly. The fallen man's companion looked around to see who it was that had ventured to throw his friend down; but when he saw a tall, strong youth, with flashing eyes and courageous mien, standing before him, he did not think it best to attack him, especially as Kalum regarding his rescue as a miracle, pointed to the young man and cried: »Now then! What would you have more? There he stands beyond a doubt, gentlemen; that is Said, the handsome clerk.« The people standing about laughed, while the prostrate man got up shamefacedly, and limped off with his companion without buying either shawl or veil.

»O you star of all clerks, you crown of the bazar!« cried Kalum, leading his clerk into the shop; »really, that is what I call being on hand at the right time, and the right kind of interference too. Why, the fellow was laid out as flat on the ground as if he had never stood on his legs, and I – I should have had no use for a barber again to comb and oil my beard, if you had arrived two minutes later! How can I reward you?«

It had been only a momentary sensation of pity which had governed Said's hand and heart; but now that that feeling had passed, he regreted that he had saved this wicked man from a good chastisement. A dozen hairs from his beard, thought Said, would have kept him humble for twelve days. And now the young man thought best to make use of the favorable disposition of the merchant, and therefore asked to be given one evening in each week for a walk or for any other purpose he pleased. Kalum consented, knowing full well that his clerk was too sensible to run off without money or clothes.

On the following Wednesday, the day on which the young men of the best families assembled in the public square in the city to go through their martial exercises, Said asked Kalum if he would let him have this evening for his own use; and on receiving the merchant's permission, he went to the fairy's house, knocked, and the door was immediately opened. The servants seemed to have prepared everything before his arrival; for without questioning him as to his desire, they led him upstairs to a beautiful room, and there handed him the lotion that was to disguise his features. He moistened his face with it, and then glanced into a metallic mirror; he hardly recognized himself, for he was now sunburnt, wore a hadsome black beard, and looked to be at least ten years older than he really was.

He was now conducted into a second room, where he found a complete and splendid costume, of which the Caliph of Bagdad need not have been ashamed, on the day when he reviewed his army in all his magnificence. Together with a turban of the finest texture, with a clasp of diamonds and a long heron's plume, Said found a coat of mail made of silver rings, so finely worked that it conformed to every movement of his body, and yet was so firm that neither lance nor sword could find a way through it. A Damascus blade in a richly ornamented sheath, and with a handle whose stones seemed to Said to be of priceless value, completed his warlike appearance. As he came to the door, armed at all points, one of the servants handed him a silk cloth and told him that the mistress of the house sent it to him, and that when he wiped his face with it, the beard and the complexion would disappear.

In the court-yard stood three beautiful horses; Said mounted the finest, and his attendants the other two, and rode off with a light heart to the

Knaben tanzten um den Kaufmann her und verhöhnten ihn, und die Alten lachten. Er selbst stand vor Wut zitternd und in großer Verlegenheit vor dem Laden, in der einen Hand einen Schal, in der andern den Schleier. Diese sonderbare Szene kam aber von einem Vorfall her, der sich in Saids Abwesenheit ereignet hatte. Kalum hatte sich statt seines schönen Dieners unter die Tür gestellt und ausgerufen, aber niemand mochte bei dem alten, häßlichen Burschen kaufen. Da gingen zwei Männer den Basar herab und wollten für ihre Frauen Geschenke kaufen. Sie waren suchend schon einige Male auf und nieder gegangen, und eben jetzt sah man sie mit umherirrenden Blicken wieder herabgehen.

Kalum-Bek, der dies bemerkte, wollte es sich zunutze machen und rief: »Hier, meine Herren, hier! Was suchet ihr? Schöne Schleier, schöne Ware?«

»Guter Alter«, erwiderte einer, »deine Waren mögen recht gut sein, aber unsere Frauen sind wunderlich, und es ist Sitte in der Stadt geworden, die Schleier bei niemand zu kaufen als bei dem schönen Ladendiener Said; wir gehen schon eine halbe Stunde umher, ihn zu suchen, und finden ihn nicht; aber kannst du uns sagen, wo wir ihn etwa treffen, so kaufen wir dir ein andermal ab.«

»Allahit Allah!« rief Kalum-Bek freundlich grinsend. »Euch hat der Prophet vor die rechte Tür geführt. Zum schönen Ladendiener wollet ihr, um Schleier zu kaufen? Nun, tretet nur ein, hier ist sein Gewölbe.«

Der eine dieser Männer lachte über Kalums kleine und häßliche Gestalt und seine Behauptung, daß er der schöne Ladendiener sei; der andere aber glaubte, Kalum wolle sich über ihn lustig machen, blieb ihm nichts schuldig, sondern schimpfte ihn weidlich. Dadurch kam Kalum-Bek außer sich; er rief seine Nachbarn zu Zeugen auf, daß man keinen andern Laden als den seinigen das Gewölbe des schönen Ladendieners nenne; aber die Nachbarn, welche ihn wegen des Zulaufs, den er seit einiger Zeit hatte, beneideten, wollten hiervon nichts wissen, und die beiden Männer gingen nun dem alten Lügner, wie sie ihn nannten, ernstlich zu Leibe. Kalum verteidigte sich mehr durch Geschrei und Schimpfworte als durch seine Faust, und so lockte er eine Menge Menschen vor sein Gewölbe; die halbe Stadt kannte ihn als einen geizigen, gemeinen Filz, alle Umstehenden gönnten ihm die Püffe, die er bekam, und schon packte ihn einer der beiden Männer am Bart, als ebendieser am Arm gefaßt und mit einem einzigen Ruck zu Boden geworfen wurde, so daß sein Turban herabfiel und seine Pantoffeln weit hinwegflogen.

Die Menge, welche es wahrscheinlich gerne gesehen hätte, wenn Kalum-Bek mißhandelt worden wäre, murrte laut, der Gefährte des Niedergeworfenen sah sich nach dem um, der es gewagt hatte, seinen Freund niederzuwerfen; als er aber einen hohen, kräftigen Jüngling mit blitzenden Augen und mutiger Miene vor sich stehen sah, wagte er es nicht, ihn anzugreifen, da überdies Kalum, dem seine Rettung wie ein Wunder erschien, auf den jungen Mann deutete und schrie: »Nun! Was wollt ihr denn mehr? Da steht er ja, ihr Herren, das ist Said, der schöne Ladendiener.« Die Leute umher lachten, weil sie wußten, daß Kalum-Bek vorher unrecht geschehen war. Der niedergeworfene Mann stand beschämt auf und hinkte mit seinem Genossen weiter, ohne weder Schal noch Schleier zu kaufen.

»O du Stern aller Ladendiener, du Krone des Basars!« rief Kalum, als er seinen Diener in den Laden führte: »Wahrlich, das heiße ich zu rechter Zeit kommen, das nenne ich die Hand ins Mittel legen; lag doch der Bursche auf dem Boden, als ob er nie auf den Beinen gestanden wäre, und ich – ich hätte keinen Barbier mehr gebraucht, um mir den Bart kämmen und salben zu lassen, wenn du nur zwei Minuten später gekommen wärest; womit kann ich es dir vergelten?«

Es war nur das schnelle Gefühl des Mitleids gewesen, was Saids Hand und Herz regiert hatte; jetzt, als dieses Gefühl sich legte, reute es ihn fast, daß er die gute Züchtigung dem bösen Manne erspart hatte; ein Dutzend Barthaare weniger, dachte er, hätten ihn auf zwölf Tage sanft und geschmeidig gemacht; ersuchte aber dennoch die günstige Stimmung des Kaufmanns zu benutzen und erbat sich von ihm zum Dank die Gunst, alle Wochen einen Abend für sich benutzen zu dürfen zu einem Spaziergang, oder zu was es auch sei. Kalum gab es zu; denn er wußte wohl, daß sein gezwungener Diener zu vernünftig sei, um ohne Geld und gute Kleidung zu entfliehen.

Bald hatte Said erreicht, was er wollte. Am nächsten Mittwoch, dem Tag wo sich die jungen Leute aus den vornehmsten Ständen auf einem öffentlichen Platz der Stadt versammelten, um ihre kriegerischen Übungen zu halten, sagte er zu Kalum, er wolle diesen Abend für sich benutzen, und als dieser es erlaubt hatte, ging er in die Straße, wo die Fee wohnte, pochte an, und sogleich sprang die Pforte auf. Die Diener schienen auf seine Ankunft schon vorbereitet gewesen zu sein, denn ohne ihn erst nach seinem Begehren zu fragen, führten sie ihn die Treppe hinan in ein schönes Gemach; dort reichten sie ihm zuerst das Waschwasser, das ihn unkenntlich machen sollte. Er benetzte sein Gesicht damit, schaute dann in einen Metallspiegel und kannte sich beinahe selbst nicht mehr, denn er war jetzt von der Sonne gebräunt, trug einen schönen schwarzen Bart und sah um mindestens zehn Jahre älter aus, als er in der Tat zählte.

Aber hatte schon Saids Äußeres die Aufmerksamkeit auf ihn gelenkt, so staunte man jetzt noch mehr über seine ungewöhnliche Geschicklichkeit und Behendigkeit. Sein Pferd war schneller als ein Vogel, und sein Schwert schwirrte noch behender umher. Er warf die Lanze so leicht und genau ins Ziel, als wäre sie ein Pfeil, den er von einem sicheren Bogen abgeschnellt hätte.

But the attention which had been attracted by Said was now concentrated upon the unusual skill and dexterity which he displayed in combat. His horse was swifter than a bird, while his sword whizzed about in still more rapid circles. He threw the lance at its mark as easily and with as much accuracy as if it had been an arrow shot from a bow.

square where the contest was to be held. The splendor of his costume and the brightness of his weapons drew all eyes upon him, and a general buzz of astonishment followed his entrance into the ring. It was a brilliant assemblage of the bravest and noblest youths of Bagdad, where even the brothers of the caliph were seen flying about on their horses and swinging their lances. On Said's approach, as no one seemed to know him, the son of the grand vizier, with some of his friends, rode up to him, greeted him politely, and invited him to take part in their contests, at the same time inquiring his name and whence he came. Said represented to them that his name was Almansor, and he hailed from Cairo; that he had set out upon a journey, but having heard so much said about the skill and bravery of the young noblemen of Bagdad, he could not refrain from delaying his journey in order to get acquainted with them. The young men were highly pleased with the bearing and courageous appearance of Said-Almansor; handed him a lance, and had him select his opponent, – as the whole company were divided into two parties, in order that they might assault one another both singly and in groups.

But the attention which had been attracted by Said was now concentrated upon the unusual skill and dexterity which he displayed in combat. His horse was swifter than a bird, while his sword whizzed about in still more rapid circles. He threw the lance at its mark as easily and with as much accuracy as if it had been an arrow shot from a bow. He conquered the bravest of the opposing force, and at the end of the tournament was so universally recognized as the victor, that one of the caliph's brothers and the son of the grand vizier, who had both fought on Said's side,

65

Hierauf führten sie ihn in ein zweites Gemach, wo er eine vollständige und prachtvolle Kleidung fand, an welcher sich der Kalif von Bagdad selbst nicht hätte schämen dürfen an dem Tag, wo er im vollen Glanze seiner Herrlichkeit sein Heer musterte. Außer einem Turban von feinstem Gewebe mit einer Agraffe von diamanten und hohen Reiherfedern, einem Kleid von schwerem roten Seidenzeug mit silbernen Blumen durchwirkt, fand Said einen Brustpanzer von silbernen Ringen, der so fein gearbeitet war, daß er sich nach jeder Bewegung des Körpers schmiegte, und doch zugleich so fest, daß ihn weder die Lanze noch das Schwert durchdringen konnte. Eine Damaszener Klinge in reich verzierter Scheide mit einem Griff, dessen Steine Said unschätzbar deuchten, vollendete seinen kriegerischen Schmuck. Als er völlig gerüstet wieder aus der Tür trat, überreichte ihm einer der Diener ein seidenes Tuch und sagte ihm, daß die Gebieterin des Hauses ihm dieses Tuch schicke; wenn er damit sein Gesicht abwische, so werde der Bart und die braune Farbe verschwinden.

Im Hofe des Hauses standen drei schöne Pferde; das schönste bestieg Said, die beiden andern seine Diener, und dann trabte er freudig dem Platze zu, wo die Kampfspiele gehalten werden sollten. Durch den Glanz seiner Kleider und die Pracht seiner Waffen zog er aller Augen auf sich, und ein allgemeines Geflüster des Staunens entstand, als er in den Ring, welchen die Menge umgab, einritt. Es war eine glänzende Versammlung der tapfersten und edelsten Jünglinge Bagdads; selbst die Brüder des Kalifen sah man ihre Rosse tummeln und die Lanzen schwingen. Als Said heranritt und niemand ihn zu kennen schien, ritt der Sohn des Großwesirs mit einigen Freunden auf ihn zu, grüßte ihn ehrerbietig, lud ihn ein, an ihren Spielen teilzunehmen, und fragte ihn nach seinem Namen und seinem Vaterland. Said gab vor, er heiße Almansor und komme von Kairo, sei auf einer Reise begriffen und habe von der Tapferkeit und Geschicklichkeit der jungen Edlen von Bagdad so vieles gehört, daß er nicht gesäumt habe, sie zu sehen und kennenzulernen. Den jungen Leuten gefiel der Anstand und das mutige Wesen Said-Almansors; sie ließen ihm eine Lanze reichen und seine Partei wählen, denn die ganze Gesellschaft hatte sich in zwei Parteien geteilt, um einzeln und in Scharen gegeneinander zu fechten.

Aber hatte schon Saids Äußeres die Aufmerksamkeit auf ihn gelenkt, so staunte man jetzt noch mehr über seine ungewöhnliche Geschicklichkeit und Behendigkeit. Sein Pferd war schneller als ein Vogel, und sein Schwert schwirrte noch behender umher. Er warf die Lanze so leicht und genau ins Ziel, als wäre sie ein Pfeil, den er von einem sicheren Bogen abgeschnellt hätte. Die Tapfersten seiner Gegenpartei besiegte er, und am Schluß der Spiele war er so allgemein als Sieger anerkannt, daß einer der Brüder des Kalifen und der Sohn des Großwesirs, die auf Saids Seite gekämpft hatten, ihn baten, auch mit ihnen zu streiten. Ali, der Bruder des Kalifen, wurde von ihm besiegt, aber der Sohn des Großwesirs widerstand ihm so tapfer, daß sie es nach langem Kampfe für besser hielten, die Entscheidung für das nächste Mal aufzusparen.

Den Tag nach diesen Spielen sprach man in Bagdad von nichts als dem schönen, reichen und tapferen Fremdling; alle, die ihn gesehen hatten, ja selbst die er besiegt hatte, waren entzückt von seinen edlen Sitten, und sogar vor seinen eigenen Ohren im Gewölbe Kalum-Beks wurde über ihn gesprochen; und man beklagte nur, daß niemand wisse, wo er wohne. Das nächste Mal fand er im Hause der Fee ein noch schöneres Kleid und noch köstlicheren Waffenschmuck. Diesmal hatte sich halb Bagdad zugedrängt, selbst der Kalif sah von einem Balkon herab dem Schauspiel zu; auch er bewunderte den Fremdling Almansor und hing ihm, als die Spiele geendet hatten, eine große Denkmünze von Gold an einer goldenen Kette um den Hals, um ihn seine Bewunderung zu bezeigen. Es konnte nicht anders kommen, als daß dieser zweite, noch glänzendere Sieg den Neid der jungen Leute von Bagdad aufregte. »Ein Fremdling«, sprachen sie untereinander, »soll hierherkommen nach Bagdad, uns Ruhm, Ehre und Sieg zu entreißen? Er soll sich an anderen Orten damit brüsten können, daß unter der Blüte von Bagdads Jünglingen keiner gewesen sei, der es entfernt hätte mit ihm aufnehmen können?« So sprachen sie und beschlossen, beim nächsten Kampfspiel, als wäre es durch Zufall geschehen, zu fünf oder sechs über ihn herzufallen.

Saids scharfen Blicken entgingen diese Zeichen des Unmuts nicht; er sah, wie sie in der Ecke zusammenstanden, flüsterten und mit bösen Mienen auf ihn deuteten; er ahnte, daß außer dem Bruder des Kalifen und dem Sohn des Großwesirs keiner sehr freundlich gegen ihn gesinnt sein möchte, und diese selbst wurden ihm durch ihre Fragen lästig: wo sie ihn aufsuchen könnten, womit er sich beschäftige, was ihm in Bagdad wohlgefallen habe und dergleichen.

Es war ein sonderbarer Zufall, daß derjenige der jungen Männer, welcher Said-Almansor mit den grimmigsten Blicken betrachtete und am feindseligsten gegen ihn gesinnt schien, niemand anders als der Mann, den er vor einiger Zeit bei Kalum-Beks Bude niedergeworfen hatte, als er gerade im Begriff war, dem unglücklichen Kaufmann den Bart auszureißen. Dieser Mann betrachtete ihn immer aufmerksam und neidisch,

requested the pleasure of breaking a lance with him. Ali, the caliph's brother, was soon conquered by Said; but the grand vizier's son withstood him so bravely that after a long contest they thought it best to postpone the decision until the next meeting.

The day after the tournament, nothing was spoken of in Bagdad but the handsome, rich, and brave stranger. All who had seen him, even those over whom he had triumphed, were charmed by his well-bred manners. He even heard his own praises sounded in the shop of Kalum-Bek, and it was only deplored that no one knew where he lived. The next week, Said found at the house of the fairy a still finer costume and still more costly weapons. Half Bagdad had rushed to the square, while even the caliph looked on from a balcony; he, too, admired Almansor, and at the conclusion of the tournament he hung a large gold medal, attached to a gold chain, about the youth's neck, as a mark of his favor. It could not very well be otherwise than that this second and still more brilliant triumph of Said's should excite the envy of the young men of Bagdad. »Shall a stranger«, said they to one another, »come here to Bagdad, and carry off all the laurels? He will now boast in other places that among the flower of Bagdad's youth there was not one who was a match for him.« They therefore resolved, at the next tournament, to fall upon him, as if by chance, five or six at a time.

These tokens of discontent did not escape Said's sharp eye. He noticed how the young men congregated at the street corners, whispered to one another, and pointed angrily at him. He suspected that none of them felt very friendly toward him, with the exception of the caliph's brother and the grand vizier's son, and even they rather annoyed him by their questions as to where they might call on him, how he occupied his time, what he found of interest in Bagdad, etc., etc.

It was a singular coincidence that one of these young men, who surveyed Said-Almansor with the bitterest looks, was no other than the man whom Said had thrown down when the assault was made on Kalum-Bek a few weeks before, just as the man was about to tear out the unfortunate merchant's beard. This man looked at Said very attentively and spitefully. Said had conquered him several times in the tournament; but this would not account for such hostile looks, and Said began to fear lest his figure or his voice had betrayed him to this man as the clerk of Kalum-Bek – a discovery that would expose him to the sneers and anger of the people. The project which Said's foes attempted to carry out at the next tournament failed, not only by reason of Said's caution and bravery, but by the assistance he received from the caliph's brother and the grand vizier's son. When these two young men saw that Said was surrounded by five or six who sought to disarm or unseat him, they dashed up, chased away the conspirators, and threatened the men who had acted so treacherously with dismissal from the course. For more than four months, Said had excited the astonishment of Bagdad by his prowess, when one evening, on returning home from the tournament, he heard some voices which seemed familiar to him. Before him walked four men at a slow pace, apparently discussing some subject together. As Said approached nearer, he discovered that they were talking in the dialect which the men in Selim's tribe had used in the desert, and suspected that they were planning some robbery. His first thought was to draw back from these men; but when he reflected that he might be the means of preventing some great wrong, he stole up still nearer to listen to what they were saying.

»The gate keeper expressly said it was the street to the right of the bazar«, said one of the men; »he will certainly pass through it tonight, in company with the grand vizier.«

»Good!« added another. »I am not afraid of the grand vizier; he is old, and not much of a hero; but the caliph wields a good sword, and I wouldn't trust him; there would be ten or twelve of the body-guard stealing after him.«

»Not a soul!« responded a third. »Whenever he has been seen and recognized at night, he was always unattended except by the vizier or the head chamberlain. He will be ours tonight; but no harm must be done him.«

»I think«, said the first speaker, »that the best plan would be to throw a noose over his head; we may not kill him, for it would be but a small ransom that they would pay for his body, and, more than that, we shouldn't be sure of receiving it.«

»An hour before midnight, then!« exclaimed they, and separated, one going this way, another that.

Said was not a little horrified at this scheme. He resolved to hasten at once to the caliph's palace and warn him of the threatened danger. But after running through several streets, he remembered the caution that the fairy had given him – that the caliph had received a bad report about him. He reflected that his warning might be laughed at, or regarded as an attempt on his part to ingratiate himself with the Caliph of Bagdad; and so he concluded that it would be best to depend on his good sword, and rescue the caliph from the hands of the robbers himself.

So he did not return to Kalum-Bek's house, but sat down on the steps of a mosque and wait-

Said hatte ihn zwar schon einige Male besiegt, aber dies war kein hinlänglicher Grund zu solcher Feindseligkeit, und Said fürchtete schon, jener möchte ihn an seinem Wuchs oder an der Stimme als Kalum-Beks Ladendiener erkannt haben, eine Entdeckung, die ihn dem Spott und der Rache dieser Leute aussetzen würde. Der Anschlag, welchen seine Neider auf ihn gemacht hatten, scheiterte sowohl an seiner Vorsicht und Tapferkeit als auch an der Freundschaft, womit ihm der Bruder des Kalifen und der Sohn des Großwesirs zugetan waren. Als diese sahen, daß er von wenigstens sechs umringt sei, die ihn vom Pferd zu wenden oder zu entwaffnen suchten, sprengten sie herbei, jagten den ganzen Trupp auseinander und drohten den jungen Leuten, welche so verräterisch gehandelt hatten, sie aus der Kampfbahn zu stoßen. Mehr denn vier Monate hatte Said auf diese Weise zum Erstaunen Bagdads seine Tapferkeit erprobt, als er eines Abends beim Nachhausegehen von dem Kampfplatz einige Stimmen vernahm, die ihm bekannt schienen. Vor ihm gingen vier Männer, die sich langsamen Schrittes über etwas zu beraten schienen. Als Said leise näher trat, hörte er, daß sie den Dialekt der Horde Selims in der Wüste sprachen, und ahnte, daß die vier Männer auf irgendeine Räuberei ausgingen. Sein erstes Gefühl war, sich von diesen vieren zurückzuziehen; als er aber bedachte, daß er irgend etwas Böses verhindern könnte, schlich er sich noch näher herzu, diese Männer zu behorchen.

»Der Türsteher hat ausdrücklich gesagt, die Straße rechts vom Basar«, sprach der eine, »dort werde und müsse er heute nacht mit dem Großwesir durchkommen.«

»Gut«, antwortete ein anderer. »Den Großwesir fürchte ich nicht; er ist alt und wohl kein sonderlicher Held, aber der Kalif soll ein gutes Schwert führen, und ich traue ihm nicht; es schleichen ihm gewiß zehn oder zwölf von der Leibwache nach.«

»Keine Seele«, entgegnete ihm ein dritter. »Wenn man ihn je gesehen und erkannt hat bei Nacht, war er immer nur allein mit dem Wesir oder mit dem Oberkämmerling. Heute nacht muß er unser sein, aber es darf ihm kein Leid geschehen.«

»Ich denke, das beste ist«, sprach der erste, »wir werfen ihm eine Schlinge über den Kopf; töten dürfen wir ihn nicht, denn für seinen Leichnam würden sie ein geringes Lösegeld geben, und überdies wären wir nicht sicher, es zu bekommen.«

»Also eine Stunde vor Mitternacht!« sagten sie zusammen und schieden, der eine hierhin, der andere dorthin.

Said war über diesen Anschlag nicht wenig erschrocken. Er beschloß, sogleich zum Palast des Kalifen zu eilen und ihn von der Gefahr, die ihn bedrohte, zu unterrichten. Aber als er schon durch mehrere Straßen gelaufen war, fielen ihm die Worte der Fee bei, die ihm gesagt hatte, wie schlecht er bei dem Kalifen angeschrieben sei: Er bedachte, daß man vielleicht seine Angabe verlachen oder als einen Versuch, bei dem Beherrscher von Bagdad sich einzuschmeicheln, ansehen könnte, und so hielt er seine Schritte an, und achtete es für heute das beste, sich auf sein gutes Schwert zu verlassen und den Kalifen persönlich aus den Händen der Räuber zu retten.

Er ging daher nicht in Kalum-Beks Haus zurück, sondern setzte sich auf die Stufen einer Moschee und wartete dort, bis die Nacht völlig angebrochen war; dann ging er am Basar vorbei in jene Straße, welche die Räuber bezeichnet hatten, und verbarg sich hinter dem Vorsprung eines Hauses. Er mochte ungefähr eine Stunde dort gestanden sein, als er zwei Männer langsam die Straße herabkommen hörte; anfänglich glaubte er, es sei der Kalif und sein Großwesir, aber einer der Männer klatschte in die Hand, und sogleich eilten zwei andere sehr leise die Straße herauf vom Basar her. Sie flüsterten eine Weile und verteilten sich dann; drei versteckten sich nicht weit von ihm, und einer ging in die Straße auf und ab. Die Nacht war sehr finster, aber stille, und so mußte sich Said auf sein scharfes Ohr beinahe ganz allein verlassen.

Wieder war etwas eine halbe Stunde vergangen, als man gegen den Basar hin Schritte vernahm. Der Räuber mochte sie auch gehört haben; er schlich an Said vorüber dem Basar zu. Die Schritte kamen näher, und schon konnte Said einige dunkle Gestalten erkennen, als der Räuber in die Hand klatschte und in demselben Augenblicke die drei aus dem Hinterhalt hervorstürzten. Die Angegriffenen mußten übrigens bewaffnet sein, denn er vernahm den Klang von aneinandergeschlagenen Schwertern. Sogleich zog er seine Damaszener-Klinge und stürzte mit dem Ruf: »Nieder mit den Feinden des großen Harun!« auf die Räuber, streckte mit dem ersten Hieb einen zu Boden, und drang dann auf zwei andere ein, die eben im Begriff waren, einen Mann, um welchen sie einen Strick geworfen hatten, zu entwaffnen. Er hieb blindlings auf den Strick ein, um ihn zu zerschneiden, aber traf dabei einen der Räuber so heftig über den Arm, daß er ihm die Hand abschlug; der Räuber stürzte mit fürchterlichem Geschrei in die Knie. Jetzt wandte sich der vierte, der mit einem andern Mann gefochten hatte, gegen Said, der noch mit dem dritten im Kampfe war, aber der Mann, um welchen man die Schlinge geworfen hatte, sah sich nicht so bald frei, als er seinen Dolch zog und ihn dem Angreifenden von der Seite in die

ed there until night had set in. Then he went through the bazar and into the street mentioned by the robbers, and hid himself behind a projection of one of the houses He might have stood there an hour, when he heard two men coming slowly down the street. At first he thought it must be the caliph and his grand vizier; but one of the men clapped his hands, and immediately two other men hurried very noiselessly up the street from the bazar. They whispered together for a while, and then separated; three hiding not far from Said, while the fourth paced up and down the street. The night was very dark, but still, so that Said had to depend almost entirely upon his acute sense of hearing.

Another half-hour had passed, when footsteps were heard coming from the bazar. The robber must have heard them too, for he stole by Said towards the bazar. The steps came nearer, and Said was just able to make out some dark figures, when the robber clapped his hands, and, in the same moment, the three men waiting in ambush rushed out. The persons attacked must have been armed, for Said heard the ring of clashing swords. At once he drew his own Damascus blade, and sprang upon the robber's with the cry: »Down with the enemies of the great Haroun!« He struck one of them to the ground with the first blow, and turned upon two others, who were just in the act of disarming a man over whom they had thrown a rope. Said lifted the rope blindly in order to cut it, but in the effort to use his sword he struck one of the robber's arms such a blow, as to cut off his hand, and the robber fell to his knees with cries of pain. The fourth robber, who had been fighting with another man, now came towards Said, who was still engaged with the third, but the man who had been lassoed no sooner found himself free than he drew his dagger, and, from one side, plunged it into the breast of the advancing robber. When the remaining robber saw this, he threw away his sword and fled.

Said did not remain long in doubt as to whom he had saved, for the taller of the two men said: »The one thing is as strange as the other; this attack upon my life or liberty, as the incomprehensible assistance and rescue. How did you know who I was? Did you know of the scheme of these robbers?«

»Ruler of the Faithful«, answered Said, »for I do not doubt that you are he, I walked down the street El Malek this evening behind some men, whose strange and mysterious dialect I had once learned. They spoke of taking you prisoner and of killing your vizier. As it was too late to warn

Er hieb blindlings auf den Strick ein, um ihn zu zerschneiden, aber traf dabei einen der Räuber so heftig über den Arm, daß er ihm die Hand abschlug;

Said lifted the rope blindly in order to cut it, but in the effort to use his sword he struck one of the robber's arms such a blow, as to cut off his hand.

Brust stieß. Als dies der noch Übriggebliebene sah, warf er seinen Säbel weg und floh.

Said blieb nicht lange in Ungewißheit, wen er gerettet habe; denn der größere der beiden Männer trat zu ihm und sprach: »Das eine ist so sonderbar wie das andere, dieser Angriff auf mein Leben oder meine Freiheit wie die unbegreifliche Hilfe und Rettung. Wie wußtet Ihr, wer ich sei? Habt Ihr von dem Anschlag dieser Menschen gewußt?«

»Beherrscher der Gläubigen«, antwortete Said, »denn ich zweifle nicht, daß du es bist, ich ging heute abend durch die Straße El Malek hinter einigen Männern, deren fremden und geheimnisvollen Dialekt ich einst gelernt habe. Sie sprachen davon, dich gefangenzunehmen und den würdigen Mann, deinen Wesir, zu töten. Weil es nun zu spät war, dich zu warnen, beschloß ich, an den Platz zu gehen, wo sie dir auflauern wollten, um dir beizustehen.«

»Danke dir«, sprach Harun, »an dieser Stätte ist übrigens nicht gut weilen; nimm diesen Ring und komm damit morgen in meinen Palast; wir wollen dann mehr über dich und deine Hilfe reden und sehen, wie ich dich am besten belohnen kann. Komm, Wesir, hier ist nicht gut bleiben, sie können wiederkommen.«

Er sprach es und wollte den Großwesir fortziehen, nachdem er dem Jüngling einen Ring an den Finger gesteckt hatte; dieser aber bat ihn, noch ein wenig zu verweilen, wandte sich um und reichte dem überraschten Jüngling einen schweren Beutel: »Junger Mann«, sprach er, »mein Herr, der Kalif, kann dich zu allem machen, wozu er will, selbst zu meinem Nachfolger, ich selbst kann wenig tun, und was ich tun kann, geschieht heute besser als morgen, drum nimm diesen Beutel. Das soll meinen Dank übrigens nicht abkaufen. Sooft du einen Wunsch hast, komm getrost zu mir.«

Ganz trunken vor Glück, eilte Said nach Hause. Aber hier wurde er übel empfangen; Kalum-Bek wurde über sein langes Ausbleiben zuerst unwillig und dann besorgt, dann dachte er, er könnte leicht das schöne Aushängeschild seines Gewölbes verlieren. Er empfing ihn mit Schmähworten und tobte und raste wie ein Wahnsinniger. Aber Said, der einen Blick in den Beutel getan und gefunden hatte, daß er lauter Goldstücke enthalte, bedachte, daß er jetzt nach seiner Heimat reisen könne, auch ohne die Gnade des Kalifen, die gewiß nicht geringer wäre, als der Dank seines Wesirs, und so blieb er ihm kein Wort schuldig, sondern erklärte ihm rund und deutlich, daß er keine Stunde länger bei ihm bleiben werde. Von Anfang erschrak Kalum-Bek hierüber sehr, dann aber lachte er höhnisch und sprach: »Du Lump und Landläufer, du ärmlicher Wicht! Wohin willst du denn deine Zuflucht nehmen, wenn ich meine Hand von dir abziehe? Wo willst du ein Mittagessen bekommen und wo ein Nachtlager?«

»Das soll Euch nicht bekümmern, Herr Kalum-Bek«, antwortete Said trotzig, »gehabt Euch wohl, mich sehet Ihr nicht wieder!«

Er sprach es und lief zur Türe hinaus, und Kalum-Bek schaute ihm sprachlos vor Staunen nach. Den andern Morgen aber, nachdem er sich

Man brachte ihn in ein finsteres und feuchtes Gefängnis; neunzehn elende Menschen lagen dort auf Stroh umher und empfingen ihn als ihren Leidensgefährten mit rohem Gelächter und Verwünschungen gegen den Richter und den Kalifen.

He was taken to a dark and damp dungeon, where nineteen poor wretches, scattered about on straw, received him as their companion in misfortune, with wild laughter and curses on the judge and caliph.

you, I resolved to go to the place where they would lie in ambush for you, and give you my assistance.«

»Thank you«, said Haroun; »but it is not best to remain long in this place; take this ring, and come in the morning to my palace; we will then talk over this affair, and see how I can best reward you. Come, vizier, it is best not to stop here; they might come back again.«

Thus saying, he placed a ring on Said's finger, and attempted to lead off the grand vizier, but the latter, begging him to wait a moment, turned and held out to the astonished Said a heavy purse: »Young man«, said he, »my master, the caliph, can do anything for you that he feels inclined to do, even to making you my successor; but I myself can do but little, and that little had better be done today, rather than tomorrow. Therefore, take this purse. That does not, however, cancel my debt of gratitude; so whenever you have a wish, come in confidence to me.«

Overpowered with his good fortune, Said hurried home. But here he was not so well received. Kalum-Bek was at first angry at his long absence, and then anxious, for the merchant thought he might easily lose the handsome sign of his shop. Kalum therefore received him with abusive words, and raved like a madman. But Said – who had taken a look into his purse and found it filled with gold pieces, and reflected that he could now travel home, even without the caliph's favor, which was certainly not worth less than the gratitude of his vizier – declared roundly that he would not remain in his service another hour. At first Kalum was very much frightened by this declaration; but shortly he laughed sneeringly and said: »You loafer and vagabond! You miserable creature! Where would you run to, if I were to give up supporting you? Where would you get a dinner or a lodging?«

»You need not trouble yourself about that, Mr. Kalum-Bek«, answered Said audaciously. »Farewell; you will never see me again!«

With these words, Said left the house, while Kalum-Bek looked after him speechless with astonishment. The following morning, however, after thinking over the matter well, he sent out his errand boys, and had the runaway sought for everywhere. For a long time their search was a vain one; but finally one of the boys came back and reported that he had seen Said come out of a mosque and go into a caravansary. He was, however, much changed, wore a beautiful costume, a dagger sword, and splendid turban.

When Kalum-Bek heard this, he shouted with an oath: »He has stolen from me, and bought clothes with the money. Oh, I am a ruined man!« Then he ran to the chief of police, and as he was known to be a relative of Messour, the head chamberlain, he had no difficulty in having two policemen sent out to arrest Said. Said sat before a caravansary, conversing quietly with a merchant whom he had found there, about a journey to Balsora, his native city, when suddenly he was seized by some men, and his hands tied behind his back before he could offer any resistance. He asked them whose authority they were acting under, and they replied that they were obeying the orders of the chief of police, on complaint of his rightful master, Kalum-Bek. The ugly little merchant then came up, abused and jeered at Said, felt in the young man's pocket, and to the astonishment of the bystanders, and with a shout of triumph, drew out a large purse filled with gold.

»Look! He has robbed me of all that, the wicked fellow!« cried he, and the people looked with abhorrence at the prisoner, saying: »What! so young, so handsome, and yet so wicked! To the court, to the court, that he may get the bastinado!« Thus they dragged him away, while a large procession of people of all ranks followed in their wake, shouting: »See, that is the handsome clerk of the bazar; he stole from his master and ran away; he took two hundred gold pieces!«

The chief of police received the prisoner with a dark look. Said tried to speak, but the official told him to be still, and listened only to the little merchant. He held up the purse, and asked Kalum whether this gold had been stolen from him. Kalum-Bek swore that it had; but his perjury, while it gained him the gold, did not help to restore to him his clerk, who was worth a thousand gold pieces to him, for the judge said: »In accordance with a law that my all-powerful master, the caliph, has recently made, every theft of over a hundred gold pieces that transpires in the bazar, is punished with banishment for life to a desert island. This thief comes at just the right time; he makes the twentieth of his class, and so completes the lot; tomorrow they will be put on a vessel and taken out to sea.«

Said was in despair. He besought the officers to listen to him, to let him speak only one word with the caliph; but he found no mercy. Kalum-Bek, who now repented of his oath, also pleaded for him, but the judge said: »You have your gold back, and should be contented; go home and keep quiet, or I will fine you ten gold pieces for every contradiction.« Kalum quieted down; the judge made a sign, and the unfortunate Said was led away.

He was taken to a dark and damp dungeon, where nineteen poor wretches, scattered about on straw, received him as their companion in misfortune, with wild laughter and curses on the judge and caliph. Terrible as was the fate before

den Fall recht überlegt hatte, schickte er seine Packknechte aus und ließ überall nach dem Flüchtling spähen. Lange suchten sie umsonst, endlich aber kam einer zurück und sagte, er habe Said, den Ladendiener, aus einer Moschee kommen und in eine Karawanserei gehen sehen. Er sei aber ganz verändert, trage ein schönes Kleid, einen Dolch und Säbel und einen prachtvollen Turban.

Als Kalum-Bek dies hörte, schwur er und rief: »Bestohlen hat er mich und sich dafür gekleidet. O ich geschlagener Mann!« Dann lief er zum Aufseher der Polizei, und da man wußte, daß er ein Verwandter von Messour, dem Oberkämmerling sei, so wurde es ihm nicht schwer, einige Polizeidiener von ihm zu erlangen, um Said zu verhaften. Said saß vor einer Karawanserei und besprach sich ganz ruhig mit einem Kaufmann, den er da gefunden, über eine Reise nach Balsora, seiner Vaterstadt; da fielen plötzlich einige Männer über ihn her und banden ihm, trotz seiner Gegenwehr, die Hände auf den Rücken. Er fragte sie, was sie zu dieser Gewalttat berechtigte, und sie antworteten, es geschehe im Namen der Polizei und seines rechtmäßigen Gebieters Kalum-Bek. Zugleich trat der kleine häßliche Mann herzu, verhöhnte und verspottete Said, griff in seine Tasche und zog zum Staunen der Umstehende und mit Triumphgeschrei einen großen Beutel mit Gold heraus.

»Sehet! Das alles hat er mir nach und nach gestohlen, der schlechte Mensch!« rief er, und die Leute sahen mit Abscheu auf den Gefangenen und riefen: »Wie! Noch so jung, so schön und doch so schlecht! Zum Gericht, zum Gericht, damit er die Bastonade erhalte.« So schleppten sie ihn fort, und ein ungeheurer Zug Menschen aus allen Ständen schloß sich an; sie riefen: »Sehet, das ist der schöne Ladendiener vom Basar; er hat seinen Herrn bestohlen und ist entflohen; zweihundert Goldstücke hat er gestohlen.«

Der Aufseher der Polizei empfing den Gefangenen mit finsterer Miene; Said wollte sprechen, aber der Beamte gebot ihm zu schweigen und verhörte nur den kleinen Kaufmann. Er zeigte ihm den Beutel und fragte ihn, ob ihm dieses Geld gestohlen worden sei; Kalum-Bek beschwor es; aber sein Meineid verhalf ihm zwar zu dem

Sie stiegen die Treppe hinan, aber oben fanden sie keinen Menschen mehr. Die ganze Schiffsmannschaft hatte sich in Booten gerettet.

They ascended the steps, but found not a soul on board. The whole crew had taken to the boats.

him, fearful as was the thought of being banished to a desert island, he still found consolation in the thought that the morrow would take him out of this horrible prison. But he was very greatly in error in supposing that his situation would be bettered on the ship. The twenty men were thrown into the hold, where they could not stand upright, and there they fought among themselves for the best places.

The anchor was weighed, and Said wept bitter tears as the ship that was to bear him far away from his fatherland began to move. They received bread and fruits, and a drink of sweetened water, but once a day; and it was so dark in the ship's hold, that lights always had to be brought down when the prisoners were to be fed. Every two or three days one of their number was found dead, so unwholesome was the air in this floating prison, and Said's life was preserved only by his youth and his splendid health.

They had been on the sea for fourteen days, when one day the waves roared more violently than ever, and there was much running to and fro on the deck.

Said suspected that a storm was at hand, and he welcomed the prospect of one, hoping that then he might be released by death.

The ship began to pitch about, and finally struck on a ledge with a terrible crash. Cries and groans were heard on the deck, intermingled with the roar of the storm. At last all was still again; but at the same time one of the prisoners discovered that the water was pouring into the ship. They pounded on the hatch-door, but could get no answer; and as the water poured in more and more rapidly, they united their strength and managed to break the hatch open.

They ascended the steps, but found not a soul on board. The whole crew had taken to the boats. Most of the prisoners were in despair, for the storm increased in fury, the ship cracked and settled down on the ledge. For some hours they sat on the deck and partook of their last repast from the provisions they found in the ship, then the storm began to rage again, the ship was torn from the ledge on which it had been held, and broken up, o Said had climbed the mast, and held fast to it when the ship went to pieces. The waves tossed him about, but he kept his head up by paddling with his feet. Thus he floated about, in ever-increasing danger, for half an hour, when the chain with whistle attached once again fell out of his bosom, and once more he tried to make it sound.

With one hand he held fast to the mast, and with the other put the whistle to his lips, blew, and a clear musical tone was the result. Instantly the storm ceased, and the waves became as smooth as if oil had been poured on them. He had hardly looked about him, with an easier breath, to see whether he could discern land, when the mast beneath him began to expand in a very singular manner, and to move as well; and, not a little to his terror, he perceived that he was no longer riding on a wooden mast, but upon the back of an enormous dolphin. But after a few moments his courage returned; and as he saw that the dolphin swam along on his course quietly and easily, although swiftly, he ascribed his wonderful rescue to the silver whistle and to the kind fairy, and shouted his most earnest thanks into the air.

His wonderful horse carried him through the waves with the speed of an arrow; and before night he saw land, and also a broad river, into which the dolphin turned. Up stream it went more slowly, and, that he might not starve, Said, who remembered from old stories of enchantment how one should work a charm, took out the whistle again, blew it loudly and heartily, and wished that he had a good meal. The dolphin stopped instantly, and out of the water rose a table, as little wet as if it had stood in the sun for eight days, and richly furnished with the finest dishes. Said attacked the food like a famished person, for his rations during his imprisonment were scant and of miserable quality; and when he had eaten to his fill, he expressed his thanks; the table sank down again, while he jogged the dolphin in the side, and the fish at once responded by continuing on its course up stream.

The sun was setting when Said perceived in the dim distance a large city, whose minarets seemed to bear a resemblance to those of Bagdad. This discovery was not a pleasant one; but his confidence in the kind fairy was so great that he felt sure she would not permit him to fall again into the clutches of the unscrupulous Kalum-Bek. To one side, about three miles distant from the city, and close to the river, he noticed a magnificent country house, and, to his astonishment, the fish seemed to be making directly towards this house.

Upon the roof of the house stood a group of handsomely dressed men, and on the bank of the river Said saw a large crowd of servants, who were looking at him in wonder. The dolphin stopped at some marble steps that led up to the house, and hardly had Said put foot on the steps when the dolphin disappeared. A number of servants now ran down the steps, and requested him in the name of their master to come up to the house, at the same time offering him a suit of dry clothes. Said dressed himself quickly, and followed the servants to the roof, where he found three men, of whom the tallest and handsomest came forward to meet him in a pleasant

Gold, doch nicht zu dem schönen Ladendiener, der ihm tausend Goldstücke wert war, denn der Richter sprach: »Nach dem Gesetz, das mein großmächtigster Herr, der Kalif, erst vor wenigen Tagen geschärft hat, wird jeder Diebstahl, der hundert Goldstücke übersteigt und auf dem Basar begangen wird, mit ewiger Verbannung auf eine wüste Insel bestraft. Dieser Dieb kommt gerade zu rechter Zeit, er macht die Zahl von zwanzig solcher Burschen voll; morgen werden sie auf eine Barke gepackt und in die See geführt.«

Said war in Verzweiflung; er beschwor den Beamten, ihn anzuhören, ihn nur ein Wort mit dem Kalifen sprechen zu lassen; aber er fand keine Gnade. Kalum-Bek, der jetzt seinen Schwur bereute, sprach ebenfalls für ihn, aber der Richter antwortete: »Du hast dein Gold und kannst zufrieden sein, gehe nach Hause und verhalte dich ruhig, sonst strafe ich dich für jeden Widerspruch um zehn Goldstücke.« Kalum schwieg bestürzt, der Richter aber winkte, und der unglückliche Said wurde abgeführt.

Man brachte ihn in ein finsteres und feuchtes Gefängnis; neunzehn elende Menschen lagen dort auf Stroh umher und empfingen ihn als ihren Leidensgefährten mit rohem Gelächter und Verwünschungen gegen den Richter und den Kalifen. So schrecklich sein Schicksal vor ihm lag, so fürchterlich der Gedanke war, auf eine wüste Insel verbannt zu werden, so fand er doch noch einigen Trost darin, schon am folgenden Tage aus diesem schrecklichen Gefängnis erlöst zu werden. Aber er täuschte sich sehr, als er glaubte, sein Zustand auf dem Schiff werde besser sein. In den untersten Raum, wo man nicht aufrecht stehen konnte, wurden die zwanzig Verbrecher hinabgeworfen, und dort stießen und schlugen sie sich um die besten Plätze.

Die Anker wurden gelichtet, und Said weinte bittere Tränen, als das Schiff, das ihn von seinem Vaterlande entführen sollte, sich zu bewegen anfing. Nur einmal des Tages teilte man ihnen ein wenig Brot und Früchte und einen Trunk süßen Wassers aus, und so dunkel war es in dem Schiffsraum, daß man immer Lichter herabbringen mußte, wenn die Gefangenen speisen sollten. Beinahe alle zwei, drei Tage fand man einen Toten unter ihnen, so ungesund war die Luft in diesem Wasserkerker, und Said wurde nur durch seine Jugend und seine feste Gesundheit erhalten.

Vierzehn Tage waren sie schon auf dem Wasser, als eines Tages die Wellen heftiger rauschten und ein ungewöhnliches Treiben und Rennen auf dem Schiffe entstand.

Said ahnte, daß ein Sturm im Anzug sei; es war ihm sogar angenehm, denn er hoffte dann zu sterben.

Heftiger wurde das Schiff hin und her geworfen, und endlich saß es mit schrecklichem Krach fest. Geschrei und Geheul scholl von dem Verdeck herab und mischte sich mit dem Brausen des Sturmes. Endlich wurde es wieder stille, aber zu gleicher Zeit entdeckte auch einer der Gefangenen, daß das Wasser in das Schiff eindringe. Sie pochten an die Falltüre nach oben, aber man antwortete ihnen nicht. Als daher das Wasser immer heftiger eindrang, stemmten sie sich mit vereinigten Kräften gegen die Türe und sprengten sie auf.

Sie stiegen die Treppe hinan, aber oben fanden sie keinen Menschen mehr. Die ganze Schiffsmannschaft hatte sich in Booten gerettet. Jetzt gerieten die meisten Gefangenen in Verzweiflung; denn der Sturm wütete immer heftiger, das Schiff krachte und senkte sich. Noch einige Stunden saßen sie auf dem Verdeck und hielten ihre letzte Mahlzeit von den Vorräten, die sie im Schiff gefunden, dann erneuerte sich auf einmal der Sturm, das Schiff wurde von der Klippe, worauf es festsaß, hinweggerissen und brach zusammen.

Said hatte sich am Mast angeklammert und hielt ihn, als das Schiff geborsten war, noch immer fest. Die Wellen warfen ihn hin und her, aber er hielt sich, mit den Füßen rudernd, immer wieder oben. So schwamm er in immerwährender Todesgefahr eine halbe Stunde, da fiel die Kette mit dem Pfeifchen wieder aus seinem Kleid, und noch einmal wollte er versuchen, ob es nicht töne. Mit der einen Hand klammerte er sich fest, mit der andern setzte er es an seinen Mund, blies, ein heller, klarer Ton erscholl, und augenblicklich legte sich der Sturm, und die Wellen glätteten sich, als hätte man Öl darauf ausgegossen. Kaum hatte er sich mit leichterem Atem umgesehen, ob er nicht irgendwo Land erspähen könnte, als der Mast unter ihm sich auf eine sonderbare Weise auszudehnen und zu bewegen anfing, und zu seinem nicht geringen Schrecken nahm er wahr, daß er nicht mehr auf Holz, sondern auf einem ungeheuren Delphin reite; nach einigen Augenblicken aber kehrte seine Fassung zurück, und da er sah, daß der Delphin schnell, aber ruhig und gelassen seine Bahn fortschwimme, schrieb er seine wunderbare Rettung dem silbernen Pfeifchen und der gütigen Fee zu und rief seinen feurigsten Dank in die Lüfte.

Pfeilschnell trug ihn sein wunderbares Pferd durch die Wogen, und noch ehe es Abend wurde, sah er Land und erkannte einen breiten Fluß, in welchen der Delphin auch sogleich einbog. Stromaufwärts ging es langsamer, und um nicht verschmachten zu müssen, nahm Said, der sich aus alten Zaubergeschichten erinnerte, wie man zaubern müsse, das Pfeifchen heraus, pfiff laut und herzhaft und wünschte sich dann ein gutes Mahl. Sogleich hielt der Fisch stille, und hervor

Sogleich hielt der Fisch stille, und hervor aus dem Wasser tauchte ein Tisch, so wenig naß, als ob er acht Tage an der Sonne gestanden wäre, und reich besetzt mit köstlichen Speisen.

The dolphin stopped instantly, and out of the water rose a table, as little wet as if it had stood in the sun for eight days, and richly furnished with the finest dishes.

manner. »Who are you, wonderful stranger«, said he, »you who tame the fishes of the sea, and guide them to the right and left, as the best horseman governs his steed? Are you a sorcerer, or a being like us?«

»Sir«, replied Said, »things have gone very badly with me for the last few weeks; but if it will please you to hear me, I will relate my story.« Then he told the three men all of his adventures, from the moment of leaving his father's house up to his wonderful rescue from the sea.

He was often interrupted by their expressions of astonishment; and when he had ended, the master of the house, who had received him in so kind a manner, said: »I trust your words, Said; but you tell us that you won a medal in the tournament, and that the caliph gave you a ring; can you show them to us?«

»I have preserved them both upon my heart«, said the youth, »and would sooner have parted with my life than with these precious gifts, for I esteem it my most valiant and meritorious deed

aus dem Wasser tauchte ein Tisch, so wenig naß, als ob er acht Tage an der Sonne gestanden wäre, und reich besetzt mit köstlichen Speisen. Said griff weidlich zu, denn seine Kost während seiner Gefangenschaft war schmal und elend gewesen, und als er sich hinlänglich gesättigt hatte, sagte er Dank; der Tisch tauchte nieder, er aber stauchte den Delphin in die Seite, und sogleich schwamm dieser weiter den Fluß hinauf.

Die Sonne fing schon an zu sinken, als Said in dunkler Ferne eine große Stadt erblickte, deren Minarette ihm Ähnlichkeit mit denen von Bagdad zu haben schienen. Der Gedanke an Bagdad war ihm nicht sehr angenehm, aber sein Vertrauen in die gütige Fee war so groß, daß er fest glaubte, sie werde ihn nicht wieder in die Hände des schändlichen Kalum-Bek fallen lassen. Zur Seite, etwa eine Meile vor der Stadt und nahe am Fluß, erblickte er ein prachtvolles Landhaus, und zu seiner großen Verwunderung lenkte der Fisch nach diesem Hause hin.

Auf dem Dach des Hauses standen mehrere schön gekleidete Männer, und am Ufer sah Said eine große Menge Diener, und alle schauten nach ihm und schlugen vor Verwunderung die Hände zusammen. An einer Marmortreppe, die vom Wasser nach dem Lustschloß hinaufführte, hielt der Delphin an, und kaum hatte Said einen Fuß auf die Treppe gesetzt, so war auch schon der Fisch spurlos verschwunden. Zugleich eilten einige Diener die Treppe hinab und baten im Namen ihres Herrn, zu ihm hinaufzukommen, und boten ihm trockene Kleider an. Er kleidete sich schnell um und folgte dann den Dienern aufs Dach, wo er drei Männer fand, von welchen der größte und schönste ihm freundlich und huldreich entgegenkam. »Wer bist du, wunderbarer Fremdling«, sprach er, »der du die Fische des Meeres zähmst und sie links und rechts leitest, wie der beste Reiter sein Streitroß? Bist du ein Zauberer oder ein Mensch wie wir?«

»Herr!« antwortete Said. »Mir ist es in den letzten Wochen schlecht ergangen, wenn Ihr aber Vergnügen daran findet, so will ich Euch erzählen.« Und nun hob er an und erzählte den drei Männern seine Geschichte von dem Augenblick an, wo er seines Vaters Haus verlassen hatte bis zu seiner wunderbaren Rettung. Oft wurde er von ihnen mit Zeichen des Staunens und der Verwunderung unterbrochen; als er aber geendet hatte, sprach der Herr des Hauses, der ihn so freundlich empfangen hatte: »Ich trau deinen Worten Said! Aber du erzähltest uns, daß du im Wettkampfe eine Kette gewonnen und daß dir der Kalif einen Ring geschenkt; kannst du wohl diese uns zeigen?«

»Hier auf meinem Herzen habe ich beide verwahrt«, sprach der Jüngling, »und nur mit meinem Leben hätte ich so teure Geschenke hergegeben, denn ich achte es für die ruhmvollste und schönste Tat, daß ich den großen Kalifen aus den Händen seiner Mörder befreite.« Zugleich zog er Kette und Ring hervor und übergab beides den Männern.

»Beim Bart des Propheten, er ist's, es ist mein Ring!« rief der hohe schöne Mann. »Großwesir, laß uns ihn umarmen, denn hier steht unser Retter.« Said war es wie im Traum, als diese zwei ihn umschlangen, aber sobald war er sich nieder und sprach: »Verzeihe, Beherrscher der Gläubigen, daß ich so vor dir gesprochen habe, denn du bist kein anderer als Harun al Raschid, der große Kalif von Bagdad.«

»Der bin ich, dein Freund!« antwortete Harun. »Und von dieser Stunde an sollen sich alle deine trüben Schicksale wenden. Folge mir nach Bagdad, bleibe in meiner Umgebung und sei einer meiner vertrauteren Beamten, denn wahrlich, du hast in jener Nacht gezeigt, daß dir Harun nicht gleichgültig sei, und nicht jeden meiner treuesten Diener möchte ich auf die gleiche Probe stellen!«

Said dankte dem Kalifen; er versprach ihm, auf immer bei ihm zu bleiben, wenn er zuvor eine Reise zu seinem Vater, der in großen Sorgen um ihn sein müsse, gemacht haben werde, und der Kalif fand dies gerecht und billig. Sie setzten sich bald zu Pferd und kamen noch vor Sonnenuntergang in Bagdad an. Der Kalif ließ Said eine lange Reihe prachtvoll geschmückter Zimmer in seinem Palast anweisen und versprach ihm noch überdies, ein eigenes Haus für ihn erbauen zu lassen.

Auf die erste Kunde von diesem Ereignis eilten die alten Waffenbrüder Saids, der Bruder des Kalifen und der Sohn des Großwesirs, herbei. Sie umarmten ihn als Retter dieser teuren Männer und baten ihn, er möchte doch ihr Freund werden. Aber sprachlos wurden sie vor Erstaunen, als er sagte: »Eurer Freund bin ich längst«, als er die Kette, die er als Kampfpreis erhalten, hervorzog und sie an dieses und jenes erinnerte. Sie hatten ihn immer nur schwärzlich-braun und mit langem Bart gesehen, und erst als er erzählte, wie und warum er sich entstellt habe, als er zu seiner Rechtfertigung stumpfe Waffen herbeibringen ließ, mit ihnen focht und ihnen den Beweis gab, daß er Almansor der Tapfere sei, erst dann umarmten sie ihn mit Jubel von neuem und priesen sich glücklich, einen solchen Freund zu haben.

Den folgenden Tag, als eben Said mit dem Großwesir bei Harun saß, trat Messour, der Oberkämmerer herein und sprach: »Beherrscher der Gläubigen, so es anders sein kann, möchte ich dich um eine Gnade bitten.«

»Ich will sie zuvor hören«, antwortete Harun.

»Draußen steht mein lieber leiblicher Vetter

that I freed the caliph from the hands of his would-be murderers.« So saying, he drew from his bosom the medal and ring, and handed them to the men.

»By the beard of the Prophet! It is he! It is my ring!« cried the tall, handsome man. »Grand vizier, let us embrace him, for here stands our savior.« To Said it was like a dream. The two men embraced him, and Said, prostrating himself, said: »Pardon me, Ruler of the Faithful, that I have spoken so freely before you, for you can be no other than Haroun al-Raschid, the great Caliph of Bagdad.«

»I am he, and your friend«, replied Haroun; »and from this hour forth, all your sad misfortunes are at an end. Follow me to Bagdad, remain in my dominion, and become one of my most trustworthy officers; for you have shown you were not indifferent to Haroun's fate, though I should not like to put all of my faithful servants to such a severe test.«

Said thanked the caliph, and promised to remain with him – first requesting permission to make a visit to his father, who must be suffering much anxiety on his account; and the caliph thought this just and commendable. They then mounted horses, and were soon in Bagdad. The caliph showed Said a long suite of splendidly decorated rooms that he should have, and, more than that, promised to build a house for his own use.

At the first information of this event, the old brothers-in-arms of Said's – the grand vizier's son and the caliph's brother – hastened to the palace and embraced Said as the deliverer of their noble caliph, and begged him to become their friend. But they were speechless with astonishment when Said, drawing forth the prize medal, said: »I have been your friend for a long time.« They had only seen him with his false beard and dark skin; and when he had related how and why he had disguised himself – when he had the blunt weapons brought to prove his story, fought with them, and thus gave them the best proof that he was the brave Almansor – then did they embrace him with joyful exclamations, considering themselves fortunate in having such a friend.

The following day, as Said was sitting with the caliph and grand vizier, Messour, the chamberlain, came in and said: »Ruler of the Faithful, if there is no objection, I would like to ask a favor of you.«

»I will hear it first«, answered Haroun.

»My dear first-cousin, Kalum-Bek, a prominent merchant of the bazar, stands without«, said

Auf dem Dach des Hauses standen mehrere schön gekleidete Männer, und am Ufer sah Said eine große Menge Diener, und alle schauten nach ihm und schlugen vor Verwunderung die Hände zusammen.

Upon the roof of the house stood a group of handsomely dressed men, and on the bank of the river Said saw a large crowd of servants, who were looking at him in wonder.

Kalum-Bek, ein berühmter Kaufmann auf dem Basar«, sprach er, »der hat einen sonderbaren Handel mit einem Mann aus Balsora, dessen Sohn bei Kalum-Bek diente, nachher gestohlen hat, dann entlaufen ist, und niemand weiß wohin. Nun will aber der Vater seinen Sohn von Kalum haben, und dieser hat ihn doch nicht. Er wünscht daher und bittet um die Gnade, du möchtest kraft deiner großen Erleuchtung und Weisheit sprechen zwischen dem Mann aus Aleppo und ihm.«

»Ich will richten«, erwiderte der Kalif. »In einer halben Stunde möge dein Herr Vetter mit seinem Gegner in den Gerichtssaal treten.«

Als Messour dankend gegangen war, sprach Harun: »Das ist niemand anders als dein Vater, Said, und da ich nun glücklicherweise alles, wie es ist, erfahren habe, will ich richten wie Salomo. Du, Said, verbirgst dich hinter den Vorhang meines Thrones, bis ich dich rufe, und du, Großwesir, läßt mir sogleich den schlechten und voreiligen Polizeirichter holen. Ich werde ihn im Verhör brauchen.«

Sie taten beide, wie er befohlen. Saids Herz pochte stärker, als er seinen Vater bleich und abgehärmt, mit wankenden Schritten in den Gerichtssaal treten sah, und Kalum-Beks feines, zuversichtliches Lächeln, womit er zu seinem Vetter Oberkämmerer flüsterte, machte ihn so grimmig, daß er gerne hinter dem Vorhang hervor auf ihn losgestürzt wäre. Denn seine größten Leiden und Kümmernisse hatte er diesem schlechten Menschen zu danken.

Es waren viele Menschen im Saal, die den Kalifen Recht sprechen hören wollten. Der Großwesir gebot, nachdem der Herrscher von Bagdad auf seinem Thron Platz genommen hatte, Stille und fragte, wer hier als Kläger vor seinem Herrn erscheine.

Kalum-Bek trat mit frecher Stirne vor und sprach: »Vor einigen Tagen stand ich unter der Türe meines Gewölbes im Basar, als ein Ausrufer, einen Beutel in der Hand, und diesen Mann hier neben sich, durch die Buden schritt und rief: ›Einen Beutel Gold dem, der Auskunft geben kann über Said aus Balsora.‹ Dieser Said war in meinen Diensten gewesen, und ich rief daher: ›Hierher, Freund! Ich kann den Beutel verdienen.‹ Dieser Mann, der jetzt so feindlich gegen mich ist, kam freundlich und fragte, was ich wüßte. Ich antwortete: ›Ihr seid wohl Benezar, sein Vater?‹, und als er dies freudig bejahte, erzählte ich ihm, wie ich den jungen Menschen in der Wüste gefunden, gerettet und gepflegt und nach Bagdad gebracht habe. In der Freude seines Herzens schenkte er mir den Beutel. Aber hört diesen unsinnigen Menschen, wie ich ihm nun weiter erzählte, daß sein Sohn bei mir gedient habe, daß er schlechte Streiche gemacht, gestohlen habe und davongegangen sei, will er es nicht glauben, hadert schon seit einigen Tagen mit mir, fordert seinen Sohn und sein Geld zurück, und beides kann ich nicht geben, denn das Geld gebührt mir für die Nachricht, die ich ihm gab, und seinen ungeratenen Burschen kann ich nicht herbeischaffen.«

Jetzt sprach auch Benezar. Er schilderte seinen Sohn, wie edel und tugendhaft er sei und daß er nie habe so schlecht sein können, zu stehlen. Er forderte den Kalifen auf, strenge zu untersuchen.

»Ich hoffe«, sprach Harun, »du hast, wie es Pflicht ist, den Diebstahl angezeigt, Kalum-Bek?«

»Ei, freilich!« rief jener lächelnd. »Vor den Polizeirichter habe ich ihn geführt.«

»Man bringe den Polizeirichter!« befahl der Kalif. Zum allgemeinen Erstaunen erschien dieser sogleich, wie durch Zauberei herbeigebracht. Der Kalif fragte ihn, ob er sich dieses Handels erinnere, und dieser gestand den Fall zu.

»Hast du den jungen Mann verhört, hat er den Diebstahl eingestanden?« fragte Harun.

»Nein, er war sogar so verstockt, daß er niemand als Euch selbst gestehen wollte!« erwiderte der Richter.

»Aber ich erinnere mich nicht, ihn gesehen zu haben«, sagte der Kalif.

»Ei, warum auch! Da müßte ich alle Tage einen ganzen Pack solches Gesindel zu Euch schicken, die Euch sprechen wollen.«

»Du weißt, daß mein Ohr für jeden offen ist«, antwortete Harun, »aber wahrscheinlich waren die Beweise über den Diebstahl so klar, daß es nicht nötig war, den jungen Menschen vor mein Angesicht zu bringen. Du hattest wohl Zeugen, daß das Geld, das dir gestohlen wurde, dir gehört, Kalum?«

»Zeugen?« fragte dieser erbleichend. »Nein, Zeugen hatte ich nicht, und Ihr wisset ja, Beherrscher der Gläubigen, daß ein Goldstück aussieht wie das andere. Woher konnte ich denn Zeugen nehmen, daß diese hundert Stücke in meiner Kasse fehlten?«

»An was erkanntest du denn, daß jene Summe gerade dir gehöre?« fragte der Kalif.

»An dem Beutel, in welchem sie war«, erwiderte Kalum.

»Hast du den Beutel hier?« forschte jener weiter.

»Hier ist er«, sprach der Kaufmann, zog einen Beutel hervor und reichte ihn dem Großwesir, damit er ihn dem Kalifen gebe.

Doch der Wesir rief mit verstelltem Erstaunen: »Beim Bart des Propheten! Der Beutel soll dein sein, du Hund? Mein gehörte dieser Beutel, und ich gab ihn mit hundert Goldstücken gefüllt einem braven jungen Mann, der mich aus einer großen Gefahr befreite.«

»Kannst du darauf schwören?« fragte der Kalif.

Messour. »He has had a singular transaction with a man from Balsora, whose son once worked for Kalum-Bek, but who afterward stole from him and then ran away, no one knows whither. Now the father of this youth comes and demands his son of Kalim, who hasn't him. Kalum therefore begs that you will do him the favor of deciding between him and this man, by the exercise of your profound wisdom.« – »I will judge in the matter«, replied the caliph. »In half an hour your cousin and his opponent may enter the hall of justice.« When Messour had expressed his gratitude and gone out, Haroun said: »That must be your father, Said; and now that I am so fortunate as to know your story, I shall judge with the wisdom of Salomo. Conceal yourself, Said, behind the curtain of my throne; and you, grand vizier, send at once for that wicked police justice. I shall want his testimony in this case.«

Both did as the caliph ordered. Said's heart beat fast as he saw his father, pale and stricken with grief, enter the hall of justice with tottering steps; while Kalum-Bek's smile of assurance, as he whispered to his cousin, made Said so furious that he had difficulty in refraining from rushing at him from his place of concealment, as his greatest sufferings and sorrows had been caused by this cruel man.

There were many people in the hall, all of whom were anxious to hear the caliph speak. As soon as the Ruler of Bagdad had ascended the throne, the grand vizier commanded silence, and asked who appeared as complainant before his master.

Kalum-Bek approached with an impudent air, and said: »A few days ago I was standing before the door of my shop in the bazar, when a crier, with a purse in his hand, and with this man walking near him, went among the booths, shouting: ›A purse of gold to him who can give any information about Said of Balsora.‹ This Said had been in my service, and therefore I cried: ›This way, friend! I can win that purse.‹ This man, who is now so hostile to me, came up in a friendly way and asked me what information I possessed. I answered: ›You must be Benezar, Said's father?‹ and when he affirmed that he was, I told him how I had found the young fellow in the desert, rescued him and restored him to health, and brought him back with me to Bagdad. In the joy of his heart he gave me the purse. But when now this unreasonable man heard, as I went on to tell him, how his son had worked for me, had been guilty of very wicked acts, had stolen from me and then run away, he would not believe it, and quarrelled with me for several days, demanding his son and his money back; and I can not return them both, for the gold is mine as compensation for the news I furnished him, and I can not produce his ungrateful son.«

It was now Benezar's turn to speak. He described his son, how noble and good he was, and the impossibility of his ever having become so degraded as to steal. He requested the caliph to make the most thorough examination of the case.

»I hope«, said Haroun, »that you reported the theft, Kalum-Bek, as was your duty?«

»Why, certainly!« exclaimed that worthy, smiling. »I took him before the police justice.«

»Let the police justice be brought!« ordered the caliph. To every body's astonishment, this official appeared as suddenly as if brought by magic. The caliph asked whether he remembered that Kalum-Bek had come before him with a young man, and the official replied that he did.

»Did you listen to the young man; did he confess to the theft?« asked Haroun.

»No, he was actually so obstinate that he would not confess to any one but yourself«, replied the justice.

»But I don't remember to have seen him«, said the caliph.

»But why should you? If I were to listen to them, I should have a whole pack of such vagabonds to send you every day.«

»You know that my ear is open for every one«, replied Haroun; »but perhaps the proofs of the theft were so clear that it was not necessary to bring the young man into my presence. You had witnesses, I suppose, Kalum, that the money found on this young man belonged to you?«

»Witnesses?« repeated Kalum, turning pale; »no, I did not have any witnesses, for you know, Ruler of the Faithful, that one gold piece looks just like another. Where, then, should I get witnesses to testify that these one hundred gold pieces are the same that were missing from my cash-box.«

»How, then, can you tell that that particular money belonged to you?« asked the caliph.

»By the purse«, replied Kalum.

»Have you the purse here?« continued the caliph.

»Here it is«, said the merchant, drawing out a purse which he handed to the vizier to give to the caliph.

But the vizier cried with feigned surprise: »By the beard of the Prophet! Do you claim the purse, you dog? Why it is my own purse, and I gave it filled with a hundred gold pieces, to a brave young man who rescued me from a great danger.«

»Can you swear to that?« asked the caliph.

»As surely as that I shall some time be in paradise«, answered the vizier, »for my daughter

»So gewiß, als ich einst ins Paradies kommen will«, antwortete der Wesir, »denn meine Tochter hat ihn selbst gemacht.«

»Ei! Ei!« rief Harun. »So wurdest du also falsch berichtet, Polizeirichter? Warum hast du denn geglaubt, daß der Beutel diesem Kaufmann gehöre?«

»Er hat geschworen«, antwortete der Polizeirichter furchtsam.

»So hast du falsch geschworen?« donnerte der Kalif den Kaufmann an, der erbleichend und zitternd vor ihm stand.

»Allah, Allah!« rief jener. »Ich will gewiß nichts gegen den Herrn Großwesir sagen, er ist ein glaubwürdiger Mann, aber ach, der Beutel gehört doch mein, und der nichtswürdige Said hat ihn gestohlen. Tausend Toman wollte ich geben, wenn er jetzt zur Stelle wäre.«

»Was hast du denn mit diesem Said angefangen?« fragte der Kalif. »Sag an, wohin man schicken muß, damit er vor mir Bekenntnis ablege!«

»Ich habe ihn auf eine wüste Insel geschickt«, sprach der Polizeirichter.

»O Said! Mein Sohn, mein Sohn!« rief der unglückliche Vater und weinte.

»So hat er also das Verbrechen bekannt?« fragte Harun.

Der Polizeirichter erbleichte. Er rollte seine Augen hin und her, und endlich sprach er: »Wenn ich mich noch recht erinnern kann – ja.«

»Du weißt es also nicht gewiß?« fuhr der Kalif mit schrecklicher Stimme fort. »So wollen wir ihn selbst fragen. Tritt hervor Said, und du, Kalum-Bek, zahlst vor allem tausend Goldstücke, weil er jetzt hier zur Stelle ist.«

Kalum und der Polizeidiener glaubten ein Gespenst zu sehen. Sie stürzten nieder und riefen »Gnade! Gnade!« Benezar, vor Freude halb ohnmächtig, eilte in die Arme seines verlorenen Sohnes. Aber mit eiserner Strenge fragte jetzt der Kalif: »Polizeirichter, hier steht Said, hat er eingestanden?«

»Nein, nein!« heulte der Polizeirichter. »Ich habe nur Kalums Zeugnis gehört, weil er ein angesehener Mann ist.«

»Habe ich dich darum als Richter über alle bestellt, daß du nur den Vornehmsten hörest?« rief Harun al Raschid mit edlem Zorn. »Auf zehn Jahre verbanne ich dich auf eine wüste Insel mitten im Meere, da kannst du über Gerechtigkeit nachdenken, und du, elender Mensch, der du Sterbende erweckst, nicht um sie zu retten, sondern um sie zu deinem Sklaven zu machen, du zahlst, wie schon gesagt, tausend Toman, weil du sie versprochen, wenn Said käme, um für dich zu zeugen.«

Kalum freute sich, so wohlfeil aus dem bösen Handel zu kommen, und wollte eben dem gütigen Kalifen danken. Doch dieser fuhr fort: »Für den falschen Eid wegen der hundert Goldstücke bekommst du hundert Hiebe auf die Fußsohlen. Ferner hat Said zu wählen, ob er dein ganzes Gewölbe und dich als Lastträger nehmen will oder ob er mit zehn Goldstücken für jeden Tag, welchen er dir diente, zufrieden ist?«

»Lasset den Elenden laufen, Kalif!« rief der Jüngling. »Ich will nichts, das ihm gehörte.«

»Nein«, antwortete Harun, »ich will, daß du entschädigt werdest. Ich wähle statt deiner die zehn Goldstücke für den Tag, und du magst berechnen, wieviel Tage du in seinen Klauen warst. Jetzt fort mit diesen Elenden.«

Sie wurden abgeführt, und der Kalif führte Benezar und Said in einen andern Saal; dort erzählte er ihm selbst seine wunderbare Rettung durch Said und wurde nur zuweilen durch das Geheul Kalum-Beks unterbrochen, dem man soeben im Hof seine hundert vollwichtigen Goldstücke auf die Fußsohlen zählte.

Der Kalif lud Benezar ein, mit Said bei ihm in Bagdad zu leben. Er sagte es zu und reiste nur noch einmal nach Hause, um sein großes Vermögen abzuholen. Said aber lebte in dem Palast, den ihm der dankbare Kalif erbaut hatte, wie ein Fürst. Der Bruder des Kalifen und der Sohn des Großwesirs waren seine Gesellschafter, und es war in Bagdad zum Sprichwort geworden: Ich möchte so gut und so glücklich sein als Said, der Sohn Benezars.

made the purse with her own hands« – »Why, look you then, police Justice!« cried Haroun, »you were falsely advised. Why did you believe that the purse belonged to this merchant?«

»He swore to it«, replied the justice, humbly.

»Then you swore falsely?« thundered the caliph, as the merchant, pale and trembling, stood before him.

»Allah, Allah!« cried Kalum. »I certainly don't want to dispute the grand vizier's word; he is a truthful man, but alas! the purse does belong to me and that rascal of a Said stole it. I would give a thousand tomans if he was in this room now.«

»What did you do with this Said?« asked the caliph. »Speak up! where shall we have to send for him, that he may come and make confession before me?«

»O Said! my son, my son!« cried the unhappy father.

»Indeed then he acknowledged the crime, did he?« inquired Haroun.

The police justice turned pale. He rolled his eyes about restlessly, and finally said: »If I remember rightly – yes.«

»You are not certain about it, then?« continued the caliph in a terrible voice; »then we will ask the young man himself. Step forth, Said, and you Kalum-Bek, to begin with, will count out one thousand gold pieces, as Said is now in the room.«

Kalum and the police justice thought it was a ghost that stood before them. They prostrated themselves and cried: »Mercy! Mercy!« Benezar, half-fainting with joy, fell into the arms of his long-lost son. But, with great severity of manner, the caliph said: »Police Justice, here stands Said; did he confess?«

»No«, whined the justice; »I listened only to Kalum's testimony, because he was a respectable man.«

»Did I place you as a judge over all that you might listen only to the people of rank?« demanded Haroun al-Raschid, with noble scorn. I will banish you for ten years to a desert island in the middle of the sea; there you can reflect on justice. And you, miserable wretch, who bring the dying back to life, not in order to rescue them, but to make them your slaves – you will pay down, as I said before, the thousand tomans that you promised if Said were only present to be called as witness.«

Kalum congratulated himself at having got out of a very bad scrape so easily, and was just going to thank the kind caliph, when Haroun continued: »For the perjury you committed about the hundred gold pieces, you will receive a hundred lashes on the soles of your feet. Further than this Said will have the choice of taking your shop and its contents and you as a porter, or of contenting himself with ten gold pieces for every day's work he did for you.«

»Let the wretch go. Caliph!« cried the youth; »I would not take anything that ever belonged to him.«

»No«, replied Haroun, »I prefer that you should be compensated. I will choose for you the ten gold pieces a day, and you can reckon up how many days you were in his claws. Away with this wretch!« The two offenders were led away, and the caliph conducted Benezar and Said to another apartment, where he related to Benezar his rescue by Said, interrupted by the shrieks of Kalum-Bek, upon the soles of whose feet a hundred gold pieces of full weight were being counted out.

The caliph invited Benezar to come to Bagdad and live with him and Said. Benezar consented, and made only one more journey home in order to fetch his large possessions. Said lived in the palace which the grateful caliph built for him, like a prince. The caliph's brother and grand vizier's son were his constant companions; and it soon became a proverb in Bagdad: »I would that I were as good and as fortunate as Said, the son of Benezar.«

Die Höhle von Steenfoll – Eine schottländische Sage

Auf einer Felseninsel Schottlands lebten vor vielen Jahren zwei Fischer in glücklicher Eintracht. Sie waren beide unverheiratet, hatten auch sonst keine Angehörigen, und ihre gemeinsame Arbeit, obgleich verschieden angewendet, nährte sie beide. Im Alter kamen sie einander ziemlich nahe, aber von Person und an Gemütsart glichen sie einander nicht mehr als ein Adler und ein Seekalb.

Kaspar Strumpf war ein kurzer, dicker Mensch mit einem breiten fetten Vollmondgesicht und gutmütig lachenden Augen, denen Gram und Sorge fremd zu sein schienen. Er war nicht nur fett, sondern auch schläfrig und faul, und ihm fielen daher die Arbeiten des Hauses, Kochen und Backen, das Stricken der Netze zum eigenen Fischfang und zum Verkaufe, auch ein großer Teil der Bestellung ihres kleinen Feldes anheim. Ganz das Gegenteil war sein Gefährte; lang und hager, mit kühner Habichtnase und scharfen Augen, war er als der tätigste und glücklichste Fischer, der unternehmendste Kletterer nach Vögeln und Daunen, der fleißigste Feldarbeiter auf den Inseln und dabei als der geldgierigste Händler auf dem Markte zu Kirchwall bekannt; aber da seine Waren gut und sein Wandel frei von Betrug war, so handelte jeder gern mit ihm, und Wilm Falke (so nannten ihn seine Landsleute) und Kaspar Strumpf, mit welchem erster trotz seiner Habsucht gerne seinen schwer errungenen Gewinn teilte, hatten nicht nur eine gute Nahrung, sondern waren auch auf gutem Wege, einen gewissen Grad von Wohlhabenheit zu erlangen. Aber Wohlhabenheit allein war es nicht, was Falkes habsüchtigem Gemüte zusagte; er wollte reich, sehr reich werden, und da er bald einsehen lernte, daß auf dem gewöhnlichen Wege des Fleißes das Reichwerden nicht sehr schnell vor sich ging, so verfiel er zuletzt auf den Gedanken, er müßte seinen Reichtum durch irgendeinen außerordentlichen Glückszufall erlangen, und da nun dieser Gedanke einmal von seinem heftig wallenden Geiste Besitz genommen, fand er für nichts anderes Raum darin, und er fing an, mit Kaspar Strumpf davon als von einer gewissen Sache zu reden. Dieser, dem alles, was Falke sagte, für Evangelium galt, erzählte es seinen

WILM FALKE   **KASPAR STRUMPF**

Kaspar Strumpf war ein kurzer, dicker Mensch mit einem breiten fetten Vollmondgesicht und gutmütig lachenden Augen, denen Gram und Sorge fremd zu sein schienen. Er war nicht nur fett, sondern auch schläfrig und faul, und ihm fielen daher die Arbeiten des Hauses, Kochen und Backen, das Stricken der Netze zum eigenen Fischfang und zum Verkaufe, auch ein großer Teil der Bestellung ihres kleinen Feldes anheim. Ganz das Gegenteil war sein Gefährte; lang und hager, mit kühner Habichtnase und scharfen Augen, war er als der tätigste und glücklichste Fischer, der unternehmendste Kletterer nach Vögeln und Daunen, der fleißigste Feldarbeiter auf den Inseln und dabei als der geldgierigste Händler auf dem Markte zu Kirchwall bekannt.

Kaspar Strumpf was a short, stout man, with a broad, fat, full-moon face, and good-natured, laughing eyes, to which sorrow and care appeared to be strangers. He was not only fat, but sleepy and lazy as well; and therefore the house work, cooking and baking, and repairing of nets for the capture of fish for their own table and for the market, devolved on him, as well as a large part of the cultivation of the small field attached to their cabin. Quite the opposite was his companion – tall and lank, with Roman nose and keen eyes; he was known as the most industrious and luckiest fisherman, the most daring cliff-climber after birds and down, the hardest field worker, on the whole island. Besides all this, he was considered the keenest trader on the Kirkwall market.

The Cave of Steenfoll – A Scottish Legend

None of Scotland's rocky islands, there dwelt many years ago, two fishermen, who lived in complete harmony. Both were unmarried; neither of them had any relatives living; and their common labor, although differently directed, sufficed to support them both. They were of about the same age, but in person and disposition they resembled each other as little as do an eagle and a sea-calf.

Kaspar Strumpf was a short, stout man, with a broad, fat, full-moon face, and good-natured, laughing eyes, to which sorrow and care appeared to be strangers. He was not only fat, but sleepy and lazy as well; and therefore the house work, cooking and baking, and repairing of nets for the capture of fish for their own table and for the market, devolved on him, as well as a large part of the cultivation of the small field attached to their cabin. Quite the opposite was his companion – tall and lank, with Roman nose and keen eyes; he was known as the most industrious and luckiest fisherman, the most daring cliff-climber after birds and down, the hardest field worker, on the whole island. Besides all this, he was considered the keenest trader on the Kirkwall market; but as his wares was good, and his transactions above reproach, every one dealt willingly with him. Thus William Falcon and Kaspar Strumpf – with from the former, avaricious as he was, freely divided his hardly – earned gains – not only made a good living, but were in a fair way of acquiring a certain degree of wealth. But a competence would not satisfy Falcon's covetous soul; he wanted to be rich, extremely rich, and as he had already found out that riches accumulate but slowly in the usual course of industry, he at last settled into the conviction that he should have to attain his riches through some extraordinary stroke of fortune. When this idea had once taken possession of his mind, there was no room left for any thing else, and he began to talk this shadowy windfall over with Kaspar Strumpf, as though it had already come to pass. Kaspar, who received everything that Falcon said as scripture, repeated all this to his neighbours: and so the report was spread abroad that William Falcon had either sold his soul to the evil one, or had at least received an offer for it from the prince of the infernal regions.

At first, these reports caused much amusement to Falcon; but gradually he began to entertain the notion that a spirit might sometime reveal a treasure to him, and he no longer contradicted his acquaintances when they twitted him on the subject. He continued his usual occupations, but with far less zeal than before, and often consumed a great part of the time, that he had formerly passed in fishing or other useful avocations, in idle search for some kind of an adventure by which he should suddenly become rich. To still further complete this unfortunate tendency of his mind, it happened that as he was standing one day on the lonely seashore, looking out on the restless sea as if he were expecting his good fortune would come from thence, a large wave rolled a yellow ball to his feet amongst a mass' of moss and loosened stone – a ball of gold!

Falcon stood as if bewitched. His hopes, then, had not been unsubstantial dreams; the sea had given him gold, beautiful shining gold, the fragment probably of a heavy bar of gold which the sea had rolled on its bottom into the size and shape of a musket ball. And now it was clear to his mind that somewhere on this coast there must have been a treasure ship wrecked, and that he had been selected as the chosen one to raise this buried treasure from the sea. From this time forth, this search for treasure became the passion of his life. He strove to conceal the golden nugget even from his friend, so that others might not discover his purpose. He neglected everything else, and spent his days and nights on this coast, not casting his net for fishes, but throwing out a scoop, that he had specially prepared for the purpose, for gold. But he found poverty instead of wealth; for he earned nothing now himself, and Kaspar's sleepy efforts would not support them both. In the search for the larger mass of gold, not only the nugget was used up, but the entire property of the two men as well. But as Strumpf had formerly received the largest part of his living by Falcon's efforts, taking it all as a matter of course, so now he looked on the profitless undertaking of his friend silently and without a murmur; and it was just this meek forbearance on the part of his friend that spurred Falcon on to continue his restless search for wealth. But what made him still more active in his search was, that as often as he laid down to rest and closed his eyes in sleep, a word was sounded in his ear that he seemed to have heard very plainly, and that always appeared to be the same word, and yet he could never recall it. To be sure, he did not see what connection this circumstance, singular as it was, might have with his present purpose; but upon a spirit like William Falcon's everything made an impression, and even this mysterious whisper helped to strengthen his belief that great good luck was in store for him, which he expected to find only in a heap of gold.

One day he was surprised by a storm on the shore in the same place where he had found the nugget, and he was forced to take refuge from

Nachbarn, und bald verbreitete sich das Gerücht, Wilm Falke hätte sich entweder wirklich dem Bösen für Gold verschrieben oder hätte doch ein Anerbieten dazu von dem Fürsten der Unterwelt bekommen.

Anfangs zwar verlachte Falke diese Gerüchte, aber allmählich gefiel er sich in dem Gedanken, daß irgendein Geist ihm einmal einen Schatz verraten könne, und er widersprach nicht länger, wenn ihn seine Landsleute damit aufzogen. Er trieb zwar noch immer sein Geschäft fort, aber mit weniger Eifer, und verlor oft einen großen Teil der Zeit, die er sonst mit Fischfang oder andern nützlichen Arbeiten zuzubringen pflegte, in zwecklosem Suchen irgendeines Abenteuers, wodurch er plötzlich reich werden sollte. Auch wollte es sein Unglück, daß, als er eines Tages am einsamen Ufer stand und in bestimmter Hoffnung auf das bewegte Meer hinausblickte, als solle ihm von dort sein großes Glück kommen, eine große Welle unter einer Menge losgerissenen Mooses und Gesteins eine gelbe Kugel – eine Kugel von Gold zu seinen Füßen rollte.

Wilm stand wie bezaubert; so waren denn seine Hoffnungen nicht leere Träume gewesen, das Meer hatte ihm Gold, schönes reines Gold geschenkt, wahrscheinlich die Überreste einer schweren Barre, welche die Wellen auf dem Meeresgrund bis zur Größe einer Flintenkugel abgerieben. Und stand es klar vor seiner Seele, daß einmal irgendwo an dieser Küste ein reichbeladenes Schiff gescheitert sein müsse und daß er dazu ersehen sei, die im Schoße des Meeres begrabenen Schätze zu heben. Dies ward von nun an sein einziges Streben; seinen Fund sorgfältig selbst vor seinem Freunde verbergend, damit nicht auch andere seiner Entdeckung auf die Spur kämen, versäumte er alles andere und brachte Tage und Nächte an dieser Küste zu, wo er nicht sein Netz nach Fischen, sondern eine eigens dazu verfertigte Schaufel – nach Gold auswarf. Aber er fand nichts als Armut; denn er selbst verdiente nichts mehr, und Kaspars schläfrige Bemühungen reichten nicht hin, sie beide zu ernähren. Im Suchen größerer Schätze verschwand nicht nur das gefundene Gold, sondern allmählich auch das ganze Eigentum der Junggesellen. Aber so wie Strumpf früher stillschweigend von Falke den besten Teil seiner Nahrung hatte erwerben lassen, so ertrug er es auch jetzt schweigend und ohne Murren, daß die zwecklose Tätigkeit desselben sie ihm jetzt entzog; und gerade dieses sanftmütige Dulden seines Freundes war es, was jenen nur noch stärker anspornte, sein rastloses Suchen nach Reichtum noch mehr fortzusetzen. Was ihn aber noch tätiger machte, war, daß, sooft er sich zur Ruhe niederlegte und seine Augen sich zum Schlummer schlossen, etwas ihm ein Wort ins Ohr raunte, das er zwar sehr deutlich zu vernehmen glaubte und das ihm jedesmal dasselbe schien, das er aber niemals behalten konnte. Zwar wußte er nicht, was dieser Umstand, so sonderbar er auch war, mit seinem jetzigen Streben zu tun haben könnte; aber auf ein Gemüt, wie Wilm Falkes, mußte alles wirken, und auch dieses geheimnisvolle Flüstern half ihn in dem Glauben bestärken, daß ihm ein großes Glück bestimmt sei, das er nur in einem Goldhaufen zu finden hoffte.

Eines Tages überraschte ihn ein Sturm am Ufer, wo er die Goldkugel gefunden hatte, und die Heftigkeit desselben trieb ihn an, in einer nahen Höhle Zuflucht zu suchen. Diese Höhle, welche die Einwohner die Höhle von Steenfoll nennen, besteht aus einem langen unterirdischen Gange, welcher sich mit zwei Mündungen gegen das Meer öffnet und den Wellen einen freien Durchgang läßt, die sich beständig mit lautem Brüllen schäumend durch denselben hinarbeiten. Diese Höhle war nur an einer Stelle zugänglich, und zwar durch eine Spalte von oben her, welche aber selten von jemand anderm als mutwilligen Knaben betreten ward, indem zu den eigenen Gefahren des Ortes sich noch der Ruf eines Geisterspuks gesellte. Mit Mühe ließ Wilm sich in denselben hinab und nahm ungefähr zwölf Fuß tief von der Oberfläche auf einem vorspringenden Stein und unter einem überhängenden Felsenstück Platz, wo er mit den brausenden Wellen unter seinen Füßen und dem wütenden Sturm über seinem Haupte in seinen gewöhnlichen Gedankenzug verfiel, nämlich von dem gescheiterten Schiff, und was für ein Schiff es wohl gewesen sein möchte; denn trotz allen seinen Erkundigungen hatte er selbst von den ältesten Einwohnern von keinem an dieser Stelle gescheiterten Fahrzeuge Nachricht erhalten können. Wie lange er so gesessen, wußte er selbst nicht; als er aber endlich aus seinen Träumereien erwachte, entdeckte er, daß der Sturm vorüber sei; und er wollte eben wieder emporsteigen, als eine Stimme sich aus der Tiefe vernehmen ließ und das Wort Car-mil-han ganz deutlich in sein Ohr drang. Erschrocken fuhr er in die Höhe und blickte in den leeren Abgrund hinab. »Großer Gott!« schrie er. »Das ist das Wort, das mich in meinem Schlafe verfolgt! Was, um Himmels willen, mag es bedeuten?« – »Carmilhan!« seufzte es noch einmal aus der Höhle herauf, als er schon mit einem Fuß die Spalte verlassen hatte, und er floh wie ein gescheuchtes Tier seiner Hütte zu.

Wilm war indessen keine Memme; die Sache war ihm nur unerwartet gekommen, und sein Geldgeiz war auch überdies zu mächtig in ihm, als daß ihn irgendein Anschein von Gefahr hätte abschrecken können, auf seinem gefahrvollen Pfade fortzuwandern. Einst, als er spät in der Nacht beim Mondschein der Höhle von Steen-

Auch wollte es sein Unglück, daß, als er eines Tages am einsamen Ufer stand und in bestimmter Hoffnung auf das bewegte Meer hinausblickte, als solle ihm von dort sein großes Glück kommen, eine große Welle unter einer Menge losgerissenen Mooses und Gesteins eine gelbe Kugel – eine Kugel von Gold zu seinen Füßen rollte.

To still further complete this unfortunate tendency of his mind, it happened that as he was standing one day on the lonely seashore, looking out on the restless sea as if he were expecting his good fortune would come from thence, a large wave rolled a yellow ball to his feet amongst a mass' of moss and loosened stone – a ball of gold!

its fury in a cave near by. This cave, which the inhabitants called the cave of Steenfoll, consists of a long undergroundassage opening on the sea, with two entrances, and permitting a free passage of the waves that were continually foaming through them with a loud roar. This cave could be entered only from one place – through a fissure from above, that was but seldom approached except by venturesome boys, as in addition to the natural dangers of the spot, the cavern was reported to be haunted. Falcon let himself down through this opening with some difficulty, for about twelve feet, and took a seat on a projecting piece of rock beneath an overhanging ledge, where, with the roaring waves beneath his feet and the raging storm above his head, he fell into his usual train of thought about the wrecked ship and what kind of a ship it might have been; for in spite of all his inquiries, he could not obtain any information of a vessel having been wrecked on this spot, even from the oldest inhabitants. How long he sat thus he did not know himself; but when he finally awoke from his reveries, he found that the storm was over, and he was about to clamber up again, when a voice from out of the depths pronounced the word Car-mil-han very distinctly. He climbed up to the top again, and looked down into the abyss once more in great terror. »Great Heavens!« exclaimed he, »that is the word that disturbs my sleep! What does it mean?« »Carmilhan!« was the sighing response that came once more from the cave; and he fled to his hut like a frightened deer.

Falcon was no coward; his fright was more from surprise than fear; and, more than this, the greed for gold was too powerful in him to allow of his being easily driven from his dangerous path. Once, as he was fishing with his scoop for treasure by moonlight, opposite the cave of Steenfoll, his scoop caught on something. He pulled with all his strength, but the mass was immovable. In the meantime the wind had risen, dark clouds overcast the sky, the boat rocked and threatened to turn over; but Falcon did not lose his presence of mind; he pulled and pulled at his scoop until the resistance ceased, and as he felt no weight he concluded that his rope had broken. But just as the clouds were about to obscure the moon's light, a round, black mass appeared on the surface of the water, and the word that haunted him, »Carmilhan« was spoken. He made a quick effort to seize the object; but as soon as he stretched out his arm it disappeared in the darkness, and the coming storm forced him to seek: protection under the rocks near by. Here, overcome by exhaustion, he fell asleep, only to be tormented in dreams by an unbridled imagination, and to suffer anew the pangs experienced in his waking hours, caused

foll gegenüber mit seiner Schaufel nach Schätzen fischte, blieb dieselbe auf einmal an etwas hängen. Er zog aus Leibeskräften, aber die Masse blieb unbeweglich. Inzwischen hob sich der Wind, dunkle Wolken überzogen den Himmel, heftig schaukelte das Boot und drohte umzuschlagen; aber Wilm ließ sich nicht irremachen; er zog und zog, bis der Widerstand aufhörte, und da er kein Gewicht fühlte, glaubte er, sein Seil wäre gebrochen. Aber gerade als die Wolken sich über dem Monde zusammenziehen wollten, erschien eine runde schwarze Masse auf der Oberfläche, und es erklang das ihn verfolgende Wort: Carmilhan! Hastig wollte er nach ihr greifen, aber ebenso schnell, als er den Arm danach ausstreckte, verschwand sie in der Dunkelheit der Nacht, und der eben losbrechende Sturm zwang ihn, unter den nahen Felsen Zuflucht zu suchen. Hier schlief er vor Ermüdung ein, um im Schlafe, von einer ungezügelten Einbildungskraft gepeinigt, aufs neue die Qualen zu erdulden, die ihn sein rastloses Streben nach Reichtum am Tage erleiden ließ. Die ersten Strahlen der aufgehenden Sonne fielen auf den jetzt ruhigen Spiegel des Meeres, als Falke erwachte. Eben wollte er wieder hinaus an die gewohnte Arbeit, als er von Ferne etwas auf sich zukommen sah. Er erkannte es bald für ein Boot und in demselben eine menschliche Gestalt; was aber sein größtes Erstaunen erregte, war, daß das Fahrzeug sich ohne Segel oder Ruder fortbewegte, und zwar mit dem Schnabel gegen das Ufer gekehrt, und ohne daß die darinsitzende Gestalt sich im geringsten um das Steuerruder zu bekümmern schien, wenn es ja eins hatte. Das Boot kam immer näher und hielt endlich neben Wilms Fahrzeug stille. Die Person in demselben zeigte sich jetzt als ein kleines, verschrumpftes altes Männchen, das in gelbe Leinwand gekleidet war und mit roter, in der Höhe stehender Nachtmütze, mit geschlossenen Augen und unbeweglich wie ein getrockneter Leichnam dasaß. Nachdem er es vergebens angerufen und gestoßen hatte, wollte er eben einen Strick an das Boot befestigen und wegführen, als

»Nun«, schrie Falke, »was ist Carmilhan?« – »Der Carmilhan ist jetzt nichts, aber einst war es ein schönes Schiff, mit mehr Gold beladen, als je ein anderes Fahrzeug getragen.«

»Well then«, shouted Falcon, »what is the Carmilhan?« – »The Carmilhan is nothing now; but once it was a beautiful ship, carrying more gold than ever a vessel carried before.«

86

by his restless search for wealth. When Falcon waked, the first rays of the rising sun fell upon the bosom of the sea, as smooth now as a mirror. He was just about to set out on his accustomed work, when he saw something coming towards him from the distance. He soon recognized it as a boat. Within it sat a human figure; but what aroused his greatest astonishment was that the vessel came on without the aid of sail or oar, and its prow pointed for land without the person sitting in the boat paying any attention to the rudder, if there were one. The boat came nearer and finally stopped near William's boat. Its occupant proved to be a little dried-up old man, dressed in yellow linen, and wearing a red peaked nightcap. His eyes were closed, and he sat as motionless as a mummy. After vainly shouting at him and jarring the boat, Falcon was in the act of making a line fast to the boat to tow it off, when the little man opened his eyes, and began to bestir himself in such a manner as to fill even the bold fisherman's mind with dread.

»Where am I?« asked he in Dutch, after a deep sigh. Falcon who had learned something of that language from the Dutch herring-fishermen, told him the name of the island, and inquired who lie was and what errand brought him here.

»I have come to look for the Carmilhan.«

»The Carmilhan? for Heaven's sake, what is that?« cried the curious fisherman.

»I won't give an answer to questions addressed to me in such a manner«, replied the little man.

»Well then«, shouted Falcon, »what is the Carmilhan?«

»The Carmilhan is nothing now; but once it was a beautiful ship, carrying more gold than ever a vessel carried before.«

»Where was it wrecked, and when?«

»It was a hundred years ago; where, I do not know exactly. I come to search for the spot and recover the lost gold; if you will help me we will divide what we find.«

»With my whole heart; only tell me what I must do.«

»What you will have to do requires courage. You must go just before midnight to the wildest and loneliest region on the island, leading a cow, which you must slaughter there, and get some one to wrap you up in the cow's fresh hide. Your companion must then lay you down and leave you alone, and before it strikes one o'clock you will know where the treasures of the Carmilhan lies.«

»It was in just such a way that old Engrol was destroyed, body and soul!« cried Falcon, with horror. »You are the evil one himself«, continued he as he rowed quickly away. »Go back to hell! I won't have anything to do with you.«

The little man gnashed his teeth, and cursed him; but Falcon, who had seized both oars, was soon out of hearing, and on turning round a rocky promontory was out of sight as well. But the discovery that the evil one was taking advantage of his avarice by seeking to ensnare him with gold did not open the eyes of the blinded fisherman, but on the contrary he determined to make use of the information the little man had given him, without putting himself in the power of the evil one. So while he continued to fish for gold on the desolate coast, he neglected the prosperity offered by large schools of fish off other parts of the coast as well as all other expedients to which he had once turned his attention, and sank with his companion into deeper poverty from day to day, until the common necessaries of life began to fail them. But although this ruin might be wholly ascribed to Falcon's obstinacy and cupidity, and the maintenance of both had fallen on Kaspar Strumpf alone, yet the latter never once reproached his companion, but on the other hand continued to display the same subjection to him, and the same confidence in his superior understanding, as at the time when everyone of his undertakings was successful. This circumstance increased Falcon's sorrows not a little, but drove him into a still keener search for gold, hoping thereby soon to be able to indemnify his companion for so great forbearance. The word Carmilhan still haunted him in his sleep. In short, need, disappointed hopes, and avarice, drove him finally into a species of insanity, so that he really resolved to do that which the little man had advised – although knowing that, as the legend ran, he thereby gave himself up to the powers of darkness.

Kaspar's objections were all in vain. Falcon became the more determined, the more Kaspar besought him to give up his desperate purpose; and finally the good, weak-minded fellow consented to accompany him and assist him in carrying out his plan. The hearts of both men were saddened, as they tied a rope to the horns of a beautiful cow that they had owned since she was a calf, and that was now their last piece of property; they had often refused to sell her before, because they could not bear the thought of letting her go into strange hands. But the evil spirit that now controlled Falcon's actions did not triumph over his better nature; nor did Kaspar know how to restrain him in anything. It was now September, and the long nights of the Scottish Winter had already begun. The night clouds were driven along before the raw night wind, and were banked up in masses like icebergs. Deep shadows filled the ravines between the mountains and the peat-bogs, and the troubled channels of the streams appeared black and fear-

das Männchen die Augen aufschlug und sich zu bewegen anfing, auf eine Weise, welche selbst den kühnen Fischer mit Grausen erfüllte.

»Wo bin ich?« fragte es nach einem tiefen Seufzer auf holländisch Falke, welcher von den holländischen Heringsfängern etwas von ihrer Sprache gelernt hatte, nannte ihm den Namen der Insel und fragte, wer er denn sei und was ihn hierhergebracht.

»Ich komme, um nach dem Carmilhan zu sehen.«

»Dem Carmilhan? Um Gottes willen! Was ist das?« rief der begierige Fischer.

»Ich gebe keine Antwort auf Fragen, die man mir auf diese Weise tut«, erwiderte das Männchen mit sichtbarer Angst.

»Nun«, schrie Falke, »was ist Carmilhan?« –

»Der Carmilhan ist jetzt nichts, aber einst war es ein schönes Schiff, mit mehr Gold beladen, als je ein anderes Fahrzeug getragen.«

»Wo ging es zu Grunde und wann?«

»Es war vor hundert Jahren; wo, weiß ich nicht genau; ich komme, um die Stelle aufzusuchen und das verlorene Gold aufzufischen; willst du mir helfen, so wollen wir den Fund miteinander teilen.«

»Mit ganzem Herzen, sag mir nur, was muß ich tun?«

»Was du tun mußt, erfordert Mut; du mußt dich gerade vor Mitternacht in die wildeste und einsamste Gegend auf der Insel begeben, begleitet von einer Kuh, die du dort schlachten und dich von jemand in ihre frische Haut wickeln lassen mußt. Dein Begleiter muß dich dann niederlegen und allein lassen, und ehe es ein Uhr schlägt, weißt du, wo die Schätze des Carmilhan liegen.«

»Auf diese Weise fiel der alte Engrol mit Leib und Seele ins Verderben!« rief Wilm mit Entsetzen. »Du bist der böse Geist«, fuhr er fort, indem er hastig davonruderte, »geh zur Hölle! Ich mag nichts mit dir zu tun haben.«

Das Männchen knirschte, schimpfte und fluchte ihm nach; aber der Fischer, welcher zu beiden Rudern gegriffen hatte, war ihm bald aus dem Gehör, und nachdem er um einen Felsen gebogen, auch aus dem Gesicht. Aber die Entdeckung, daß der böse Geist sich seinen Geiz zunutze zu machen und mit Gold in seine Schlinge zu locken suchte, heilte den verblendeten Fischer nicht, im Gegenteil, er meinte, die Mitteilung des gelben Männchens benützen zu können, ohne sich dem Bösen zu überliefern; und indem er fortfuhr, an der öden Küste nach Gold zu fischen, vernachlässigte er den Wohlstand, den ihm die reichen Fischzüge in andern Gegenden des Meeres darboten, sowie alle andern Mittel, auf die er ehemals seinen Fleiß verwendet, und versank von Tag zu Tage nebst seinem Gefährten in tiefere Armut, bis es endlich oft an den notwendigsten Lebensbedürfnissen zu fehlen anfing. Aber obgleich dieser Vorfall gänzlich Falkes Halsstarrigkeit und falscher Begierde zugeschrieben werden mußte und die Ernährung beider jetzt Kaspar Strumpf allein anheimfiel, so machte ihm doch dieser niemals den geringsten Vorwurf; ja er bezeigte ihm immer noch dieselbe Unterwürfigkeit, dasselbe Vertrauen in seinen besseren Verstand als zu der Zeit, wo ihm seine Unternehmungen allezeit geglückt waren; dieser Umstand vermehrte Falkes Leiden um ein großes, aber trieb ihn, noch mehr Gold zu suchen, weil er dadurch hoffte, auch seinen Freund für sein gegenwärtiges Entbehren schadlos halten zu können. Dabei verfolgte ihn das teuflische Geflüster des Wortes Carmilhan noch immer in seinem Schlummer. Kurz, Not, getäuschte Erwartung und Geiz trieben ihn zuletzt zu einer Art von Wahnsinn, so daß er wirklich beschloß, das zu tun, was ihm das Männchen angeraten, obgleich er, nach der alten Sage, wohl wußte, daß er sich damit den Mächten der Finsternis übergab.

Alle Gegenvorstellungen Kaspars waren vergebens. Falke ward nur um so heftiger, je mehr jener ihn anflehte, von seinem verzweifelten Vorhaben abzustehen. Und der gute, schwache Mensch willigte endlich ein, ihn zu begleiten und ihm seinen Plan ausführen zu helfen. Beider Herzen zogen sich schmerzhaft zusammen, als sie einen Strick um die Hörner einer schönen Kuh, ihr letztes Eigentum, legten, die sie vom Kalbe aufgezogen und die sie sich immer zu verkaufen geweigert hatten, weil sie's nicht übers Herz bringen konnten, sie in fremden Händen zu sehen. Aber der böse Geist, welcher sich Wilms bemeisterte, erstickte jetzt alle besseren Gefühle in ihm, und Kaspar wußte ihm in nichts zu widerstehen. Es war im September, und die langen Nächte des schottischen Winters hatten angefangen. Die Nachtwolken wälzten sich schwer vor dem rauhen Abendwinde und türmten sich wie Eisberg im Clydestrom, tiefer Schatten füllte die Schluchten zwischen dem Gebirge und den feuchten Torfsümpfen, und die trüben Bette der Ströme blickten schwarz und furchtbar wie Höllenschlünde. Falke ging voran, und Strumpf folgte, schaudernd über seine eigene Kühnheit, und Tränen füllten sein mattes Auge, sooft er das arme Tier ansah, welches so vertrauensvoll und bewußtlos seinem baldigen Tode entgegenging, der ihm von der Hand werden sollte, die ihm bisher seine Nahrung gereicht. Mit Mühe kamen sie in das enge sumpfige Bergtal, welches hie und da mit Moos und Heidekraut bewachsen, mit großen Steinen übersät war und von einer wilden Gebirgskette umgeben lag, die sich in grauen Nebel verlor und wohin der Fuß eines Menschen sich selten verstieg. Sie näherten sich auf wan-

ful. Falcon led the way and Strumpf followed, shuddering at his own boldness. Tears filled Kaspar's eyes as often as he looked at the poor creature that was going so unconsciously and trustfully to its death, to be dealt it by the hand that had always fed and caressed it. With much difficulty they entered a narrow marshy valley, which was here and there strewn with rocks, with patches of moss and heathers, and was shut in by a chain of wild mountains whose outlines were lost in a gray mist, and whose steep sides had seldom been ascended by a human foot. They approached a large rock in the centre of the valley over the shaking bog, from which a frightened eagle flew screaming into the sky. The poor cow lowed, as if aware of the terrors of the place and the fate that awaited her. Kaspar turned aside to wipe away the fast falling tears. He looked down to the rocky opening through which they had come, from which point could be heard the breakers on the distant coast, and then up to the mountain peaks, upon which a coal-black cloud had settled, from which might be heard from time to time dull mutterings of thunder. As he looked toward Falcon he found that his friend had made the cow fast to the rock, and now stood with uplifted ax in the very act of dealing her death blow.

This was too much for Kaspar. Wringing his hands, he fell upon his knees. »For God's sake, William Falcon!« shouted he in despairing tones, »save yourself! Spare the cow! Save yourself and me! Save your soul! Save your life! And if you will persist in tempting God, wait at least until tomorrow and sacrifice some other animal than our own cow!«

»Kaspar, are you crazy?« shrieked Falcon, like a madman, while he still held the ax swinging in the air. »Shall I spare the cow and starve?«

»You shall not starve«, answered Kaspar, resolutely. »As long as I have hands you shall not suffer hunger. I will work for you day and night, so that you do not endanger the peace of your soul, and let the poor creature live for my sake!«

»Then take the ax and split my head!« shouted Falcon, in desperation. »I won't move from this spot until I have what I desire. Can you raise the treasures of the Carmilhan for me.« Can your hands earn more than the merest necessaries of life? But you can put an end to my misery. Come, and let me be the victim!«

»William, kill the cow, kill me! It does not matter to me, I was only anxious about the salvation of your soul. Alas! this was the altar of the Picts, and the sacrifice that you would bring belongs to the darkness.«

»I don't know anything about that«, cried Falcon, laughing wildly, like one who is resolved not to listen to anything that might swerve him from his purpose. »Kaspar, you are crazy and make me crazy, too. But there«, continued he, throwing away the ax and picking up his knife from the stone as if about to stab himself; »there, I will kill myself instead of the cow!«

Kaspar was at his side in a twinkling, tore the murderous weapon from his hand, seized the ax, poised it high in the air, and brought it down with such a force on the poor cow's head, that she fell dead at her master's feet.

A flash of lightning, accompanied by a peal of thunder, followed this rash act, and Falcon stared at his friend in astonishment. But Strumpf was disturbed neither by the thunder-clap nor by the fixed stare of his companion; and without speaking a word, fell to work at removing the hide. When Falcon had recovered from his amazement, he assisted his companion at this task, but with as evident aversion as he had before manifested eagerness to see the sacrifice completed. During their work the thunderstorm had gathered, the thunder reverberated among the mountains, and fearful flashes played about the rock; while the wind roared through the lower valleys and along the coast. And when at last the two fishermen had stripped the hide off, they found that they were wet through to the skin. They spread the hide out on the ground, and Kaspar wrapped and tied Falcon up in it. Then, for the first time, when all this was done, poor Kaspar broke the long silence by saying in a trembling voice, as he looked down at his deluded friend : »Can I do anything more for you, William?«

»Nothing more«, replied the other; »farewell!«

»Farewell«, responded Kaspar. »God be with you, and pardon you, as I do.«

These were the last words Falcon heard from him, for Kaspar disappeared in the darkness; and immediately thereafter the most terrible thunderstorm occurred that William had ever experienced. It began with a flash, that revealed to Falcon's sight not only the mountains and rocks in his immediate vicinity, but also the valley below, with the foaming sea and the rocky islets in the bay, between which he thought he had a vision of a large foreign ship, dismasted; though the sight was instantly lost again in the inky darkness. The thunderclaps were deafening. A mass of splintered rock rolled down the mountainside and threatened to crush him. The rain poured down in such torrents that the narrow, marshy valley was flooded with a stream that soon reached to Falcon's shoulders; fortunately Kaspar had laid him with the upper part of his body on a slight elevation, else he would surely have drowned The water rose still higher, and the more Falcon exerted himself to get out of his

kendem Boden einem großen Stein, welcher in der Mitte stand und von welchem ein verscheuchter Adler krächzend in die Höhe flog. Die arme Kuh brüllte dumpf, als erkenne sie die Schrecknisse des Ortes und das ihr bevorstehende Schicksal. Kaspar wandte sich weg, um sich die schnellfließenden Tränen abzuwischen. Er blickte hinab durch die Felsenöffnung, durch welche sie heraufgekommen waren, von wo aus man die ferne Brandung des Meeres hörte; und dann hinauf nach den Berggipfeln, auf welche sich ein kohlschwarzes Gewölk gelagert hatte, aus welchem man von Zeit zu Zeit ein dumpfes Murmeln vernahm. Als er sich wieder nach Wilms umsah, hatte dieser bereits die arme Kuh an den Stein gebunden und stand mit aufgehobener Axt, im Begriff, das gute Tier zu fällen.

Dies war zuviel für seinen Entschluß, sich in den Willen seines Freundes zu fügen. Mit gerungenen Händen stürzte er sich auf die Knie. »Um Gottes willen, Wilm Falke!« schrie er mit der Stimme der Verzweiflung. »Schone dich, schone die Kuh! Schone dich und mich! Schone deine Seele! – Schone dein Leben! Und mußt du Gott so versuchen, so warte bis morgen und opfere lieber ein anderes Tier als unsere liebe Kuh!«

»Kaspar, bist du toll?« schrie Wilm wie ein Wahnsinniger, indem er noch immer die Axt in die Höhe geschwungen hielt. »Soll ich die Kuh schonen und verhungern?«

»Du sollst nicht verhungern«, antwortete Kaspar entschlossen. »Solange ich Hände habe, sollst du nicht verhungern. Ich will vom Morgen bis in die Nacht für dich arbeiten. Nur bring dich nicht um deiner Seelen Seligkeit und laß mir das arme Tier leben!«

»Dann nimm die Axt und spalte mir den Kopf«, schrie Falke mit verzweifeltem Tone, »ich gehe nicht von diesem Fleck, bis ich habe, was ich verlange. – Kannst du die Schätze des Carmilhan für mich heben? Können deine Hände mehr erwerben als die elendsten Bedürfnisse des Lebens? – Aber sie können meinen Jammer enden – komm und laß mich das Opfer sein!«

»Wilm, töte die Kuh, töte mich! Es liegt mir nichts daran, es ist mir ja nur um deine Seligkeit zu tun. Ach! Dies ist ja der Piktenaltar, und das Opfer, das du bringen willst, gehört der Finsternis.«

»Ich weiß von nichts dergleichen«, rief Falke wild lachend, wie einer, der entschlossen ist, nichts wissen zu wollen, was ihn von seinem Vorsatz abbringen könnte. »Kaspar, du bist toll und machst mich toll – aber da«, fuhr er fort, indem er das Beil von sich warf und das Messer vom Steine aufnahm, wie wenn er sich durchstoßen wollte, »da behalte die Kuh statt meiner!«

Kaspar war in einem Augenblick bei ihm, riß ihm das Mordwerkzeug aus der Hand, er faßte das Beil, schwang es hoch in die Luft und ließ es mit solcher Gewalt auf des geliebten Tieres Kopf fallen, daß es ohne zu zucken, tot zu seines Herrn Füßen niederstürzte.

Ein Blitz, begleitet von einem Donnerschlage, folgte dieser raschen Handlung, und Falke starrte seinen Freund mit Augen an, womit ein Mann ein Kind anstarren würde, das sich das zu tun getrauet, was er selbst nicht gewagt. Strumpf schien aber weder von dem Donner erschreckt noch durch das starre Erstaunen seines Gefährten außer Fassung gebracht, sondern fiel, ohne ein Wort zu reden, über die Kuh her und fing an, ihr die Haut abzuziehen. Als Wilm sich ein wenig erholt hatte, half er ihm in diesem Geschäfte, aber mit so sichtbarem Widerwillen, als er vorher begierig gewesen war, das Opfer vollendet zu sehen. Während dieser Arbeit hatte sich das Gewitter zusammengezogen, der Donner brüllte laut im Gebirge, und furchtbare Blitze schlängelten sich um den Stein und über das Moor der Schlucht hin, während der Wind, welcher diese Höhe noch nicht erreicht hatte, die unteren Täler und das Gestade mit wildem Heulen erfüllte. Und als die Haut endlich abgezogen war, fanden beide Fischer sich schon bis auf die Haut durchnäßt. Sie breiteten jene auf dem Boden aus und Kaspar wickelte und band Falke, so wie dieser es ihn geheißen, in derselben ein. Dann erst, als dies geschehen war, brach der arme Mensch das lange Stillschweigen, und indem er mitleidig auf seinen betörten Freund hinabblickte, fragte er mit zitternder Stimme: »Kann ich noch etwas für dich tun, Wilm?«

»Nichts mehr«, erwiderte der andere, »lebe wohl!«

»Leb wohl«, erwiderte Kaspar, »Gott sei mit dir und vergebe dir, wie ich es tue!«

Dies waren die letzten Worte, welche Wilm von ihm hörte, denn im nächsten Augenblicke war er in der immer zunehmenden Dunkelheit verschwunden. Und in demselben Augenblicke brach auch einer der fürchterlichsten Gewitterstürme, die Wilm nur je gehört hatte, aus. Er fing an mit einem Blitz, welche Falke nicht nur die Berge und Felsen in seiner unmittelbaren Nähe, sondern auch das Tal unter ihm, mit dem schäumenden Meere und den in der Bucht zerstreut liegenden Felseninseln zeigte, zwischen welchen er die Erscheinung eines großen, fremdartigen und entmasteten Schiffes zu erblicken glaubte, welches auch im Augenblicke wieder in der schwärzesten Dunkelheit verschwand. Die Donnerschläge wurden ganz betäubend. Eine Masse Felsenstücke rollte vom Gebirge herab und drohte, ihn zu erschlagen. Der Regen ergoß sich in solcher Menge, daß er in einem Augenblicke das enge Sumpftal mit einer hohen Flut durchströmte, welche bald bis zu Wilms Schultern hinauf-

dangerous situation, the tighter did the hide seem to wrap itself about his limbs. All in vain did he call for Kaspar. Kaspar was far away. He did not dare to call on God in his distress, and a shudder ran through his frame whenever he thought of appealing for assistance to the powers into whose clutches he was conscious of having delivered himself.

Already the water crept into his ears; now it touched the edge of his lips. »Oh, God! I am lost! screamed he, as he felt the water sweep over his face; but in the same instant the sound of a waterfall close by came dimly to his ears, and his face was immediately uncovered. The flood had forced a passage through the stone; and as the rain slackened and the sky grew lighter, so did his despair abate, and a ray of hope returned to his mind. But although he felt as exhausted as if just emerged from a death-struggle, and ardently wished to be released from his imprisonment, still the purpose of his desperate efforts was not yet accomplished, and with the vanishing of immediate deadly peril, the demon of greed returned to his breast. But, convinced that he must remain in his present situation in order to attain his end, he kept very quiet, and finally, overcome by cold and exhaustion, fell into a sound sleep.

He might have slept two hours, when a cold wind blowing over his face, and a roaring, as of oncoming waves, aroused him from his happy state of oblivion. The sky was darkened anew. A flash, like that which had ushered in the first storm, lighted up once more the surrounding region, and he fancied he had another vision of the strange ship, that was now poised for an instant on the crest of an enormous wave close to the Steenfoll cliffs, and then appeared to shoot suddenly into the rocky chasm. He continued to stare after the phantom, as the sea was now illuminated by unceasing flashes of lightning, when suddenly a waterspout rose from the valley, near where he lay, and dashed him so violently against a rock as to deprive him of his senses. When he recovered consciousness, the weather had cleared, the sky was bright, but the lightning still continued. He lay close at the base of the mountains that shut in this valley, feeling so badly bruised that he had no desire to stir. He heard the quieter beating of the surf, mingled with a solemn melody like that of a psalm. These tones were at first so faint that he thought they must be an illusion; but they occurred again and again, each time clearer and nearer, and at last he thought he could distinguish the melody of a psalm which he had heard on board a Dutch fishing-smack the Summer before.

Finally he could also make out voices, and he seemed to be able to distinguish the words of the song. The voices were now in the valley, and he pushed himself, with difficulty, to a stone, upon which he raised his head, and perceived a pro-

Kaspar war in einem Augenblick bei ihm, riß ihm das Mordwerkzeug aus der Hand, er faßte das Beil.

Kaspar was at his side in a twinkling, tore the murderous weapon from his hand.

reichte, denn glücklicherweise hatte ihn Kaspar mit dem oberen Teile des Körpers auf eine Erhöhung gelegt, sonst hätte er auf einmal ertrinken müssen. Das Wasser stieg immer höher, und je mehr Wilm sich anstrengte, sich aus seiner gefahrvollen Lage zu befreien, desto fester umgab ihn die Haut. Umsonst rief er nach Kaspar. Kaspar war weit weg. Gott in seiner Not anzurufen, wagte er nicht, und ein Schauder ergriff ihn, wenn er die Mächte anflehen wollte, deren Gewalt er sich hingegeben fühlte.

Schon drang ihm das Wasser in die Ohren, schon berührte es den Rand der Lippen. »Gott ich bin verloren!« schrie er, indem er einen Strom über sein Gesicht hinwegstürzen fühlte – aber in demselben Augenblick drang ein Schall, wie von einem nahen Wasserfall, schwach an sein Gehör, und sogleich war auch sein Mund wieder unbedeckt. Die Flut hatte sich durch das Gestein Bahn gebrochen, und da zu gleicher Zeit der Regen etwas nachließ und das tiefe Dunkel des Himmels sich etwas verzog, so ließ auch seine Verzweiflung nach, und es schien ihm ein Strahl der Hoffnung zurückzukehren. Aber obgleich er sich wie von einem Todeskampfe erschöpft fühlte und sehnlich wünschte, aus seiner Gefangenschaft erlöst zu sein, so war doch der Zweck seines verzweifelten Strebens noch nicht erreicht, und mit der verschwundenen unmittelbaren Lebensgefahr kam auch die Habsucht mit all ihren Furien in seine Brust zurück. Aber überzeugt, daß er in seiner Lage ausharren müsse, um sein Ziel zu erreichen, hielt er sich ruhig und fiel vor Kälte und Ermüdung in einen festen Schlaf.

Er mochte ungefähr zwei Stunden geschlafen haben, als ihn ein kalter Wind, der ihm übers Gesicht fuhr, und ein Rauschen, wie von herannahenden Meereswogen, aus seiner glücklichen Selbstvergessenheit aufrüttelte. Der Himmel hatte sich aufs neue verfinstert. Ein Blitz, wie der, welcher den ersten Sturm herbeigeführt, erhellte noch einmal die Gegend umher, und er glaubte abermals das fremde Schiff zu erblicken, das jetzt dicht vor der Steenfollklippe auf einer hohen Welle zu hängen und dann jählings in den Abgrund zu schießen schien. Er starrte noch immer nach dem Phantom, denn ein unaufhörliches Blitzen hielt jetzt das Meer erleuchtet, als sich auf einmal eine berghohe Wasserhose aus dem Tale erhob und ihn mit solcher Gewalt gegen einen Felsen schleuderte, daß ihm alle Sinne vergingen. Als er wieder zu sich selbst kam, hatte sich das Wetter verzogen, der Himmel war heiter, aber das Wetterleuchten dauerte noch immer fort. Er lag dicht am Fuße des Gebirges, welches dieses Tal umschloß, und er fühlte sich so zerschlagen, daß er sich kaum zu rühren vermochte. Er hörte das stillere Brausen der Brandung und mittendrinnen eine feierliche Musik, wie Kirchengesang. Diese Töne waren anfangs so schwach, daß er sie für Täuschung hielt. Aber sie ließen sich immer wieder aufs neue vernehmen, und jedesmal deutlicher und näher, und es schien ihm zuletzt, als könne er darin die Melodie eines Psalms unterscheiden, die er im vorigen Sommer an Bord eines holländischen Heringsfängers gehört hatte.

Endlich unterschied er sogar Stimmen, und es deuchte ihm, als vernehme er sogar die Worte jenes Liedes. Die Stimmen waren jetzt in dem Tale, und als er sich mit Mühe zu einem Steine hingeschoben, auf den er den Kopf legte, erblickte er wirklich einen Zug von menschlichen Gestalten, von welchen diese Musik ausging und der sich gerade auf ihn zubewegte. Kummer und Angst lag auf den Gesichtern der Leute, deren Kleider von Wasser zu triefen schienen. Jetzt waren sie dicht bei ihm, und ihr Gesang schwieg. An ihrer Spitze waren mehrere Musikanten, dann mehrere Seeleute, und hinter diesen kam ein großer, starker Mann in altväterlicher, reich mit Gold besetzter Tracht, mit einem Schwert an der Seite, und einem langen dicken spanischen Rohr mit goldenem Knopfe in der Hand. Ihm zur Linken ging ein Negerknabe, welcher seinem Herrn von Zeit zu Zeit eine lange Pfeife reichte, aus der er einige feierliche Züge tat und dann weiterschritt. Er blieb kerzengerade vor Wilm stehen, und ihm zu beiden Seiten stellten sich andere, minder prächtig gekleidete Männer, welche alle Pfeifen in den Händen hatten, die aber nicht so kostbar schienen als die Pfeife, welche dem dicken Manne nachgetragen wurde. Hinter diesen traten andere Personen auf, worunter mehrere Frauenspersonen, von denen einige Kinder in den Armen oder an der Hand hatten, alle in kostbarer, aber fremdartiger Kleidung. Ein Haufen holländischer Matrosen schloß den Zug, deren jeder den Mund voll Tabak und zwischen den Zähnen ein braunes Pfeifchen hatte, das sie in düsterer Stille rauchten.

Der Fischer blickte mit Grauen auf diese sonderbare Versammlung; aber die Erwartung dessen, was da kommen werde, hielt seinen Mut aufrecht. Lange standen sie so um ihn her, und der Rauch ihrer Pfeifen erhob sich wie eine Wolke über sie, zwischen welcher die Sterne hindurchblickten. Der Kreis zog sich immer enger um Wilm her, das Rauchen ward immer heftiger und dicker die Wolke, die aus Mund und Pfeifen hervorstieg. Falke war ein kühner, verwegener Mann; er hatte sich auf Außerordentliches vorbereitet; aber als er diese unbegreifliche Menge immer näher auf ihn eindringen sah, als wollte sie ihn mit ihrer Masse erdrücken, da entsank ihm der Mut, dicker Schweiß trat ihm vor die Stirne, und er glaubte, vor Angst vergehen zu müssen. Aber man denke sich erst seinen Schre-

Endlich unterschied er sogar Stimmen, und es deuchte ihm, als vernehme er sogar die Worte jenes Liedes. Die Stimmen waren jetzt in dem Tale, und als er sich mit Mühe zu einem Steine hingeschoben, auf den er den Kopf legte, erblickte er wirklich einen Zug von menschlichen Gestalten, von welchen diese Musik ausging und der sich gerade auf ihn zubewegte.

Finally he could also make out voices, and he seemed to be able to distinguish the words of the song. The voices were now in the valley, and he pushed himself, with difficulty, to a stone, upon which he raised his head, and perceived a procession of human figures, evidently the singers he had heard, and who were coming directly towards him.

cession of human figures, evidently the singers he had heard, and who were coming directly towards him. Care and grief were expressed on the faces of these people; and water was dripping from their clothes. Now they were close to him, and their song ceased. At their head were several musicians; then followed some seamen, and after these came a tall and strong man in a costume richly decorated with gold, apparently belonging to a past age. A sword hung at his side, and he carried in his hand a stout Spanish cane with a gold head. At his left side walked a negro boy, who, from time to time, handed his master a long-stemmed pipe, from which the latter would take several grave puffs and then walk on. He stopped bolt upright before Falcon, while other men, less splendidly dressed, ranged themselves on either side of him. They all had pipes in their hands, not, however, as costly as that of their leader. Behind them came still other persons, among them being several women, some of whom had children in their arms or at their apronstrings, and all in costly foreign costumes. A crowd of Dutch sailors brought up the rear of the procession, each one having a quid of tobacco in his mouth, and holding between his teeth a little cutty-pipe, which he smoked in gloomy silence.

The fisherman shuddered as he looked at this singular assembly; but his expectation that something would come of it all kept his courage up. For some time the strange people stood around him thus, and the smoke from their pipes floated over them like a cloud, through which peeped the stars. The men closed in on Falcon in an ever-narrowing circle; the smoking became more and more vehement, and the clouds that arose from pipe and mouth increased in density. Falcon was a bold, daring man; he had prepared himself beforehand for extraordinary occurrences; but when he saw this innumerable crowd pressing in on him as if to crush him by their numbers, his courage failed him, great drops of sweat stood out on his forehead, and he thought he would perish in a spasm of fright. But one may imagine his horror when, as he chanced to turn his eyes, he saw, sitting motionless and erect, close by his head, the little old man in the yellow linen suit, looking just as he had the first time except that now, as if making fun of the whole assembly, he, too, had a pipe in his mouth. In the mortal fright that now took possession of

93

cken, als er von ungefähr die Augen wandte und dicht an seinem Kopfe das gelbe Männchen steif und aufrecht sitzen sah, wie er es zum erstenmal erblickt, nur daß es jetzt, wie zum Spotte der ganzen Versammlung, auch eine Pfeife im Munde hatte. In der Todesangst, die ihn jetzt ergriff, rief er zu der Hauptperson gewendet: »Im Namen dessen, dem Ihr dienet, wer seid Ihr? Und was verlangt Ihr von mir?« Der große Mann rauchte drei Züge, feierlicher als je, gab dann die Pfeife seinem Diener und antwortete mit schrecklicher Kälte: »Ich bin Alfred Franz van der Swelder, Befehlshaber des Schiffes Carmilhan von Amsterdam, welches auf dem Heimwege von Batavia mit Mann und Maus an dieser Felsenküste zu Grunde ging; dies sind meine Offiziere, dies meine Passagiere und jenes meine braven Seeleute, welche alle mit mir ertranken. Warum hast du uns aus unseren tiefen Wohnungen im Meer hervorgerufen? Warum störest du unsere Ruhe?«

»Ich möchte wissen, wo die Schätze des Carmilhan liegen.«

»Am Boden des Meeres.«

»Wo?«

»In der Höhle von Steenfoll.«

»Wie soll ich sie bekommen?«

»Eine Gans taucht in den Schlund nach einem Hering; sind die Schätze des Carmilhan nicht ebensoviel wert?«

»Wieviel davon werde ich bekommen?«

»Mehr als du je verzehren wirst.« Das gelbe Männchen grinste, und die ganze Versammlung lachte laut auf. »Bist du zu Ende?« fragte der Hauptmann weiter.

»Ich bin's. Gehab dich wohl!«

»Leb wohl, bis aufs Wiedersehen«, erwiderte der Holländer und wandte sich zum Gehen, die Musikanten traten aufs neue an die Spitze, und der ganze Zug entfernt sich in derselben Ordnung in welcher er gekommen war, und mit demselben feierlichen Gesang, welcher mit der Entfernung immer leiser und undeutlicher wurde, bis er sich nach einiger Zeit gänzlich im Geräusche der Brandung verlor. Jetzt strengte Wilm seine letzten Kräfte an, sich aus seinen Banden zu befreien, und es gelang ihm endlich, einen Arm loszubekommen, womit er die ihn umwindenden Stricke löste und sich endlich ganz aus der Haut wickelte. Ohne sich umzusehen, eilt er nach seiner Hütte und fand den armen Kaspar Strumpf in starrer Bewußtlosigkeit am Boden liegen. Mit Mühe brachte er ihn wieder zu sich selbst, und der gute Mensch weinte vor Freude, als er den verloren geglaubten Jugendfreund wieder vor sich sah. Aber dieser beglückende Strahl verschwand schnell wieder, als er von diesem vernahm, welch verzweifeltes Unternehmen er jetzt vorhatte.

»Ich wollte mich lieber in die Hölle stürzen als diese nackten Wände und dieses Elend länger ansehen. – Folge mir oder nicht, ich gehe.« Mit diesen Worten faßte Wilm eine Fackel, ein Feuerzeug und ein Seil und eilte davon. Kaspar eilte ihm nach, so schnell er's vermochte, und fand ihn schon auf dem Felsstück stehen, auf welchem er vormals gegen den Sturm Schutz gefunden, und bereit, sich an dem Stricke in den brausenden schwarzen Schlund hinabzulassen. Als er fand, daß alle seine Vorstellungen nichts über den rasenden Menschen vermochten, bereitete er sich, ihm nachzusteigen, aber Falke befahl ihm, zu bleiben und den Strick zu halten. Mit furchtbarer Anstrengung, wozu nur die blindeste Habsucht den Mut und die Stärke geben konnte, kletterte Falke in die Höhle hinab und kam endlich auf ein vorspringendes Felsenstück zu stehen, unter welchem die Wogen schwarz und mit weißem Schaume bekräuselt brausend dahineilten. Er blickte begierig umher und sah endlich etwas gerade unter ihm im Wasser schimmern. Er legte die Fackel nieder, stürzte sich hinab und erfaßte etwas Schweres, das er auch her aufbrachte. Es war ein eisernes Kästchen voller Goldstücke. Er verkündete seinem Gefährten, was er gefunden, wollte aber durchaus nicht auf sein Flehen hören, sich damit zu begnügen und wieder heraufzusteigen. Falke meinte, dies wäre nur die erste Frucht seiner langen Bemühungen. Er stürzte sich noch einmal hinab – es erscholl lautes Gelächter aus dem Meere, und Wilm Falke ward nie wieder gesehen. Kaspar ging allein nach Hase, aber als ein anderer Mensch. Die seltsamen Erschütterungen, die sein schwacher Kopf und sein empfindsames Herz erlitten, zerrütteten ihm die Sinne. Er ließ alles um sich her verfallen und wanderte Tag und Nacht gedankenlos vor sich starrend umher, von allen seinen vorigen Bekannten bedauert und vermieden. Ein Fischer will Wilm Falke in einer stürmischen Nacht mitten unter der Mannschaft des Carmilhan am Ufer erkannt haben, und in derselben Nacht verschwand auch Kaspar Strumpf.

Man suchte ihn allenthalben, allein nirgends hat man eine Spur von ihm finden können. Aber die Sage geht, daß er oft nebst Falke mitten unter der Mannschaft des Zauberschiffes gesehen worden sei, welches seitdem zu regelmäßigen Zeiten an der Höhle von Steenfoll erschien.

him, Falcon cried out to the leader of this assembly: »In the name of whomsoever you serve, who are you? And what do you want with me?« The tall man drew three whiffs, even more gravely than before; then gave the pipe to his servant and answered very coldly: »I am Alfred Frank van Swelder, commander of the ship Carmilhan of Amsterdam, which, on the voyage home from Batavia, went to the bottom with man and mouse on this rocky coast. These are my officers, those my passengers, and beyond, my brave crew who were all drowned with me. Why have you summoned us from our dwellings deep in the sea? Why do you disturb our rest?«

»I wish to know where the treasure of the Carmilhan lies.«

»On the bottom of the sea.«

»Where?«

»In the cave of Steenfoll.«

»How can I recover it?«

»A goose dives into the abyss for a herring; is not the treasure of the Carmilhan of as much value?«

»How much of it shall I recover?«

»More than you will ever spend.« The little man in yellow grinned horribly at this reply, while all the others laughed aloud. »Are you through?« inquired the commander, further.

»I am. Farewell!«

»Farewell, until we meet again!« replied the Dutchman, and turned to go; the musicians took the lead again, and the whole procession marched away in the same order in which it had come, and with the same solemn song, which grew ever fainter and fainter in the distance, until finally it was lost in the roar of the breakers. Falcon now exerted his utmost strength to get out of the hide, and he at last succeeded in freeing one arm, with which he was able to loosen the rope that was wound round him, and soon had stepped out of the hide. Without stopping to look about him, he hastened down to his hut, and found poor Kaspar Strumpf lying on the ground in an insensible condition. With some difficulty he restored him to consciousness, and the good fellow shed tears of joy on once more beholding the friend of his youth, whom he had given up for lost. But this happy consolation vanished quickly, when he learned what a desperate undertaking Falcon now had in mind.

»I would rather cast myself into hell than to look any longer at these bare walls and reflect on our misery. Follow me, or stay here; I am going at any rate.« With these words. Falcon seized a torch, a tinderbox, and a rope, and hastened away. Kaspar ran after him as fast as he could, and found his friend standing on the ledge of the rock upon which he had once sought safety from the storm, and ready to let him down into the raging abyss. When Kaspar found that his entreaties had no effect on the crazed man, he prepared to descend after him; but Falcon ordered him to remain where he was and hold on to the rope. With an amount of exertion that could only have been supplied by the blindest of passions, greed, Falcon clambered down into the cave, and at last came to a projecting piece of rock, just below which the black waves, crested with foam, rushed along with a dreadful roar. He looked about him eagerly, and finally saw something glistening in the water directly beneath where he stood. He laid down his torch, plunged in, and seized a heavy object which he managed to bring back with him. It was an iron box filled with gold pieces. He shouted up to his companion what he had found; but he would not pay the least attention to Kaspar's entreaties to content himself with what he had. Falcon believed that this was only the first fruit of his long endeavours. He plunged into the waves once more – a peal of laughter arose from the sea, and William Falcon was never seen again. Kaspar went back to the hut, but as a changed man. The strange shocks which his weak head and sensitive heart had experienced, wrecked his mind. He wandered about, day and night, staring before him in an imbecile way, pitied and yet avoided by all his former acquaintances. One stormy night a fisherman claimed to have recognized William Falcon on the shore among the crew of the Carmilhan, and on that same night Kaspar Strumpf disappeared.

He was sought for everywhere, but no trace of him was ever found; but the legend runs that he has often been seen, together with Falcon, among the crew of the spectre ship, which since his loss appears at stated times at the cave of Steenfoll.